血族

HiTomi
YamagUchi

山口瞳

P+D
BOOKS
小学館

目次

27	26	25	24	23	22	21	20	19	18	17	16	15	14
244	238	214	208	202	189	179	153	149	137	130	118	97	94

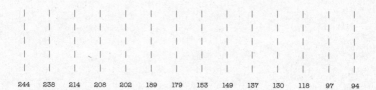

41	40	39	38	37	36	35	34	33	32	31	30	29	28
349	321	316	309	300	298	292	288	283	274	269	263	257	255

51 50 49 48 47 46 45 44 43 42

427	420	418	415	396	391	373	370	363	354

1

私は、自分の家にあった、空襲で焼けてしまった一冊のアルバムについて二度書いたことがある。ここで、また、その写真帖の話をするとなると、三度目のことになる。文章を綴ることで商売をしている人は、誰でも、一度は自分の家にあるアルバムについて触れることがあるのではなかろうか。

二度目のとき、私は、妙なことに気づいた。そのことに、いままでずっと気づかないでいたことに驚いた。深夜、いそぎの原稿を書いていて、そのことに気づいて、びっくりして筆を擱《お》いてしまった。私は、しばらくのあいだ、朝までに原稿を書きあげなければいけないということを忘れてしまって、茫然としていた。

そのとき、私は、ある綜合雑誌に頼まれて、田中角栄論を書いていた。明治生まれと大正生まれという違いはあるのだけれど、私は、田中角栄と私の父との対比を試みようとしていた。田中角栄も父も一旗組であり一発屋である。ともに貧しい家に育ち、頭が良く、刻苦勉励した。実際、青年から壮年時代にかけての父の顔と、昭和二十二年に最初に衆議院選挙に当選したころの田中角栄の顔とは驚くほどよく似ていた。二人とも、少壮の実業家らしく、髪を短か目に刈り、七三にわけ、おさだまりのチョビ髭をはやしていた。そのことを書くために、いまはもう焼けてしまって家にない一冊のアルバムの記憶をよびもどす必要があったのである。

田中角栄は、もはや、一種の名著であると言っていい（本当に面白い読みものである）ような自叙伝であるところの『私の履歴書』で、こう書いている。

「三月三日、桃の節句の日に二人はいっしょになった。戦争が苛烈さを加えてきたころなので、はでな結婚式も披露の宴もできず、二人がその事実を確かめ合うだけでよかった。」

私はこの箇所を読んだとき、あやうく、嘘ヲ吐《つ》キヤガレと叫びそうになってしまった。

この三月三日というのは、昭和十七年の三月三日である。前年の十二月八日に大東亜戦争に突入し、たしかに「戦争が苛烈さを加えてきたころ」ではあったが、私の記憶によれば、むしろ、昭和十七年三月三日は、内地では、まだ戦捷気分に酔っていたころと言ったほうが正しいように思われる。東京では、まだまだ、物資は豊富であった。まして、田中夫人の実家は、東京でも指おりの土建業者であったし、田中角栄自身も、そろそろ頭角をあらわしはじめた青年実業家であった。結婚式や披露宴のできない時代でも境遇でもなかった。

田中夫人は二度目の結婚であり、夫より八歳の年長だった。そういう事情があったにせよ、結婚式や披露宴ができなかったのは戦争のためではなかった。私は、そう確信した。田中角栄には、当時、婚約者がいたという説があり、その女性は健在で、今でも酒場を経営しているという噂がある。私は、田中角栄の結婚は、結婚式をあげられるような結びつきではなかったと推測している。まさに、自分でも書いているように「事実を確かめ合うだけ」のものだったに違いないと考えている。

一昨年（昭和五十一年）の秋のある日の夜おそく、そんなことを考えたり書いたりしているときに、私は、奇妙な事実に突き当ったのである。まさかそんなことがあるはずはないと思い、それはおかしいと思うのだが、どうしても思いだせない。それは、まったく私の記憶に残っていない。——つまり、そのこととは、あの戦災で焼けてしまった一冊のアルバムに、父と母との結婚式の写真がないということなのである。母の角隠《つのかく》しの花嫁姿がない。どうしても思いだせない。私は、戦前において、そのアルバムを何度も見ているから、結婚式の写真がないというのは、疑うことのできない事実なのである。

そのアルバムの第一頁は、早稲田大学の角帽をかぶった父の顔写真になっている。大きさは、ちょうど文庫本の大きさぐらいだった。非常に立派な顔をしている。早稲田大学校歌の一節の「進取の精神、学の独立。現世を忘れぬ久遠の理想」を絵にしたような凛々《りり》しい顔になっている。それは写真館で撮った写真であって、修整がほどこされていたに違いないが、写真館のウインドウに飾ってあったとしても少しも不思議がないような立派な顔つきである。

第一頁の写真は一枚だけで、第二頁は、その父のうしろむきの写真になっている。上半身というより胸から上だけの写真と言ったほうがいいが、裸体写真である。父は胸を張り、両手をあげ、その左右の手を肘のところで屈折させている。背中の筋肉を誇示する形であろうか。いまで言えば、ガッツ・ポーズであろうか。父は長身ではなく、昔で言えば中肉中背、現代の若者と比較するとやや小男の部類になってしまうが、その背中の筋肉は実に見事だった。ボディビルのような、いかにも不自然な、人工的な筋肉ではなかった。筋肉は隆々としていて、しかも、写真でもその柔らかさが感じとられた。美しい色白の肉体である。若さが漲《みなぎ》っていて、はちきれそうな体だと言ってもいいだろう。疑いもなく、父は美青年だった。凛々《りり》しくて逞しい若者だった。裸になると見られたものではないという質の美青年ではなかった。父の肉体は、あきらかに、一種の運動家の体つきを示していた。それは水泳と柔道と野球によって鍛えられた体だった。父は横須賀市の生まれであり、祖父は釣の名人であったから、あるいは櫓を漕ぐことがあったかもしれない。しかし、ある種のスポーツマンに見られるような、筋肉だけで固められてしまったような体ではなかった。要するに、それは、運動で鍛えられた体が若さを発散しているという態《てい》の写真だった。

私の推測では、第一頁の写真と、その裏の第二頁の写真とは、同じ日に撮影されたものだと思う。写真館の主人が父の体つきに惚れこんで、上半身裸体の写真を撮ったのではあるまいか。また、この写真は、たぶん、父の早稲田大学入学の際の記念写真であったろうと思われる。しかし、その父の体は少年の体つきではなかった。父は横須賀中学の入学試験に一番で合格し、首席で卒業していた。とても中学に進学させられるような家庭状況ではなかったが、父は祖父に内緒で受験して、その成績がトップだったということで、辛うじて進学が許されたという話が伝わっている。そんなふうだから、父は、中学校を出るには出たが、旧制の高等学校や大学の予科に進むことができなかった。父は働いて金を溜め、専検をパスして、大学入学の資格を得て、早稲田大学理工学部の補欠入学の試験に合格したのである。それは三十人に一人という難関であったそうだ。だから、そのときの父は、二十歳を二歳か三歳か越えていたのではあるまいか。

私が、そのアルバムについて、正確に記憶しているのは、第一頁と第二頁、つまり、最初の紙一枚だけであって、あとは散漫になってくる。あとの何葉かの写真は、どういう順にならんでいたか、まるで記憶がとぎれてしまっている。

たとえば、母の兄と、その従弟であるらしい青年が、野球のユニフォームを着て、バットを持ってならんでいる写真があった。それも写真館で撮ったものであり、バックは野原と森の絵になっている。これにも、著しい修整とボカシがほどこされていた。あと何葉かの父の写真があったはずである。母の兄が出てくるのは、当時、彼と父とが非常に親しい仲にあったためである。二人は、主に、野球で結ばれていた。そうして、父と母とは、歌留多取りで親しくなったようだ。
母は、百人一首の歌留多取りについては自信があったようだ。母の娘時代には歌留多取りが盛んであって、正月にかぎらずに競技会が行われていた。その母を容赦なく打ち負かしたのが父であった。私は歌留多取りについては全く無智であるが、父は母を大差でもって負かしたのだろう。多分、母は、鼻っ柱の強い生意気なお転婆娘だったと思われる。母の名は静子である。だから、ひさかたのひかりのどけきはるのひにしずこころなくはなのちるらむ、という一枚は母の得意の札であった。誰にも取られてはいけないと思いつめている札だった。それさえも父に取られてしまったという話をしてくれたことがある。その話をするときに、母は、顔色が悪くなり、体を震わせているような感じがあった。当時の母の傷心ぶりがわかるような気がする。父は、母に較《くら》べて、記憶力が良く、運動神経が発達していて、しかも勉強家であったことは間違いがない。

アルバムの話になるけれど、そういう、父の周辺の幾葉かの写真があって、突然、まったく突然という感じで私の赤ん坊の時の写真が出てくるのである。それは、私にとって、まことに怖しい写真帖だった。

父も母も写真が好きだった。当時の写真は、写真館へ行くか写真技師を呼ぶかして撮る以外にはない。カメラを持っている人は稀であったに違いない。父も母も、写真館へ行くのが好きだったのだと思う。おそらく、写真館へ行くということは、一種の贅沢であり、モダーンな行為であったのではないかと思われる。

それが、父方のアルバムであるとすれば、もう一冊、母方のアルバムがあった。それには、主に母の娘のころの写真が貼りつけてあった。母は、公平に見て、かなりの美人だった。目が大きくて鼻筋が通っている。スタイルも悪くはない。横須賀の海岸で、最初に海水着を着た女性として写真入りで新聞ダネになったこともあるのである。母の顔には、全体として、利《き》かぬ気があらわれていた。

二冊のアルバムは、昭和二十年五月二十五日の東京の山の手一帯を襲った爆撃で焼失してしまった。母方のアルバムは、母だけで終始していたが、やがて、母の写真は、父方のアルバムに移行することになる。しかし、私の言うところの、一冊のアルバム（父方のアルバム）における母の写真については、私は、おぼろげな記憶しか残っていない。

父の青年時代の写真、母の娘時代の写真、私の赤ん坊の時の写真、私が生まれてから後の父母の写真、そういう写真についての私の鮮明な記憶とおぼろげな記憶が残っているが、当然、私の赤ん坊の時の写真の前にあるべきところの父母の結婚式の写真が無いのである。披露宴の写真が無い。新婚旅行の写真が無い。もっと言えば、私の生まれる前の何年間かの写真が一枚も無いのである。私は、そのことに、ずっと気づかないでいた。一昨年（昭和五十一年）の秋、田中角栄論を書いていて、田中角栄の結婚のあたりを書きだそうとするときまで気がつかなかった。気がついたとき、体が熱くなった。

おそらく、私の二人の妹は、

「お母様の結婚式のときの写真はないの？」

「お母様の花嫁姿ってどんなふうだったの？　写真があったら見せてちょうだい」

といったような質問をあびせかけることがあったと思う。そのとき、母がどう答えたかを私は知らない。父母の結婚についての質問や詮索は私の家では禁忌になっていたはずである。ただし、私にはそういう意識はなかった。いまになって気がついて驚いている始末である。私は、子供のころ、そんなことはどうだっていいやと思っていた。

そうではあっても、そのアルバムが怖しいものであることに変りがなかった。突如として出てくる生後三カ月ぐらいの私の写真がこわい。そのこわさは、当人にだけしかわからないような、曰《いわ》く言い難いところのこわさである。

父にとっても、母にとっても、そのアルバムは、子供たちにあまり見せたくないアルバムであったに違いない。そうかといって、青年時代の父の写真、娘時代の母の写真が残っていないとしたら、それもまた、いかにも不自然である。特に私に対して、私の赤ん坊の時の写真がないとすれば、困ったことになる。新婚時代（そう言ってもいいと思う）の写真がないというのもおかしい。たとえ、結婚式の写真がなかったとしても——。

また、父にしても母にしても、それは一種の栄光の写真帖でもあった。特に、早稲田大学の制帽をかぶった父の写真などは、記念として残しておきたいものであったろうし、自慢の種であったに違いない。

私がその写真帖を怖しいと思うのは、以上のようなことからだけではなかった。そのアルバムの終りのほうに、とてつもなく大きな家の写真があった。それは父母の家であり、私の家だった。私の記憶では、その家は木造二階建の洋館であり、戸越《とごし》銀座を見おろす岡の上に建っていた。ただし、アルバムにあったのは、まさに豪邸であるところの家の上棟《じようとう》式の写真だった。柱が組んであるだけの家の前に、外套を着た父が立っていた。その父の姿が、まことに小さい。

その家に住んでいたとき、当時としてはまったく珍しい自家用自動車があり、家には運転手と料理人と三人の女中がいた。それは、私にとってマボロシの家だった。その家に住んでいた期間は非常に短かったはずである。私にとって、その家の上棟式の写真が残っているのはこわいことなのであるが、その後に続く事件のほうがもっとこわい。

2

私の名は母がつけたものである。これは、平凡なようでいて、非常に変った名である。むずかしい文字を使ったものではなく、むずかしい訓《よ》みであるのではない。その意味では、ごく平凡なのであるが、これを人名とするとなると、凡ではなくなってしまう。特に、これが、男の名前とするとなると、めったにある名ではない。私自身は、斬新奇抜な名だと思っている。

私は、自分と同じ名の男に会ったことがない。たった一度だけ、戦争中に、新聞紙上でその名を見たことがあるだけである。その人の名は大西瞳と言った。特攻隊員で、攻撃に参加して還ってこなかった人たちのなかにその名があった。特攻隊員であるのだから、これは男である。

四年か五年前のことになるが、税務署から、多額の申告洩れがあるという通知があった。そんなことがあるわけがないと思って、女房が立川の税務署へ出向いてみると、その収入は電通扱いになっている。私は勤務先の関係もあって、電通の仕事をしたことがない。調べてもらうと、女優の八千草薫さんの収入が、私のものに紛れこんでいたのだということがわかった。

女房の報告を聞き、私は、次のように推理した。八千草薫というのは、文字を見ればすぐにわかるように芸名であって、本名は瞳である。私は、芸能関係のゴシップ記事でそれを読んだことのあるのを思いだした。八千草薫さんの御主人は、映画監督の谷口千吉さんである。谷口千吉が本名であるとすれば、八千草さんが税金の申告をするときの名は谷口瞳ということになる。電通が税務署に届け出るときも谷口瞳が使われることになる。そこで誤って、私のほうにまぎれこんできたということになる。私は、そんなふうに推理した。美人女優に間違えられたのだから、それほど腹も立たなかった。これも、めったにはない名であるために起った間違いなのではあるまいか。電通の係りの人が、谷口瞳という文字を見て、それが女優の八千草薫さんの名とはわからずに、咄嗟《とっさ》に私のものと判断したのだろう。これでもわかるように、瞳というのは女名前なのである。

たとえば、女房と二人で温泉宿にでも泊ったとする。旅館の女中は、まず間違いなく、女房のほうを小説家だと思いこんで、女房にむかって先生と言ったりするようになる。そうでなければ、怪訝《けげん》な顔で二人を見較べるようになる。宿帳に「山口瞳（著述業）、妻」と記入するからである。

私は、男の読者から、何度かラブレターをもらっている。そのなかに「あなたは東京の女子大を出た才媛《さいえん》でしょうが、私は地方都市の高等学校しか卒業していません」という文面のものがあった。こういう滑稽な話は数限りがない。

それは、最初に、小学校に入学するときに、女組に編入されることからはじまった。ごく最近では、空港の搭乗者名簿に記入する際に、顔をジロジロと見られるということがあった。それでも、学校にいるときは、まだしも良かった。軍隊では困った。軍隊では、便所へ行くときも、大声で「――、厠《かわや》へ行ってまいります」と呶鳴《どな》らなければいけないのであるが、私の名は、それにふさわしくなかった。私の名は、戦時中では、それだけで非国民という印象をあたえかねないものだった。

私の兄も弟も一字名前であるが、これは、ごくありふれた、どこにでもあるようなというよりは、むしろ、多過ぎて困ることのあるような名である。どうして、母は、私にだけ、瞳という斬新奇抜な名をつけたのだろうか。およそ、人体の名称部位をそのまま名前にしてしまうのは、きわめて珍しいことなのではあるまいか。私自身、自分の名が心のなかで定着したと思ったのは三年ばかり前からのことである。私が生まれたのは大正の末であるが、現在でも、男名前としては斬新奇抜であることを失わないと思っている。そうかといって、私は、自分の名が特に嫌いであるのではない。

いったい、母は、どうして、こういう名をつけたのだろうか。

私が生まれたとき、赤ん坊としては実に目の大きな赤ん坊であったという。人間の眼球の大きさはほぼ一定であるので、露出している部分が多いと言ったほうがいいだろうか。母も目の大きい女だった。

明治の初期から中期にかけて生まれた男は、たいてい、号を持っていた。例をあげれば、幸徳秋水、堺枯川、荒畑寒村といったようなことになる。また、明治の末から大正年代には、他人に渾名《あだな》をつけることが流行した。そのなかに、支那名前があった。母がつけられた渾名のひとつが「大眼玉」だった。そのほかに「涙腺子《ルイセンコ》」や「大深寝」があったという。つまり、母は、目が大きくて、涙もろく、寝坊癖があったようだ。「大深寝」から想像されるのは、大正の末の浅草オペラのヒットソングである「ベアトリ姉ちゃん、まあだぁねんねえかい」という歌である。実際に、母はその歌でからかわれることがあったようだ。父の渾名は「常無銭」であり「顔蒼白」であった。父は貧乏書生であり、いつも蒼い顔で勉強ばかりしていた。

「大眼玉」の最初の子である私は、目が大きかった。そのうえ、私は仮死状態で生まれたのだという。医者や看護婦が私を逆さに吊して、尻を撲ったりして、私が産声をあげたのは、生まれてから二時間か三時間の後であった。

私は、ちいさくて、痩せこけていて、体の弱い赤ん坊だった。だから、余計に目の大きいのが際立っていたのである。これが、私が瞳という名をつけられた由来の一因である。

大正の末に、菊池寛の新聞小説が喝采を博していた。菊池寛の小説は、大正末期のモダーンを代表していた。そのなかのひとつに、たぶん『新珠』だと思うのだけれど、都、梢、瞳の三姉妹を主人公とする小説があった。私の母がこれにヒントを得たことは、まず間違いがないと思う。ただし、これは、もちろん、女名前である。そうして、母は、瞳という名の登場人物の性情に惚れこんでいたにちがいない。

私の名は、こうやってつけられた。これでわかるように、母は、ひらめきの鋭い女だった。大胆な、思いきりのいい女だった。

しかし、はたして、それだけのことで、斬新奇抜な名がつけられるだろうか。私の疑念は、ずっと、いまにいたるまで解けないままでいる。父の名は正雄であり、母の名は静子である。これは平凡中の平凡である。その子供に、いきなり斬新奇抜を持ってくるのは、いったい、どういうことなのだろうか。母の命名であるが、それならば、父はこの珍奇なる名をどう考えていたのだろうか。

3

大正十五年十一月三日に私は生まれた。戸籍上はそういうことになっている。生まれた場所は大森の海岸寄りであり、当時は大田区ではなく、東京府荏原《えばら》郡入新井町大字不入斗《いりやまず》八百三十六番地になっていた。

十一月三日は明治節である。この佳《よ》き日である。一般に、明治生まれの人間には明治天皇信仰といったものがあるように思われる。

私は、早くから、この生年月日に疑念を抱いていた。そんなに都合よく、めでたい日に生まれるわけがないと思っていた。たぶん、私は、十月の末か十一月の一日あたりに生まれて、戸籍上は、いかにも清々しい感じのする、また記憶しやすい明治節の日の生まれとして届けられたのだろう。私は、ずっと、ながいあいだ、そう思っていた。

なんという、ひねこびた、陰気な子供であったことか。私は、いつのまにか、物事の裏を考えてみるような、大人の考えを推しはかってみるような習性が身についてしまっていたのである。明治節というのは、戦前はもとよりのことであるが、戦後になってそれが文化の日というように名称をかえられてしまってからでも、めったには雨の降らない、気分のせいせいするような日であるとされている。他の祝祭日とはそこが違っていた。なぜ、私は、その佳き日に生まれたことを素直に信じ、素直によろこばなかったのだろうか。

「お前が生まれたときはね……」

世の母親は、そう言って子供に話しかけるときがあるにちがいない。

「お前が生まれるころ、うちは貧乏していてね。……お父さんは飲んだくれで困っていたんだ。お前が生まれたときもね、お父さんはそとで飲んでいたんだけれど、帰ってきて、男の子が生まれたっていうんで喜んでしまってね、それですっかり人間が変ってしまって……。だから、お前はこのうちの宝なんだよ」

そんな情景が浮かんでくることがある。

「あんたが生まれたときはね……」

母も私にそう言った。

「死んで生まれたんだよ。それで、もう駄目かと思っていたんだけれどね。看護婦が逆さに吊して、お尻をひっぱたいたりして、やっと、オギャアって言って。……お母さんはずいぶん心配したんだ。ちいさくて目ばかり大きな赤ん坊でね」

その話は何度も聞かされている。死んで生まれたというのは、幼いときには、それもこわい話であったが、私は次第に馴れっこになっていった。こわい話というより、運のよかった赤ん坊だと考えるようになった。

私のほうも、何度か質問した。

「ねえ、お母さん、ぼくが十一月三日に生まれたっていうのは嘘でしょう」

そのとき母はギョッとしたに違いない。私は、母の受けた衝撃については知るよしもなかった。

いまになって思うのだけれど、もし、私が本当に十一月三日に生まれたのだとするならば、

たとえば、

「十一月二日の夕方になって、お腹が痛みだしてね、病院へ行ったんだよ。そのころ、病院でお産をするのは贅沢なんだけれど、お母さん、一人きりだったからね。その贅沢がよかったんだよ。なにしろ、あんたは死んで生まれたんだからね。うちで産んだとすれば大変だった。……それで、生まれたのが、十二時半で、だから、十一月三日ってことになるわね。お母さん、明治節にあんたが生まれればいいと思っていたんだ。なんだか、そんな気がしていたんだよ」

といったような会話があっても少しの不思議もないのである。しかし、私は、たえて、そういう類の話を聞かされることはなかった。そのへんのことになると、母の口ぶりがアイマイになってくる。私のところは七人同胞《きょうだい》（長姉と末妹は死亡）であるが、私のように明治節のような特別な日に生まれたことになっている子供は一人もいない。

私は、こんなふうにも言った。

「ぼくは、十月の末か、あるいは十一月の一日か二日に生まれたんでしょう。それで、おぼえやすいように、縁起をかついだりして、三日生まれで届けたんでしょう」

そうすると、やっと、母は、安堵したように笑いだすのである。

「バカだねえ。あんたは、ほんとに十一月三日に生まれたんだよ。子供はね、そんなバカなことを考えるもんじゃないよ」

4

出生の秘密というような大袈裟《おおげさ》なものではない。私はそんなふうに考えていたのではない。自分の出生について、悲痛なものを感じて、そのために考えこんでしまうというようなことはなかった。

しかし、私は、だんだんに、自分の出生について、胡散臭《うさんくさ》いものがあると感ずるようになっていった。

私は、本当のことを知りたいと思うようになった。誰でも、私の立場に置かれたとするならば、そう思うだろう。

また、一方において、そんなことはどうだっていいとも思っていた。ここに現在の自分がいる。それだけでいいではないか。自分がどんなふうにして生まれたのか、そのときの父と母とはどういう関係にあったのか、そんなことを知ったとして、いったい、何になるのか。それは、ある意味では、私という存在とはまったく無関係の話である。そうも思った。

さらに、父と母との秘密をあばいたところで何の益があるか、とも思った。それは触れてはいけないことなのだ。そのそばへ寄ってはいけない。私は、あきらかに、知りたくないと思っていた。そのことも事実である。

私は、知りたいと思っていた。それと同じくらいの分量でもって、知りたくないと思っていた。

「いつか教えてやるよ」

と、親類の一人が言った。その人も明治の生まれである。

「いつか教えてあげるけれど、まだその時期じゃないな。お前は小説家なんだから、知っておいたほうがいいかもしれない」

その人も死んでしまった。

実際、知ろうと思えば、その機会はいくらでもあったのである。私は、母のことを何度も書いている。すると、あなたのお父さんとお母さんのことをよく知っているので、昔話を知りたいのなら、いつでも遊び（取材）にいらっしゃいといったようなハガキをくれる人がいた。いつのときでも、私は、これは絶好のチャンスだと思いながら、どういうわけか怯《ひる》んでしまっていた。知りたいとは思いながら、それを他人の口から、厭悪《えんお》すべき事柄として聞かされることを避けようとする心があった。父母の傷口にさわることは好ましいことではなかった。いつのときでも私は逃げていた。そうこうするうちに年月が経ってゆく。十五年前にハガキをくれた人が亡くなったという噂が伝わってくる。私は、しまったと思い、一方で、まあまあ、これでよかったんじゃないかとも思ってしまう。

5

私は、自分の女房になる女を、昭和二十一年四月に知った。女房は、その年の夏ごろから、私の家へ遊びにくるようになった。

女房は、私を取り巻く家族や親類の者が、いずれも美男美女であることに驚いたという。私のことではない。——いや、もしかしたら、女房は、私もそのなかの一員に数えていたかもしれない。そのころ、私は十九歳であったし、なにしろ、私たちは恋愛中であったのだから。まあ、しかし、私のことは、どうでもいい。

私には二人の妹がいた。二人とも、幼いときから、日本舞踊を習っていた。上の妹は、一時期、花柳流の家元の内弟子になっていた。この妹は、百科事典に載るような家柄の邦楽の師匠のところへ嫁《とつ》ぐようになる。下の妹は、吾妻徳穂さんの吾妻歌舞伎の一行に加わって、ヨーロッパやアメリカへ行った。そのとき、ニューヨークで知りあった伊藤道郎の長男と結婚している。だから、日本舞踊を習っていたといっても、お嬢さん芸ではなかったのである。

二人の妹が美女であるかどうかという判断は、私にはつきかねるのである。たとえば、女優を妹にもつ男に、きみの妹はキレイかと訊いたならば、彼は、たぶん、さあと言って確答を避けるだろう。あるいは、あなたの判断にまかせるよと言うだろう。しかし、女房が、私の二人の妹について、普通の少女とは違うもの、あるいは、別の世界に住む少女といったものを感じたのは事実であると思う。気圧《けお》されるように思ったかもしれない。尊敬の意味が少しはあったかもしれない。

　そのころ、私たちは鎌倉に住んでいた。鎌倉の坂下町の由比ヶ浜に面したところに叔母がいた。叔父と叔母とはKという旅館を経営していた。この叔母は母の妹である。
叔母は、器量のぞみで、嫁に貰われてきた。ずっと後になって、叔父は、私に、こう語ったことがある。

「私の生涯には、ふたつの嬉しいことがあった。ひとつは帝国軍人として応召されたことであり、もうひとつは、君子を嫁に貰ったことだった」

　この叔父は、善人であり、正直といえば正直、単純といえば単純な男だった。親から大きな資産を受けた男がそうなるように、叔父は保守的であり、おおらかなところと小心とが同居していた。叔父にとっては、身辺に波風が立たずに、このままですべてが経過してゆくことが、もっとも望ましいことだった。だから、叔父にとって、出征と結婚とが最大の事件であり、唯一の晴れがましい出来事だった。

この叔父が、自分で言うのだから、間違いがない。また、いくら単純で正直な男であったとしても、どれほど甥である私に心を許していたとしても、自分の結婚を、こんなふうに手放しで喜ぶ男を見たことがない。そのように、叔母は、実際に、美人だった。絶世の美女だと言っても、大きな誤りをおかしたことにはならないと思う。

叔母は、顔貌が水谷八重子に似ていた。人によくそう言われていたし、自分でもそう思っていたような節がある。水谷八重子は、女優としては、気位の高い女だったと私は考えている。叔母にも、そんなところがあった。私は、この叔母が怖かったし、ちょっと苦手でもあった。

叔母は、やや小柄で色白だった。そこのところが、私の母とは少し違う。母は、明治生まれの女としては、小柄ではなかったし、妹と較べれば浅黒い顔をしていた。叔父は、終戦後、旅館の営業を再開したのであるけれど、三年か四年で廃業してしまった。しかし、叔母は、ずっと旅館の内儀であったのだから、かなりの厚化粧であったし、いつでも身形《みなり》を整えていた。この、厚化粧であるということと、叔母が色白の美人であったということとは無関係である。素顔の叔母も美しかった。化粧ばえのする顔だった。

私は、この叔母が、六十歳を過ぎているときに、たわむれに、肩を揉んだことがある。私も正直に言うのであるけれど、この叔母の体に触れるとき、胸がトキメクというのに近い感情を味わった。叔母の体は驚くほど柔らかかったし、そのときも、叔母との結婚が嬉しかったという叔父の言葉を思いだした。

歌人の吉野秀雄先生は、K旅館の内儀が私の叔母であることを知ったとき、にわかには信じられないという顔をした。

「K旅館？　よく知っていますよ。何度も遊びに行ったんだから。……そりゃあ、もう、よく知っていますよ」

吉野先生は、結核の療養のために、戦前に鎌倉へ来て、そのまま住みついてしまった人である。

「あなたの叔母さんは綺麗な人だったなあ。ええ、いまでも綺麗でしょう。でも、若いときは、もっと綺麗でした。うんと美しい人でした。私なんか、惚れちゃってねえ……。あなたの叔母さんに逢いたくて、よくK旅館へ行ったもんですよ」

吉野先生は、もと、高崎の人である。だから、叔母の美貌に加えて、その気風にも惚れこんだように思われる。叔母は勝気な性格で、ハキハキした物言いをしたし、愛嬌もあった。そういう叔母が、吉野先生には垢抜けのした女に見えたように思われる。この、勝気な性格で、どこか切り口上のような口のきき方をすることでは、母と叔母は共通していた。また、二人とも、涙脆《なみだもろ》いところがあり、つまらない映画を見ても、甲子園の高校野球大会のようなものを見ても、すぐに涙を流した。

私は、久米正雄にも、吉野先生と同じようなことを言われた。多分、戦前からの鎌倉文士で、叔母のことを知らない人はいなかったはずだと思う。小島政二郎は、たびたび、小説のなかに私の叔母を登場させている。

叔父のところには、萩原朔太郎の書いた短冊が残っている。そこには「黒猫の屋根を這ふ大都会」と書かれている。叔父は、私に言われるまで、朔太郎が偉い人であることを知らなかったらしい。叔父からするならば、朔太郎程度の人は何人も遊びにきていたということになるのだろう。文士は貧乏で、客としては、あまり歓迎したくないという気持があったかもしれない。

K旅館は、由比ヶ浜に面する一等地にある有名旅館であったから、芸人が家族連れで一夏を避暑にくるということがあった。叔母は、よく、長谷川一夫などを、親しい人のようにして話をしていた。おそらく、文士や芸人たちの間で、叔母のことが、しばしば話題になったことと思われる。商売上のことで、叔母は、客については多くを語りたがらなかったが、叔母は客たちの間では派手な存在であったろうと思われる。いくらか大袈裟に言えば、叔母の美貌は一世を風靡《ふうび》したと言ってもいいと思う。

叔父のところに、三人の娘がいた。私の従妹になる。長女は、戦前、私の家へ、よく遊びにきていた。色白で、派手な顔立ちの、体格のいい女性だった。昭和十六、七年頃が彼女の適齢期だった。彼女は、音楽会へ行ったり、外国映画を見たりすることが好きだった。東京へ出てくる度に私の家に寄った。中学生であった私にとって、彼女もまた、眩しいような存在だった。どういうわけか、彼女は、何度か痴漢に襲われた。どうしても目立ってしまうのだろう。二流か三流の映画館の暗がりで、隣の客に手を握られたりする。いまでもそうかもしれないが、洋画に凝りだすと、場末の映画館まで、好きな映画を追いかけて行くようになる。手を握られてどうするかというと、彼女は、その男の手を摑んで立ちあがり、大声で叫ぶのである。そういう話を聞くたびに私はヒヤヒヤしたが、一方で、彼女なら安心だという気持もあった。彼女は活潑であり、勇敢であり、水泳で鍛えた立派な体を持っていた。

次女は、横浜のカトリック系の女学校に通っていて、リボンの大きいモダンな制服の似あう悧発な女性だった。長女も次女もそうだけれど、三女は特に体格がよく、スタイルもよかった。顔立ちも整っていた。

女房が、この三人の従妹を知ったとき、長女はすでに嫁いでいたのだけれど、女房の目からするならば、残された二人は一種強敵のように見えたかもしれない。私は、そういう意味での関心はまったくなかったし、従妹たちを、都合のいいところに住んでいる金持の遊び友達というふうに見ていたのだけれど、女房からすると、油断のならない少女たちということになるかもしれない。

戦争が終ってから、いつともなく、鎌倉の家に、小久保という遠縁の老人夫婦が住みつくようになった。母方の遠縁というだけで、私は、それがどういう関係にあるかを知らされていなかった。

鎌倉の家は、松方公爵の別邸で、大きな家であったが、すでに、その頃から、私の家の内実は逼迫《ひっぱく》していた。どうして、こういう厄介者を抱えこまなければならないのか、私にはわからなかった。母の説明によると、母の実家が倒産したとき、小久保家も連帯責任者として同じように倒産してしまったためだという。小久保夫婦は気の毒な境遇にあった。しかし、だからといって、私の母が小久保夫婦を養わなければならないという責任があるとは思われなかった。総じて、私のところの親戚関係は、まことにアイマイだった。私の家が鎌倉にあったのは三年半ばかりの間であったが、そのうちの一年間は、小久保の妻の弟と称する男も、賄方《まかないかた》として住みこんでいた。

この小久保夫婦は、一見してお人好しというところがあり、近所の人たちに愛されていた。私も女房も、この夫婦が好きだった。その気持が通じたようであって、私も女房も、彼等から愛されていた。ずっと後になって、しまいには、私たちが小久保夫婦の面倒を見るようになるのである。彼等には身寄りがなかった。

小久保の夫の文司は、一見してお人好しと書いたが、同時に、タダ者ではないという感じが漾《ただよ》っていた。彼は、明治大学の卒業生である。すでに腰が曲っていたが、昔者としては大男の部類に属する。これはもう、紛《まご》うかたなき美男子であった。面長で、色白で、歌舞伎役者にも滅多にはないような顔をしていた。目と鼻が大きくて、唇が赤かった。挙措動作に、どことなく、気品があった。臈《ろう》たけたというのは女の形容であるが、そんなところがあった。悠揚迫らざるという趣きがあった。

しかし、小久保文司の経歴については、私は、まったく何も知らなかった。これだけの顔をしていて、これだけの風格があって、曲りなりにも大学を卒業していて、いったい、彼は何をしてきたのだろうか。なぜ、私の家の厄介者にならなければならなかったのか。そういう意味では正体不明の男だった。

小久保の妻のハルは、当時、六十歳を越えていた。こっちのほうは、夫と違って、小さい女だった。私のような非力な男でも、軽々と抱きあげることが可能だった。

ハルは近所の人たちの誰からも愛されたと書いたが、私のほうの家族の誰にも可愛がられたというわけにはいかなかった。ハルは、優しいように見えて、芯の強いところがあった。選り好みをするような、利かぬ気のところがあった。ハルは、私の妹たちを嫌っていた。下の妹のことを、陰では、鬼薊《おにあざみ》と言っていた。美しいけれどトゲがあるという意味だろう。芯が強いというより、依怙地《いこじ》と言ったほうがいいかもしれない。それは、彼女の不幸な境遇からして、仕方のないことだった。私の母も、ハルのそういう面を嫌っていた。従って、そのぶんだけ、余計に私たち夫婦を愛するようになったのかもしれない。後に、彼女は私の息子を溺愛するようになる。まるで、恋人であるかのように、私の息子の写真を肌身はなさずに持っていた。

鎌倉に住んでいたとき、隣家といっていい場所に川端康成の家があった。川端さんは『山の音』という小説で、小久保夫婦を愛情をもって描いている。

あるとき、川端さんは、小久保ハルに、身の上話を聞かせてくれるようにせがんだという。ハルは、そのことを、身をよじるようにして、赤い顔で、私に告げた。しかし、彼女は、川端さんには何も言わなかった。

川端さんの直感は正しかったのである。さすがに鋭いと思わないわけにはいかない。小久保ハルは数奇な運命を辿った女である。

この小久保夫婦が、私たちとは血のつながりがなく、遠縁というものでもないことを知ったのも、つい最近のことになる。それは、私にとって驚くべき出来事だった。怖しいことだった。なぜ、私の母は、血縁ではない人たちを、終戦直後の、誰もが困窮していた時代に、三人も引き取って面倒をみなければならなかったのだろうか。私は、父と母とが、そのことについて言い争いをしていたのを何度か聞いている。

女房は、そのころ、私の母の兄を知らなかった。伯父は、終戦後は、知多半島の突端に近い篠島《しのじま》という島に逼塞《ひっそく》していた。その島は、彼の何度目かの妻の生まれたところだった。

伯父は長男であり、丑太郎という名であったが、文雄と改名していた。私は、子供のとき、鄙《ひな》びた、古めかしい、それだけにいくらかは由緒《ゆいしょ》ありげな名が、都会的な、優しい感じのする、従って軟弱な感じのしないでもない名に変ったことに奇異なものを感じた。私自身は、丑太郎という伯父の名が決して厭ではなかった。むしろ、どちらかといえば、文雄という名が好きになれなかった。それは平凡であり、気取りがあり、それゆえに、一層田舎臭いものに思われた。

私は、自分が変った名であり、そのために余計な苦労をしたが、改名しようと思ったことは一度もなかった。雑文を書くときに、いくつかのペンネームをこしらえたが、ちゃんとしたものを書くときは本名で書こうと思っていた。なぜ、伯父は、中年になって、突如として、誰にも相談せずに改名してしまったのだろうか。改名するということは、ある意味では、自分の過去の一部を抹殺することである。伯父は、宗教や姓名判断や方位学に凝ったりするような男ではなかった。

伯父は、私の父、すなわち妹の亭主にあやかろうとしたのかもしれない。父の名は正雄である。単純に、似たような名にしてしまったのだとも考えられる。それだけに、丑太郎という名が、ただただ厭だったのだと考えられないこともない。このことは、私の名が奇異なものになってしまったことと、いくらかは関連しているのである。そうして、私が、なぜ伯父が自分の名を嫌悪したかということの本当の意味を知り得たのは、ずっと後になってからのことだった。

しかし、伯父が文雄と呼ばれることは絶えて無かった。依然として、伯父は丑太郎であり、ウッちゃんであった。むしろ、丑太郎なりウッちゃんなりは、いまにいたるまで、横須賀市のある方面においては響きわたっていると言っていいくらいのものである。

丑太郎は、母と同じように、大きな目をしていた。まことに特徴的な目の玉である。色は浅黒く、中肉中背だが引き緊《しま》った体つきである。鼻筋が通っていて、鼻翼が、さあ何というか、つまり団子っ鼻ではなく、鷲鼻に近かった。こう書くと外国人に近い印象をあたえるかもしれない。そういう感じがないわけでもないが、丑太郎は、全体として歌舞伎役者の若旦那という感じだった。やや甘ったれで、利かぬ気であることが相貌にあらわれていた。育てにくい子供であったと思う。私は、常に、鯔背《いなせ》という印象をうけていた。こういう男は、女性関係でダラシがなくて、女のほうでも放っておかないだろうと思っていた。また、事実、伯父の前半生はそういうものであった。

母の弟の保次郎は、幼いときに、遠縁に当る寺に養子に出された。現在でも僧籍にある人である。保次郎は、丑太郎にくらべると、面長であり、ずっとおだやかな顔つきをしている。私は、この叔父も、なかなかの美男子であると思っている。

母の同胞《きょうだい》は、丑太郎、静子（母）、君子、保次郎の四人である。

このほかに、勇太郎という親戚の男がいて、私は、ずっと、勇太郎も母の同胞だと思っていた。彼自身がそう言っていたのだから、私が思い誤るのは無理がない。この叔父は、本当は、母の従弟だった。どうして、そういう面倒なことをしたのか、私にはわからない。母は、あきらかに、私に隠していることがあった。縁戚関係を聞かれるのを極端に嫌っていた。私は、いつでも、縁戚関係では、アイマイな知識しか持ちえなかった。

勇太郎は、私の母のことを姉さんと呼んでいたのであるけれど、現実の長男であるところの丑太郎も、母を姉さんと言っていた。いつのまにか、彼は、弟になっていた。これは、何度目かの若い妻を貰ったための遠慮であり、照れ隠しであったと思う。彼は、自分の妻に、母のことを姉さんと言うように教育したのだと思う。それで、いつしか、自分も母のことを姉さんと呼ぶようになってしまった。そういうことだと思う。兄が妹よりもずっと若い妻と結婚してしまったために、こんなことになるというのは、それほど珍しい出来事ではないと思う。しかし、丑太郎や勇太郎が、私の母を姉と呼び、姉だと思いたがったのは、母に人気があった証拠だと思う。母は親類中で頼りにされていた。

私は、私と結婚する以前の女房が、何人の親戚と会ったかを知らない。多分、岡泉のサイちゃん、シンちゃんという、遠縁に当る兄弟と会ったのは、結婚して以後のことだと思う。

私も、サイちゃんとかシンちゃんとか呼んでいて、正確な名を知らない。

この岡泉の兄弟は、親戚中でも評判になるほどの美男子だった。特に、弟のシンちゃんは、色白で、目が美しく、こんな男は映画俳優でも滅多にはいないだろうと思われた。事実、彼は、日本にプロ野球ができる以前の実業団の野球選手であって、宝塚の初期のスターに騒がれたという噂が残っている。野球の選手としては小柄であるが、いかにも俊敏そうで、しなやかな体をしていた。彼は三塁手だった。

岡泉兄弟もまた、本当は私の縁戚ではなかった。私は、遠縁の人と聞かされて育ったのであり、そう思って交際を続けてきたのである。会うのは、主として法事の席であり、法事に来るのだから、親類の者と思っても不思議はない。

女房は、私の家に遊びにくるようになって、会う人間の誰もが美男美女であることに驚き、怖れを抱いた。

美男であり美女であると言っても、その判定の基準は、なかなかに面倒なことになる。好きということもあるだろう。長谷川一夫は美男子であるが、ああいうノッペリとした男は嫌いだという人がいるに違いない。男の癖に色目を使うと言う人もいる。三船敏郎のことを獣めいていると感ずる人もいるはずである。

私の母方の親戚、もしくは親戚だと教えられてきた人たちに共通するものは何だったろうか。

母の兄のことを鯔背だと言った。たしかに、そういうところがあった。自堕落なところがある。脆《もろ》い感じがする。総じて、誰もが、怒りっぽくて涙もろい。非常によく言えば洗練されている。垢抜けしている。誰もが、一様に、お洒落だった。間違っても毛糸の腹巻きなんかはしないという風があった。頽廃していた。血が濃くなっていて、これで行きどまりという感じがあった。それでいて、乱暴者とか不良っぽいという感じはなかった。高貴と下賤の不思議な混交という感じさえあった。私は、そのことを時には誇らしく思い、時にはやりきれないことのように思った。ともかく、勤勉なる一般市民とはどこかが違うという感じを拭いさることができなかった。

唯一の他人である女房は、私の周囲の人たちに別世界を感じ、怖れを抱いた。その女房の感じ方は当っていたのである。

6

私の母について書かれた文章がある。それは、昭和五十年の十月に、漫画を主体とする週刊誌に発表された。筆者は、競馬評論家の蔵田正明さんである。蔵田さんは、非常に勝れた評論家であって、彼の競馬の予想は、しばしば、年間的中率の第一位になっている。

昭和十七、八年ごろ、蔵田さんは、よく私の家へ遊びにきていた。彼は、そのころ、毎日新聞社の宮内省担当の記者だった。蔵田さんのほかに、亡くなった福湯豊さんも遊びにきていた。福湯さんは、後に、例の、マッカーサー厚木到着の記事で知られるようになった名文記者である。

蔵田さんも福湯さんも、私の家に遊びにくるといっても、目的はひとつで、それは、麻雀を打つためだった。麻雀の客は他にもいたが（得体の知れぬ客もいた）、なかでも、蔵田さんは、私の家にイリビタリという日が続いた。私は、新聞記者というものが、いかに戦時下の宮内省担当ということであったにしても、閑のある商売であることに驚いたり惘《あき》れたりしたものである。

蔵田さんには妻子があった。それも、八歳を頭に六人の子持であることが冗談のタネにされたりもしていた。双生児の一組があったので、そんなことになっていた。蔵田さんは私の家に小遣い稼ぎにきていた。私は、それが、小遣いだけでなく、生活費の一部になっていたのだろうと推測する。それくらい、蔵田さんの麻雀は、巧者で、強くて、負けることがなかった。小憎らしいくらいに上手だった。

しかし、私は、蔵田さんが好きだった。尊敬していた。どこかに無垢《むく》なところがあると思っていた。また、蔵田さんのほうでも、私の家の者を好いているようだった。そうでなければ、食糧事情の悪いときに、イリビタリになって、金を持っていってしまう人を家の者が許すわけがない。女中だって、いい顔をしないようになる。蔵田さんは、誰からも嫌われることのない不思議な存在だった。

インテリヤクザという言葉が、多分、そのころにもあったと思う。蔵田さんは、あきらかに、博奕に憑《つ》かれた、博奕に淫した男だった。そこのところが、かえって、サッパリとした感じになっていた。つまり、もう、博奕のセミプロと言われても仕方がないが、私の家で細工を弄するようなことはなかった。それでいて、私の知るかぎり、蔵田さんは、麻雀の一番強い人だった。彼の勝負度胸と、水際立った麻雀の打ち廻しについて書いてみたい誘惑にかられるが、ここでは、それを書いても、あまり意味がない。

ずっと後になって、私は、福島競馬場で蔵田さんに会った。その夜、朝日新聞の大島輝久さんをまじえて麻雀を打つ約束になっていたのであるが、もう一人の都合がつかなくて流れてしまった。これは自慢でも何でもなくて、蔵田さんと私とがメムバーだと聞けば、いくら博奕好きの競馬関係者でも、たいていの人は二の足を踏むだろう。それに、私たちは齢を取ってしまっていて、無理をしてでもメムバーを揃えるというような情熱を失ってしまっていた。

翌朝、また、私たちは競馬場で会った。

「昨日は残念だったけれど、どうでもいいやという気持だったな。……正直に言うと。もう、駄目になっちまったなあ」

と、私は言った。私の泊っていた旅館で打つことになっていて、蔵田さんから不成立の電話を貰ったのである。

「俺もそうだなあ。それに、ちょうどいい相手っていうのがいないしね。……まあ、久しぶりだから懐かしいっていう気持はあったんだけれど」

「私と蔵田さんとでは、おたがい、商売にならない」

「いや、もう、そんな気持はないよ。競馬も麻雀もお遊びになっちまった」

「私はね、あなたが一番強いと思っているんですよ。麻雀では……」

「そう言えば、あの頃、俺は麻雀で負けたってことはなかったね。学生時代から、麻雀大会があるっていうと必ず参加したもんですよ。それで三位以下になったってことはなかったんだよ。三位になると、五円か十円もらえたんでね。学生には大きな金だった。優勝すると、三十円だったかな」

その蔵田さんが、私の母のことについて書いた。私は、その文章を再録することに躊躇する気持がある。私でも、最初にそれを読んだときは、びっくりしてしまった。どうしたって、誰でも、母のことを誤解してしまうだろう。しかし、母だけではなく、私の家を他人の目で見るとこうなるということに関しては、蔵田さんの文章に頼る以外にはない。そういう意味あいのものは、このほかに何も残っていないのだから……。その文章は、次のようなものである。

(前略)一日に二、三レース、それも精々二千円か三千円くらいしか買わず、それでもレースを楽しんでいる競馬場での私が、瞳さんには老境に達した吉良常《きらつね》の如く映ったらしい。そういえば私の人生は確かに吉良常に似たところがある。多少浪花節的なところがあるにせよ、私にはどう転んでも吉良常のようなバッチリ筋の通った男の中の男というところはカケラもない。だが若いころを勝負ごと一本ですごし、現在ではそれを卒業して楽しむ心境に達していることは事実で、その点だけをとりあげれば似ていなくもないといえる。競馬でも朝の第一レースにでも「これだ」という馬がいれば有り金勝負したものだし、麻雀でも大きい麻雀をやっていると聞けばどこへでも飛んで行ったものだった。

瞳さんは私の吉良常に対して自分を瓢吉になぞらえる。吉良常が瓢吉の人生の師だったように、私を自分のギャンブルの師だというのだ。

私と瞳さんとの出会い、それは確か昭和十八年ごろだったと思う。私は毎日新聞社会部に勤務し、宮内省(現宮内庁)を担当していた。瞳さんはまだ旧制中学三年か四年ぐらいの少年だったから直接の交際があろうはずがない。ありていにいえば瞳さんの厳父正雄氏が私の麻雀のカモだったのである。

当時山口邸は麻布三の橋近くの高台にあった。私は渋谷の並木橋でアパート住まいだったから距離も近く麻雀のメンバーがそろわなくても、街にみかけぬサントリーの角などをねらってよくお邪魔したものである。門を入って玉砂利を二十米ほどゆくと武家風の玄関、式台というのだろうか、真正面のその上にツヅミ（鼓）が飾られており、その朱房の鮮やかさがいまでも瞼の裏に残っている。

山口家の家風は一風も二風も変わっていた。なにしろ、一家をあげてのバクチ好きなのだ。しかし、だからといって下品なところは全くない。

ある日私が訪れると、あいにく正雄氏は不在。広い邸に瞳さんの母上ただ一人が留守番をしておられた。私が帰ろうとすると母上は、

「蔵田さん、お上がんなさい、お上がんなさい。コイコイでもひきましょう」

といわれる。私も図々しいもので、上がりこんでコイコイをひきだしたが、そのうち、

「お風呂が沸きましたよ、入りましょうよ」

とのこと。軽く聞き流して風呂場におもむいたが、なんと「入りましょうよ」は「一緒に入りましょうよ」だったのである。恐縮しながら背中など流していただいたわけだが、それが全くイヤらしさがないのだ。天衣無縫とでもいうのだろうか。自然にあんなふうにふるま

えるなんて、これこそ人生の達人であろう。

家庭の中心である母堂がそんな性格だから山口家は底抜けに明るい。そして気兼ねがないのだから、遠慮のない私は暇さえあれば訪れた。そして麻雀、麻雀である。

そのうち空襲が激化する。しかし山口家と私との交際は変化なくつづく。空襲警報がでれば電燈を消してローソクで打てばいい。近くに爆弾がおちるようになれば庭の防空壕に駆けこむだけだ。

こうして山口家が焼ける日も、一家が立ち退く間際までいたのだから私の麻雀好き（いや、バクチ好きかな）にも呆れるが、それに調子をあわせた山口一家の人々にも恐れいる。（後略）

私の家には、どんな時代でも、母が死ぬまでは、蔵田さんのような人が出入りしていた。それも、二人や三人ではなかった。長唄や日本舞踊の師匠、出入りの職人、小学校の教師、父の工場の職工、プロ野球の選手、いまで言うタレントたち、近くに住む青年たち……。競馬用語で言えばオール・カマーであり、常に、来る者は拒《こば》まず去る者は追わずであった。

いったい、これだけの文章を読んで、人は、私の家について、どんなことを考えるだろうか。私には、わからない。蔵田さんのように、カモ（財源）だと思う人もいるだろうし、同時に底抜けに明るい家だと思う人もいるかもしれない。まず、大多数の人が、ダラシがないと思うだろう。常軌を逸していると思うのが普通だろう。人が良いと思うのも、ある点では当っていると思う。しかし、本当のところは、私にはわからない。

人が良いというのは事実であるが、大勢の来客たちは、私たちの嘲笑の材料にもなっていた。私たちは他人の欠点を見つけだすことに長《た》けていて、そのことについては仮借《かしゃく》ないところがあった。私たちの嘲笑の対象は、詮じつめれば田舎臭さと悋嗇《りんしょく》と勿体ぶりにあった。ただし、悪気があったのではない。私たちは、その日その日を笑って暮すことに熱心であり過ぎたのかもしれない。しかし、芸人だからといって、博奕打ちだからといって軽蔑するようなことはなかった。

私の中学の同級生に金子重雄という男がいて親しくしていた。運の悪いことに、私の家の近くに、金子という清掃業のボスがいた。まだ、東京でも、大部分の家が便所は汲取り式だった。私たちは、金子を、もっとはっきり、ウンコヤと呼んでいた。私たちの間では、金子さんというのは特別な意味があった。だから、金子重雄が遊びにくると、私の妹たちは、顔を見ただけで吹きだしてしまうのである。堪《こら》え性《しょう》がなかった。おそらく、金子は、自分がなぜ笑われるのかということがわからなかったと思う。

大森海岸から魚介類を売りにくる老人がいた。それは終戦後のことになるのだけれど、彼は、戦前は、出入りの下駄職人だった。その老人は、着物で尻っぱしょりをしてやってくる。焼跡の時代だから、遠くから歩いてくるのが見える。すると、妹たちは、「梅は咲いたか桜はまだかいな」を口三味線でもって歌うのである。歩いている老人の歩調がそれにピッタリと合って踊りながら近づいてくるように見えた。台所で鼻をすすりながら魚介類をひろげる老人も、どうして誰もがニヤニヤ笑っているのかを理解できなかったと思う。そのために、私たちは、困窮していて、とても大森海岸のカニなどを買える境遇ではなかったのだけれど、ついつい、買わざるをえない破目におちいった。

私たちは、鼻っ柱が強くて、いざとなれば意気地がなかった。それが家風だった。

実は、蔵田さんも、例外ではなかった。蔵田さんが書いているように、空襲になって、これは危険だということになれば防空壕に逃げる。そのとき、蔵田さんは、いつでも、一升瓶を持って逃げる。暗闇のなかで、酒をラッパ飲みする。近くに爆弾が落ちたとき、蔵田さんは慄えていたという。案外に臆病者ねということになった。そう言って、女中たちまでが笑うのである。しかし、空襲になって、恐怖のあまりに酒を飲まずにはいられない、爆弾の落ちる音が聞こえれば慄えるというのが当り前であって、笑っている私たちのほうが、どう考えたって尋常ではない。

さて、問題の入浴の箇所である。

私の母は風呂が好きだった。しかし、長く湯に漬かるのではなくて、いわゆる烏の行水という式で、三、四分で出てきてしまう。あれで洗う時間があるのかと疑われるほどに短い入浴だった。風邪をひいているときでも風呂は欠かさない。同居していた小久保ハルは、それを見ると、垢で死ぬわけじゃあるまいしと言って、惘《あき》れ顔で笑った。

母は、長唄の師匠たちと温泉へ行くと、平気で男用の風呂へ入ったという。男用のほうが大きくて気持がいいと思ったのだろう。また、これは五十歳に近くなってからのことであるけれど、台所で、他人もいるところで、着物を脱ぎ、腰巻ひとつになって風呂場へ駈けてゆくようなこともあった。そういうときの母は、あけっぴろげで、私は辟易《へきえき》するのだけれど、可愛らしくもあった。蔵田さんが書いているように天衣無縫であり、人生の達人だった。

しかし、私は、蔵田さんの書いたものを読んだとき、ショックを受けた。

風呂をサービスするというのだから、たぶん、それは、汗をかきやすい夏時分のことだろう。母は、風呂に入りたいと思っていた。しかし、家のなかには母以外に人はいないのだから、おいそれと湯につかるわけにはいかない。そこへあらわれたのが蔵田さんだった。母は風呂の支度をする。花札を引いているうちに風呂が沸く。蔵田さんに入ってもらう。そのうちに、気の短い母は我慢ができなくなる。蔵田さんの背中を流してあげよう。ついでに、自分も風呂に入ってしまおう。そうすれば、また、すぐに花札を一緒に続けることができる。母に博奕の才能があったわけではないが、不思議に、薄情っ花札《ばかばな》といわれるコイコイだけはうまかった。多分、コイコイならば、蔵田さんに充分に対抗できたはずである。風呂に入る。背中を流す。自分も湯につかる。それは、疑いもなく、母のサービス精神のあらわれである。そういう状況であったと考えたい。

しかし、これは、こういう状況でもあった。

夏の昼さがり。夫はいない。子供もいない。女中も、昼間は工場で働いている。そこへ夫の友人が来る。その男と花札を打つ。蔵田さんが書いているように、物静かなお屋敷町である。その気怠《けだる》いような午後。そうして、誰もいない家で、夫の友人と二人で風呂に入ってしまう。それが昭和十八年であるとすれば、母は三十九歳か四十歳である。まだまだ母は美しかった。瑞々《みずみず》しさを失ってはいなかった。蔵田さんは驚いたと思う。主人のいない家で、主婦と博奕を打って金のやりとりをするだけでも、いくらかの疚《やま》しさを感じていたと思う。だから、三十数年を経ても、そのことをハッキリと憶えているのである。蔵田さんにとってもショッキングな事件であった。私は、蔵田さんの書いたものを読んで胸騒ぎをおぼえた。その胸騒ぎは、いまになっても止むことがない。

しかし、母は、決して、自堕落な女ではなかった。私の家には大勢の男たちが出入りしていたが、その男たちの誰かと間違いをおかすなどということは、とうてい、考えられなかった。

母は、そういう種類のことを嫌っていたし、そういう男女を軽蔑していた。母は、むしろ、潔癖すぎるようなところがあった。それに、言ってみれば、母は、家に出入りするどの男たちと比較しても、母のほうがはるかに上手《うわて》だった。どの男も、母は、腹の底では軽侮していたと思う。また、その頃の母は、父を尊敬していたし、信じていたし、お互いに愛しあっていたと言ってもいいと思う。

かりに、母に男を誘う気持があったならば、それこそフシダラに見えるような、いきなり男と一緒に入浴するようなことはやれなかったと思う。その意味で、母は、天真爛漫で、童女のような女だった。蔵田さんの観察は、まことに正確だった。天衣無縫とでも書くより書きようがない。母は、私の知るかぎり、どの母親よりも、性に関しては潔癖であり、厳格でありすぎるようなところがあった。性については恬淡《てんたん》としていて、それを人生上の一大事と考えるようなところは微塵もなかった。

しかしながら、私はこうも思う。いったい、そのときの母に、遊び心、好き心が毛程もなかったと言いきることができるだろうか。百パーセントのうちの九十九パーセントを否《ノー》と答えて、残りの一パーセントを私は否定しきれないでいる。そのことが私を苦しめる。むろん、私は、母の子としての直感でもって、そんな考えが母には微塵もなかったと言いきることができるのである。それが、九十九パーセントの意味である。

しかし、事態を客観的に考えるならば、夫の友人が、男性として母を襲ったとしても、母のほうには一言の弁解の余地も残されていないというのも事実である。そういうところが、母の迂闊《うかつ》なところである。天衣無縫を淫らなものと解釈されることがあっても仕方がないのではなかろうか。そうして、私は、母の、そういうところが好きなのである。

あの潔癖だった母が……と、私は思う。潔癖であるがゆえに自由だったとも思う。童女のような、聖女のような、類のない女であったと思う。

それならば、そういう母が、どうして、そんな、自由な、天衣無縫な、自由であるがゆえの尋常でない行為がとれたのだろうか。母は疑うことがなかった。相手を信じていた。そうはならないことに確信を抱いていた。ちょっとでも相手にそういう気配があれば、母は断じて許さなかったはずだと思う。

ここで、私は、血のことを考える。母の血筋が母を動かしているのではあるまいか。母は自覚していなくて、母の血が、自然に、母に、世の中の常識からすれば尋常でないところの行為に行動させているのではないか。従って、母には、反省も、自責の念にかられるようなこともない。だから、天然自然であり天真爛漫であったのだ。それは「血」ではないのか。だから、私は、母を責めようとするような気持は、まったく無い。ただただ、母とは無関係に、胸騒ぎと体の慄えるような思いが残るだけである。あれは血筋とか血統に類することではあるまいか。

なんだか、そんな気がする。

7

私は、はじめに、空襲で焼けてしまった一冊のアルバムについて書いた。そのアルバムの数頁に関しては、記憶が鮮明に残っている。それは、しかし、たかだか、四、五頁ぐらいのことである。あとのことは、きれいさっぱり忘れてしまっている。私は、空襲にかぎらず、火事に遇ったら、まずアルバムと日記を持ちだすべきだと人に言い、自分にも言いきかせるようになった。それは、かけがえのないものである。実際に、アルバムを無くしてしまったことを悔《く》やむ人が多いのである。

火事に遇った人に、家族が無事であったこと、類焼のなかったことは幸運であったと言うと、彼等は、一様に、こう言うのである。

「でも、アルバムを焼いてしまった」

まるで、自分の過去がなくなってしまったかのようにして言う。

小説家や評論家が文章を書くときに「古い一葉の写真」を手がかりにすることが多い。それは、ひとつの常套手段《じょうとう》になっているようにさえ思われる。特に、両親や先祖のことを書くときがそうだ。誰かの評伝を書くときがそうだ。

私は、その、焼けてしまった一冊のアルバムがこわいと書いた。父と母との結婚式の写真がない。披露宴の写真がない。婚前の二人の写真がない。結婚後の、新婚生活をあらわすような写真がない。ことによると、父と母とは挙式のできるような結婚ではなかったのではないかという疑念が生ずるのである。あるいは、もしかしたら、父と母とは、婚姻届も提出していなかったのではなかろうか。そういうことが、私には、こわかった。

しかし、本当の恐怖感は、もっと別のところにあった。結婚式を挙げない、披露宴を催して人を招くことをしない、婚姻届を提出しないといったようなことは、それほどこわくはない。そういう男女の結びつきは、この世にいくらでもあるだろう。私は、それにこだわるようなことはなかったと言っていい。

突如として、生後三カ月ぐらいの赤ん坊の写真が出てくる。それが私である。学生時代の父の写真の後に出てくるのがそれである。

それだけだったら、そのことも、それほどにはこわくない。私は、故意に隠して書いてきた。実は、同じ一葉の写真のなかに、生後三カ月の私とほぼ同じぐらいの赤ん坊がいるのである。それが私の兄である。この二人の赤ん坊は双生児ではない。

私は、絹の綿入れのような大柄の着物を着ていた。柄は違っているが、兄も同じような、お七夜に着るような着物を着ていた。おそらく、これは熨斗目《のしめ》だろう。私が右側で、兄は左側にいた。私のほうが目が大きかった。どうかすると、私のほうが先きに生まれたかのようにも見えた。どちらが兄であり、どちらが弟であるかという見分けがつかなかった。

アルバムにおける私の写真は、そこで跡切《とぎ》れてしまっている。兄の場合もそうだ。次に出てくる写真は(別のアルバムになるが)私の小学一年の入学のときの写真である。このとき、兄はいなかった。兄だけは別の所に住んでいた。

父と母とが、どうしてそういう写真を撮ったかということも霧のなかに包まれてしまっている。私は、その写真を見るたびに、どうしてこの人を兄と呼ばなければならないのかという疑問を抱いた。

二人の赤ん坊は、寝たままで、そっぽを向いていた。その写真は、兄と私との事件の幕あきを意味していたと言えるかもしれない。

8

私は、すぐに泣く子供だった。幼稚園のとき、もし、今日一日泣かなかったら褒美をあげると保姆《ほぼ》に言われたそうだ。そのことを、私は、うっすらと記憶している。しかし、私は、一日として泣かない日はなかった。泣くということは、幼児にとって、ひとつの合図であり信号である。私は合図を送らない日はなかった。

しかし、同時に、私は我慢強い子供でもあった。すくなくとも、小学生になってからは、そうなっていた。子供のときから歯が悪かったのであるけれど、歯医者で泣くようなことはなかった。注射をこわがることもなかった。そういう点は、兄や弟とは違っていた。

私は、どういうときに泣いたのだろうか。それが、はっきりとは思いだせない。しかし、小学校の一年生のときは、教師に名前を呼ばれただけで、顔が赤くなり、涙がたまってくるような子供だった。もう一言、何か言われれば、それだけで泣きだしてしまった。教師に叱られる、あるいは、教師の問いに答えられないというときに泣いてしまう。自己主張をすることがなかった。その前に、悲しくなり、世の中が真っ暗闇になってしまう。

そういう子供が何人かいることを知っている。

「この子はすぐに物悲しくなってしまうんだから……」

そう言って叱る母親がいる。私の場合もそれだった。物悲しいという言い方は、かなり正確であるような気がする。理窟はなくて、すぐに悲しくなる。

この性癖は、ずっとずっと、長く続いた。いまでも、そういうところがある。先天的な甘ったれとでも言うのだろうか。私は、子供だったときの、泣いているときの目の感触を即座に感ずることができる。

子供のときから、ずっと、私は、言ってみるならば漠たる不安に悩まされ続けてきた。私のような者が、どうしてこの世に生きることができようか。私は、まったく、自信がなかった。金を稼いでいる自分というものが、どうにも想像できなかった。どんな仕事でもいい、どんなに人から嘲笑されるような仕事でもいい、あるいは世間から賤業と見られているような種類の職業でもいい、もし、それが私に与えられるならば、一所懸命に、辛抱強く、しがみついていようと思った。辛抱強いということでは、いくらかの自信があった。多分、私は、親の期待を裏切って、単純な作業をするところの労働者になってしまうだろうと思っていた。運がよかったらという条件つきの話なのであるが……。そのときは、私は一人だ。一人で、三畳の部屋で暮しているだろう。そうなったら、それはどんなに楽しい生活であることか。そのことを考えるのは、私にとって、ひそかにして甘美なる空想だった。しかし、おそらく、そういう幸運は訪れないだろうと思っていた。少年時代の私には、野心というものが、ひとかけらもなかった。あきらかに、私は、異常なほどの小心者であり、人生に対する構え方において卑怯者だった。人と争って、そこを切り抜けてゆくなどということは、とうてい考えられない、私の身にありうべからざることだった。

中学の三年生の頃だったろうか。私は、兄と妹と弟に、将来、みんなが大人になったとき、毎月十円ずつ出してくれないかと頼んだことがある。私には、一人の兄、二人の妹、一人の弟がいた。末の妹は幼くして死んでいた。だから、同胞四人で四十円になる。大学卒業のサラリーマンの初任給が七、八十円であるとして、それから三、四年後の月給が百円であるとして、私なら四十円あれば暮せないわけがないと考えていた。また、私は、一人当り十円分ぐらいの働きは出来るだろうと思っていた。使い走りでもなんでもする。留守番をする。子守りをする。商店なら、簡単な帳簿をつける。充分に割にあう話だと思い、そう言った記憶がある。

いま考えて、中学の三年生としては実に奇妙な発想だったという気がする。こういう少年は、めったにはいるものではないと思う。この場合、自分が月給百円のサラリーマンになるという考えが、まるで浮かんでこなかったというのがおかしい。

兄も妹も弟も、黙っていた。キョトンとしていた。呆気にとられていたようだ。おそらく、あまりに突拍子もない提案なので、私の言葉の意味がすぐには呑みこめなかったのだろう。……やがて、妹の一人、たしか上の妹だったと思うけれど、いいわよ、十円ぐらいだったら出してあげると言った。しかし、さすがに、私も、十円では暮すことができない。こういうことは同胞で気をそろえてくれなくてはいけないと思った。

私は、だんだんに、堅実な家庭に憧れるようになっていった。小市民的なるものであろうか。官吏、大工場の工員、銀行員、小学校・中学校の教師、郵便局員、八百屋魚屋乾物屋などの商人、納豆製造業、文房具屋、自転車屋などであった。農家の生活については私は知るところがなかった。特に憧れたのは、官吏、それも下級官吏ということになろうか。また、家が商店であれば自分にも手伝える部分があると考えていたようだ。

私が小学生だったとき、クラスで首席を続けた生徒の父は、あまり精しいことは知らないが下級官吏であったようだ。その生徒は、難なく府立一中に合格し、一高から東大に進んだ。理科系のはずであるが、それ以後のことは知らない。彼の兄も、一年浪人して東大に合格した。

彼の家は私の家の近くにあったが、彼の家にあがったことはなかった。外から見ると、彼の家は、木造平屋であって、間取りは六畳、四畳半、三畳といった程度であると思われた。公宅であったかもしれない。眼鏡をかけた、色の白い、いかにも聡明そうな母がいた。彼の家が近くにあって、同じ野球部員であったのに、一度も彼の家で遊んだことがないのは、彼が、小学生であるのに、一日の日程がきちんと定まっているためであったようだ。彼は非常なる勉強家だったし、また、思いやりの深い生徒だった。私たちのクラスには精神薄弱児にちかい生徒がいたが、その生徒を常に労《いたわ》って勉強を見てやったりもしたのが彼であり、そのことは今でもクラス会の話題になっている。教師からすれば、文句のつけようのない生徒だった。

私は、当時、自分も、ああいう家に生まれ育ったならば、もっと勉強が出来るはずなのにと思ったものである。それよりも、気持が安まるはずだと思った。小心翼々でいいではないかと思った。堅実で、間違いのない生活。それに、私は、どんなに切実な思いで憧れたことであろうか。

しかし、私の母は、彼には一目を置くとしても、彼の母や、そういう家庭、そういう生活を極端に嫌っていた。彼の母に関して、何か気に障ることがあったのかもしれない。彼が私の家に遊びにきたことがなかったのは、向うでは、私の家を敬遠していたのだと思う。

父も、小市民的なるものを嫌っていた。明治生まれの一旗組であり立身出世型であった父には、そういったものは眼中になかった。父も母も、そういう私を理解することは無理だった。小市民的なるものについての憧れを語ることも、私の家では禁忌になっていた。言えば叱りとばされるにきまっている。……父も母も、たとえば落魄《らくはく》した芸人などには理解を示したのであるが。

私の家は、あまりにも騒々しかった。

中学三年生のころ、私の家は、麻布の山の手と下町の間ぐらいのところにあった。崖上があれば崖下があるのが道理で、私たちの家は、その接点に位置していた。町工場を経営する父は、軍需景気の波に乗っていたが、まだまだ、崖上のブルジョワ階級に喰いこむという域には至っていなかった。

その家は角地にあり、敷地は百坪だった。建坪は四十五坪という見当だろうか。総檜の二階建てで、食堂と応接室は洋間であり、そのほかに、やはり総檜造りの舞台があった。舞台があるのは、日本舞踊を習っている三人の妹（二人は後に舞踊家になった。一人は早く死亡）のためのものであったが、父も母も、私を除くすべての同胞も吉住流の長唄の稽古を受けていたためでもあった。だから、その舞台には山台もついていた。舞台の横手には、欅《けやき》の一枚板の便所があり、壁は朱塗りだった。

敷地内に、総二階の別棟があり、階上二間が子供部屋になっている。階下には父方の祖父母が住んでいた。この家は、蔵田正明さんの書いている家とは違う。蔵田さんの書いている家は、そこから約百五十メートル離れた坂の中腹にあった。こっちのほうは本当の豪邸であって、理髪室があったのを記憶している。隣が黒田製薬の社長の家で、向いが琴の今井慶松さんの家だった。ただし、こっちのほうは借家である。私たちは二軒に別れて住むようになった。

その私たちの持家であった家には、実に立派な門があった。金が出来ると立派な門を建てるというのが父の好みであったようだ。戦後になって、もう一度、父は、家に不釣合と思われるような大きな門を建てるようになる。

その家にいたときには、二人の女中がいた。親戚の娘が行儀見習に来ると、女中が三人になる。また、そのころ、父は軽井沢に別荘を建てるようになる。それは当時の沓掛《くつかけ》、いまの中軽井沢であったが、だんだんに買い足していって敷地は六千坪になった。敷地内に沢と池があり、その沢に橋を掛け、橋を渡ったところに、新潟から解体した農家を運んできた。その農家も大きなものであって、家の周囲に広いベランダをめぐらすことになった。家に寝ころがっていても浅間山が見えた。

麻布の家の台所には、常に薦被《こもかぶ》りの四斗樽が置いてあった。父は白鷹を好んだ。ウイスキイはサントリーの角瓶であったが、一打《ダース》入りの箱で買っていた。少年のころから、私は、薦被りの酒が尽きるときの底のほうの酒がうまいことを知っていた。大型の電気冷蔵庫には、牛肉、鳥肉、魚、貝類、エビ、カニといったものが充満していた。大東亜戦争の始まる前ごろからであるけれど、父は、五、六年の間にそれだけのことをやってのけたのである。つまりは、軍需成金の典型であったと言っていいだろうと思う。

しかし、私は、ものごころがついてから、昭和三十四年の暮に母が死ぬまで、私の家が質屋と縁が切れた時代を知らない。特に、母が死んだときは、簞笥《たんす》のなかは空っぽだった。その他の、めぼしいものは、すべて質屋の蔵の中にあった。母が死んだのは、昭和三十四年十二月三十一日の朝であって、朝食のときに倒れてそのままになってしまうのであるが、私と弟とは、その日のうちに質屋へ行って、母の衣類や指輪などを受けだしてきた。金は無かった。なにしろ、大晦日なので、そうしないと、質屋が休みになってしまう。質草になっているものがなければ、形身わけができない。質屋には、通夜になり葬式になれば香奠《こうでん》が集まるから、必ずそれで支払いをするからと頼みこんだ。

私は、幼いときから、大風呂敷を持って夜中に出て行く母の姿を知っていた。部屋の隅にいる見知らぬ老人を知っていた。その老人は紹介されることがなかった。彼は質屋の主人であって、利息の催促に来ているのだった。

おそらく、軍需景気の波に乗ったころの半年間か一年間は質屋を利用しない期間があったはずだと思うけれど、私の実感からすると、質屋とはまだどこかでつながっていた。実際、私の家には、現金のないことが多かった。母は、平気で質屋へ出かけていったり、主人を呼んだりしていた。

これは、戦後の朝鮮戦争のときであるけれど、母は、五十万円の銀行預金通帳を自分の妹に見せに行ったことがある。それは、もう、こうなったのだから安心してもらいたいというのが半分で、無邪気に見せびらかすのが半分であったと思われる。してみると、あの戦前の軍需景気のときも預金通帳などはなかったのではないかという疑いが生ずるのである。多分、この推測は当っていると思う。その五十万円も、朝鮮戦争の終結と同時になくなってしまった。

私は、他人の家のことは知らない。しかし、私の家が客の多い家であったことは間違いがないと思う。金などは、あればあり従いという家風であり、食事は贅沢だった。私は、戦前戦後を通じて、代用食を食べたことはなかった。代用食を食べるのは他人の家でのことだった。父も母も陽気で楽天家で、話が面白い。芸事に熱中し、博奕も盛んに行われた。スポーツ（当時は野球と相撲ぐらいであるけれど）にも理解があった。そのうえに他人を歓待した。父も母も惚れっぽいところがあった。こんなふうでは、客が来ないほうがおかしいのであって、三人や四人の泊り客がいるのは決して珍しいことではなかった。

だから、私が堅気な家庭に憧れたのは、これも無理のないことだと思われる。しかし、私は、家中では白眼視されていた。家での私の渾名は冷血動物であり、ゲジゲジだった。私は懶《なま》けものであり遊び好きであったけれど、家風には同調しなかった。私一人だけが長唄を習わなかったのもそのためである。私は常に不安だった。

私が願っていたのは安穏《あんのん》な生活だった。その思いは、ずっと、いまに及んでいる。安気《あんき》な生活に憧れた。

父や母からするならば、彼等の期待に反して、私は、ちっぽけな、ケチくさい男になっていった。つまりは、厭な奴だった。おそらく、父も母も、私を本当に理解することはなかっただろうと思う。

9

母は、性に対しては潔癖なところがあった。異常にとまでは言わないが、人並はずれてというぐらいは言ってもいいだろう。私たち同胞は、性に関する言葉を発することを厳に戒められていた。それは、却って行き過ぎではないかと思われるほどだった。

そのために、私などは、自分で考えて、ずいぶん遅れていたと思う。小学校の五、六年生になると、級友の話していることで、わからないことがたくさんあった。また、意味内容がわかっても、それはとうてい信じられない事柄だと思ったりしていた。

中学に入学してからもそうであって、私は、スケベエという言葉さえ知らなかった。その言葉を口にするときの級友の態度で、だいたいの察しはつく。しかし、はっきりとはわからない。

私の入学した中学は、生徒は東京の中流階級の子弟が多く、お坊ちゃん学校と言われていたが、そのなかでも私は遅れていた。第一、私は、自慰を知らなかった。後に、これも、だいたいのことはわかってきても、私には出来なかった。体質ということもあるかもしれない。私はそのことに関心が向かなかった。

父もそうだった。子供に対する教育という意味からだけではなかった。軍需成金であったのだから、妾の一人や二人いたとしても少しも不思議ではない。得意先を花柳界で接待することが多かったのだけれど、浮いた噂とか、そのために父と母とが諍《いさか》いをするような場面を見たことがない。父は、いつでも、綺麗に遊んでいて、それが自慢であるようだった。新橋の半玉を総あげするようなことがあって、そのときの写真を見たことがある。私の記憶では半玉は四十人ぐらいだと思われたが、あるいはもっと多かったかもしれない。そういう派手な遊びをする男は、性のほうはさっぱりしているのではないかと思われる。

父も母も、たとえば、女癖の悪い芸人などを極度に嫌っていて、出入りを禁ずるようになっていた。

しかし、こういうこともあった。それも、中学の三年生の頃であったと思う。母は私にこう言った。

「瞳さん、決して素人の女と遊んじゃいけませんよ。素人のお嬢さんを泣かせるようなことをしてはいけませんよ」

こういう言葉は、私には極めて唐突だった。なぜならば、私には、まだ、まったくと言っていいほどに、女性に対する関心はなかったのだから。

私は、ただ驚いているだけだった。それに、まだ、女と遊ぶということの意味がわからなかったし、そういうチャンスが廻ってくるとも思われなかった。いまから考えると、これは一種の性教育であるかもしれない。それに母の人生哲学が加味されていた。

「遊ぶなら、玄人の女と遊びなさい。玄人の女なら、お金で解決できますから……。でもねえ、素人でも玄人でも、女を泣かせちゃいけませんよ。泣くのは男のほうよ。絶対に、女を泣かせるような男にならないでね」

これも奇妙な言葉だった。玄人と遊ぶ（遊廓へ行く）ことを奨励している気味あいがないこともない。母は、それを男の必然であり、悪いことではないと考えていたようだ。そうだとしても、それはまだ四年も五年も先きのことだし、中学の三年生である私は、ろくすっぽ小遣いもあたえられていなかった。これは、前もって、釘をさしたということになるのだろうか。私は驚くばかりであったのだけれど、だんだんに、十年も経ってからのことになるけれど、母の言葉を理解するようになった。私は、母のこの言葉が好きなのだ。

ずっと後に、母は、下の妹に対して、こう言ったそうである。

「あんた、結婚しなくたっていいのよ」

これは、かなり、怖しい言葉である。母は、妹が日本舞踊の踊り手として、やっていけるという素質を見出したようだった。舞踊の師匠としてではなく、ダンサーとしての天分を認めたのである。

明治・大正という時代は知らないけれど（明治・大正でもそうに違いないが）日本舞踊の踊り手として、舞踊会を開いて、その切符の売りあげで生活している女流舞踊家は一人もいない。かなり切符が売れたとしても、ざっと言っても、一千万円か一千五百万円かの赤字になるはずである。つまり、女流舞踊家というのは旦那持ちである。その他の人は、すべて、レッスン・プロである。あるいは、家元である。

母の言葉を、もっとはっきり言い直せば、性のことなど、適当におやりなさいということになるのではなかろうか。

「もし、あんたが本当に芸事に打ちこむつもりならば、お嬢さん芸でなくてやってゆくつもりなら、世間的な道徳なんか捨ててしまう覚悟でおやりなさい」

母はそう言っているのである。私は、これは明敏だと思う。それが現実である。しかし、普通、世の常の母親が娘にそんなふうに言うことはあるまいと思う。娘に、そんな辛い道を歩ませようとする母親はいない。

10

当人にとっては切実な問題であっても、第三者にとっては無関係ということが幾つか考えられる。そのひとつが夢である。夢の話はバカバカしい。深刻な顔つきで夢の話をされると、いっそう白々しくなってくる。朝方こんな夢を見たというような話は、おおむね、滑稽である。幼いときに狂犬に嚙みつかれたことがあり、大人になっても犬に追いかけられる夢を見るといったようなことは、本人にとっては重大問題であろうけれど、第三者にその恐怖感が伝わることは、ほとんどありえないのではなかろうか。

しかし、誰でもが見る夢というものがある。これならば、他人にも、いくらかの関心が生ずるはずである。

私も、空を飛ぶ夢を見る。いや、いまはもう見ない。空を飛ぶ夢は三十代まであったようだ。

私は空を飛ぶことができた。両手を上下に動かすと、どこまでも飛翔した。両手を水平にすると、滑空することができた。かなり、自由自在の感じがあって、私は、飛ぶことに関しては誰にも負けないというくらいの自信を持っていた。膂力《りよりよく》には自信があった。懸垂でも腕立て伏せでも、まあ、めったに人に負けることはない。だから、腕を翼にして空を飛ぶのには都合がいい。

それが、いつごろからか、飛翔距離が短くなってしまった。大空を舞うことはできなくなった。私は、せいぜい、電信柱の上までしか飛べない。それよりもっと重大なことは、私が飛ぶのは「逃げること」になっていた。喧嘩になる。相手はこっちより強い。殴りあいになる前に私は逃げる。飛ぶのである。やっとの思いで、七、八メートルから十メートルぐらいを飛ぶ。それでも、私が飛べて相手は飛べないのだから、逃げることはできる。私は、夢のなかでも、喧嘩になって相手と渡りあうことはなくて、逃げてばかりいた。飛ぶことは、私にとって、遊ぶことではなくなった。空を飛ぶ夢は性的な夢であると言われている。そのへんのところはわからないが、少年時代、青年時代には飛べたのだから、そういう関係があるかもしれない。

駅の夢。

これは馬鹿馬鹿しく腹立たしい夢である。寒い駅。時刻はきまっていて、いつでも夜である。名もないような駅であるのに、プラットホームが長い。汽車を待っている客は私一人しかいない。汽車が来る。これが貨車のほうが多くて、客車は一輛か二輛しかない。客車を探しているうちに発車してしまうというのが基本的なパターンである。その客車は常に満員であって、探し当てても乗れないということがある。なにしろ、プラットホームが長いのである。この汽車の車掌が意地が悪い。私が客車を探しているのを承知していて発車させてしまう。汽車は何台も来るのに、どうしても乗れない。

これと似た夢で、電車の夢がある。そこは郊外の駅であって、私が電車に乗って行こうとしている場所、それはたとえば渋谷駅でもいいのであるが、その駅から渋谷駅までは距離的には近いのであるが、渋谷駅へ直行する電車はない。乗り換えになる。とても不便に出来ている。いったん、とんでもない遠い所へ連れていかれてしまう。そこでも、また乗り換えなければならない。ついに、意を決してタクシーを探すようになる。このタクシーが、なかなか来ない。

私が東京へ来たのは、学年で言えば小学校の三年生の二学期の終りからであって、それまでは川崎市の郊外に住んでいた。東京に住むようになる以前に、一人で電車に乗った。教えられた通りのホームから電車に乗ったはずなのに、違う所へ連れていかれた。京浜東北線と山手線を間違えたのである。というより、その二本が同じレールを走っていることを知らなかったのである。そのときの恐怖感が長く残っていて、そんな夢を見るのだろう。この、汽車と電車の夢は、いまでも見る。

電車の夢は、もうひとつある。

そこは川崎市の郊外である。引越しの荷物を乗せたトラックが走っている。運転手の隣に母が坐っている。その隣に、おそらくは四、五歳であるところの私が坐っている。運転手は若い愚鈍な感じのする男だった。右が工場になっていて、道は登り坂になっている。坂を登りつめたところに電車の線路が走っている。南武線である。

「あぶない!」

と、母が叫んだ。トラックは急停車した。電車が運転席すれすれに通り過ぎていった。母が運転手を叱った。彼は蒼い顔で黙っていた。そういう状況であったようだ。こちらからすると、電車が工場の蔭から飛びだしてきたように見えた。

これは実際にあった事件である。私はこの夢を何度も何度も見た。しかし、いまは、もう、見ることはない。

このほかに、学校の夢がある。誰でもが試験の夢を見るという。私も見る。私は、自分がまだ中学生であるという夢を見る。また、大学生であって妻子がいる(実際にそうだった)という夢を見る。私は、まだ学生なのである。この夢はこわい。この夢のことは、別のところで精しく書いたことがあるので、ここでは、これ以上は書かない。

また、体がひどく弱っているときに見る超現実的な夢がある。この夢の説明は困難であるが、一口で言えば、拇指《おやゆび》状のものが地面から無数に湧き出してくるといったようなものである。

ここまでの夢は、誰でもが見るような夢だろうと思う。最後の夢は、極めて特殊だろうと私は考えている。

私が遊廓のなかにいるのである。私は客ではない。そうかといって、遊廓のなかの人間であるのでもない。

この夢を最初に見たのは、小学校の五、六年生のときだったと思うが、はっきりとそう言いきる自信はない。中学生になってからかもしれない。

前に、私は、自分が性知識に乏しい子供であったと書いた。そのこととこの夢とは矛盾しているようであるが、案外にそういうものではないというような気がする。戦前の子供にとって、遊廓というものは、いまとは比較にならないくらい身近なものであった。私が住んでいた町には、麻布十番という花街があったし、電柱には花柳病とか淋病という病院の広告が大きな文字で書かれていた。私は、小学校六年生のときには、岩波文庫のモーパッサンの『女の一生』を読んでいたし、父母に連れられて、十番倶楽部という寄席へは始終行っていた。こんなふうに、父母の教育は、杜撰《ずさん》で偏頗《へんぱ》なところがあった。また、私にとって、遊廓とは怖しいところの代名詞でもあったようだ。地獄（下等な娼婦）という言葉があるように……。遊廓、曲馬団、人《ひと》攫《さら》い、これらはどこかで共通する怖しい言葉だった。

とにかく、私は、遊廓にいた。そこは木造三階建てであって、私は三階の廊下にいる。部屋は明けはなしになっていて、その小さな部屋に娼婦がいる。彼女は全裸であるか長襦袢を着ているかのいずれかである。黒っぽい布団に寝ている。彼女は、その布団をめくって私を招くのである。

饐《す》えたようなという言葉がある。米の飯が腐って酸っぱくなるような臭いだろう。そういう臭いが漾っている。ナマグサイと言ったほうが、もっとはっきりするかもしれない。

その夢は、そこで終ってしまう。私は、金輪際、その部屋には入るまいと思う。入ったら生きて帰れないような気がしている。日本髪の、目の大きな、痩せて骨ばかりになっている娼婦は、じれったそうに私をよびいれようとする。そこから先きは跡切れてしまう。

私はこれもひとつの性夢だと思っている。しかし、行為はない。決して行われない。私の拒絶反応も相当なものだと思う。この夢は、中学生のときに頻繁に見た。いまでは、一年のうちに二度か三度という程度であろうか。

私は一度だけ遊廓へ行ったことがある。それは、名古屋の中村遊廓の四海波という店だった。昭和三十年か三十一年かのいずれかである。雑誌の編集者をしていて、執筆者と二人で工場見学に行った帰りのことである。この執筆者は、非常な好き者であり、いい加減な人物であったから、彼のほうで強請《ねだ》ったのかもしれない。工場関係者が連れていってくれた。お茶を飲むだけだからという話だった。広い部屋があって、そこでビールを飲んだ。女が来た。三十代の半ばぐらいに見えた。大きな女である。この女が、しきりに、一緒に風呂に入ろうと誘う。私は、その齢になっても、そんなことをしたら後はどうなるかわからないと思っていた。結局、執筆者がその女と二人で風呂へ行った。たしか、彼も、それだけのことで帰ったと記憶している。帰るとき、女の叫び声のする部屋があった。ずいぶん大きな声で、あれは技巧的な声だろうと思った。そんな目にあったらたまらないと思った。恥ずかしながら、あるいは不思議なことに、私には、四海波が営業中だという感覚がなかったのである。

それよりずっと以前に、まだ終戦直後と言っていい頃に、日教組の全国大会が熱海で行われた。そのときも私は別の雑誌の編集者だった。日教組の講師団の一人に誘われて、糸川べりに散歩に行った。いまからすると、ずいぶん呑気なものである。私は、糸川べりなるものを知らなかった。女に手を引っぱられて、やっと気づいた。むろん、私は逃げた。このとき、女に旅館の縕袍《どてら》の袖を引きちぎられた教師が何人かいた。私を誘った講師は、やはり、風呂に漬《つか》っただけだと後で語った。

赤線の灯が消えるという昭和三十三年四月一日の数日前であった。友人たちと吉原へ見学に行った。ただし、タクシーで通り過ぎただけである。吉原のなかだから、自動車は徐行する。いまのような自動ドアではない。女がドアをあけて乗りこんできて、私の股の上に坐ってしまう。なかなか降りてくれない。私は商売熱心に驚いた。女は悪態をつき、私の股をつねりあげて去っていった。依然として遊廓は怖しい場所だった。その怖しさの何分の一かは、私が金を持っていないということにあった。そのときも私は金がないからと言い続けた。

新宿の青線地帯といわれるところで何度か酒を飲んだ。いずれも編集者という商売上でのことである。女の飲むヴァイオレット・フィーズが五百円というので驚いた。二階と三階がそういう設備になっていると思われた。

私の遊廓体験は、これで全部である。登楼したことはない。線前派とか線後派とかいう変な言い方があるが、それでいけば私は充分に間にあっていたのである。私が登楼しなかったのは、第一に怖しかった（病気がこわい）からであり、第二に早く結婚していたからであった。第三に、金がなかった。いや、そもそも、その方面の関心が薄かった。悪いことだと思っていた。だから、私が、度々、それも少年時代から遊廓の夢を見たというのは、おかしな話になる。

また、私は、これも少年時代から、台の物という言葉を知っていた。台の物は、小学館の『日本国語大辞典』によれば「特に江戸時代、江戸の吉原をはじめとする遊里で、台屋と呼ばれた仕出し屋から、茶屋・遊女屋へ運び込まれた料理品」となっている。

私の認識では、台の物とは、客が登楼したときに、まず、とりあえず、酒一本と何かのツマミモノを台に乗せて持ってくることということになる。私は、このほうが正しいと思う。いずれにしても、こういう言葉を少年が知っているというのは不思議なことではあるまいか。

11

むかし、と言っても母の死後のことになるが、皮肉屋でスタイリストであることでも知られている高名な大学教授に、こう言われた。

「あなたのお母さんは、いい方でしたね。立派な方でしたね」

私は返答に窮していた。母を褒められるということは何度もあったのだけれど、こういう人に言われると、ドギマギしてしまう。そう言われるからには、その大学教授とも何等かの交渉があったのだろう。彼の心に触れる何かを残していたことになる。

少し考えたあとで、

「面白い女でした」

と、私は言った。

この、面白い女という言い方が教授には気にいらなかったらしい。

「いいお母さんでした」

彼は、キッパリとした口調で、もう一度言った。その言葉には、自分の母を面白い女などと言うべきではないという意味が含まれていた。

たしかに、それはその通りである。しかし、私は、第三者の目で見るとして、母は、一個の愛すべき女性であると思う。面白い女だった。

母は物怖《ものお》じしないというところがあった。どんな偉い先生に対しても、シャッキリとした言葉づかいで物を言った。相手の顔から目をそらすようなことはなかった。時には、容赦なく、やっつけてしまう。川端康成先生、吉野秀雄先生、高橋義孝先生といったような私に縁のある方たちとも、常に対等の口をきいていた。邦楽や日本舞踊などの権威に対しても同じことだった。うじうじするようなところは微塵《みじん》もなかった。それは、見ていて気持のいいくらいのものだった。ハラハラさせられることが何度もあったけれど……。

母がそれらの先生方に愛されたのは、自分のわかる範囲で、それぞれの先生方の仕事や芸を理解し、評価していることが相手に通じていたからだと思う。

たとえば、私の所へ遊びに来られた高橋義孝先生に対して、

「先生、お召しものは結構でございますが、この雪駄《せった》の鼻緒はおかえになったほうがよろしいわねえ」

といったことを言ってしまう。おそらく、下町育ちで、江戸っ児教授と言われたりする先生が、服装や履物のことで他人に注意されるようなことはなかったと思う。母は平気だった。母にとって、どの場合でも、野暮は野暮なのである。母は、大きな下駄を嫌っていた。太い鼻緒

も駄目。相撲取りじゃあるまいしと言う。しかし、イキすぎる細身の下駄などは、もっと嫌っていた。断乎として許さなかった。たとえそれが芸人であっても、チャラチャラしている男を毛嫌いしていた。母の求めていたものは、野暮でもイキでもなくて、その人やその場にふさわしい一種の清々しさであったような気がしてならない。

だから、母は誰からも愛され、信頼されたのであるけれど、時に、衝突や失敗があった。そのひとつに、私の小学校の担任教師に母が殴られるという事件があった。

私の担任の教師は、なかなかに優秀で、教育に熱心だった。当時、二十六、七歳で、血気さかんなるものがあった。父も母も、その教師を信頼していた。彼は秋田県の出身で、どういう事情があったのか、関西の師範学校を卒業していた。勉強ができるばかりでなく、スポーツマンでもあった。体格も良かった。

原因が何であったのか、その場の様子がどうだったのか、私はまったく知らない。たぶん、地方都市出身の教師の言動に母の気にいらないところがあり、教師のほうでそれを侮辱と受けとるといったようなことだったと思う。

事件のあと、教師は、私に何度も、お母さんどうしている？　と訊いた。母のほうは、例によって、さばさばとしていた。

この教師は、戦後になって、新聞種になるような事件を起こし、まことに優秀であったにもかかわらず、校長になれなかった。彼は若年からの大酒呑みであって、そのためだと思うのだけれど、母と同じ五十六歳で亡くなった。所を得ない気の毒な一生だった。

歌人の吉野秀雄先生は、昭和十九年に奥様を亡くされている。奥様の死を詠んだ『創元』創刊号の「短歌百余章」は、けだし絶唱であって、ほとんど無名であった吉野秀雄先生の文名は一時にあがった。

この、昭和期を代表する歌人であり、第一等の書家である吉野秀雄先生を、母が叱りつける場面を私は見ている。母は本当に畳を叩いて意見していた。

吉野先生の文名が一時に高くなったのは、昭和二十二年一月頃からであったが、そのころ、実は、吉野先生は荒れ狂っていて、酔い痴《し》れる日々が続いていた。

当時、吉野先生は、同居している、詩人の八木重吉の未亡人の登美子さんと恋愛中だった。はじめは困窮している登美子さんを吉野先生が引きとり、妻を亡くして子供の世話のできない吉野家の面倒を登美子さんが見るという関係だった。どうも、登美子さんは、吉野秀雄が何者であるかを知らなかったし、吉野先生は、八木重吉の詩がどういうものであるかを知らなかったようだ。登美子さんは、八木重吉の遺稿をいれたバスケットだけを持って吉野家に身を寄せたのである。

ところが、吉野先生の長女と登美子さんとの仲が、次第に険悪になってくる。先生は、亡妻に顔立ちのよく似た長女を深く愛していた。そこに先生の懊悩《おうのう》があった。

「なんだい、あんな歌を詠みやがって……」

泣いて畳にひれ伏している吉野先生に、母はそんな言い方さえした。あんな歌というのは、たとえば、『寒蟬集』のうちの、人の妻傘と下駄もち夜時雨の駅に待てるをわれに妻なし、を指している。

「あんな歌ばかり詠まれたんじゃ、登美子さんが可哀相じゃありませんか。いつまで挽歌ばかり詠んでいるつもりなんですか」

母の言いぶんは、家には中心になる人物が必要である、吉野家ではそれが登美子さんでなければならないというところにあった。

「ですからね、どんなことがあっても、先生は登美子さんをかばってあげなくてはいけませんよ」

母も泣きだした。泣きながら意見していた。

吉野先生が登美子さんと結婚する意志を固めたのは、その夜のことがあってからである。先生は、昭和二十二年十月二十六日に結婚式をあげた。

私は、ただただ、呆気にとられていた。吉野先生は、私にとって、尊敬すべき怖しい存在だった。その先生に母が意見している。先生がひれ伏している。母は先生を手玉に取っている。

母は人生の達人だった。母は、吉野家へ一度も行ったことがないのに、いったい、どうやって、先生の家の家庭の事情を察知したのだろうか。よしんば、察知し得たとしても、女の身で、偉い先生にむかって、そこまで踏みこんで意見し叱りつける人は、めったにはいないと思う。そこに、いわば、母の凄味があった。まして、私などは、母に睨みつけられると震えあがってしまうのが常だった。

母は、前に書いたように、昭和三十四年十二月三十一日に死んでいる。私が自分の名前を使って小説を書きはじめたのは、その翌年からである。

「兄さんは、オフクロが生きていれば小説なんか書けなかったはずだよ」

と、弟が言ったことがある。私もそう思う。別の言い方をすれば、母の死によって、私の頸《くび》枷《かせ》が取れたのである。

12

私には姉がいた。この姉は早くに死んでしまっていて、おぼろげな記憶しか残っていない。精神薄弱児であった。

また、一人の兄がいる。さらに、二人の妹と一人の弟がいる。その下に末妹がいたのであるが、学齢以前に、急性のジフテリアで死んでしまった。残ったのは、私をいれて、五人の同胞である。そのことは、前にも触れておいた。

このなかで、曲りなりにも大学を卒業しているのは私一人である。

昭和十九年の四月に、私は、早稲田大学の第一高等学院に入学した。同級に、いま毎日新聞の論説委員長になっている上田健一、同じく毎日新聞に勤務した、浜田庄司（陶芸家）の息子の浜田琉司、桐朋学園の波多野和夫教授などがいた。

しかし、私は、その年の九月からは学校へ行かないようになった。そうして、昭和二十一年四月から鎌倉アカデミアに通うようになった。吉野秀雄先生を識ったのはこのためである。その鎌倉アカデミアへも、夏が過ぎると、めったには通わないようになった。私は、小さな出版社に、アルバイトのような形で勤めるようになった。

昭和二十五年の四月に、国学院大学の日本文学科に入学した。勤めていた出版社の顧問をしていた高橋義孝先生に、無理矢理に入学させられてしまったというような形だった。

高橋先生に、きみは、学校を出ていないという劣等感と、学校なんか出なくてもいいという優等感とが交互していると言われた。私の気持が定まらず、もっとも荒れていて、新宿のハモニカ横丁で喧嘩ばかりしている時代だった。私は先生の指示に従った。昭和二十五年という年は、朝鮮戦争によって、父が息を吹きかえした時期でもあった。先生は、当時、国学院大学の講師を兼ねておられた。先生には、私を国学院大学の国文学の研究室に残したいという考えがあったようだ。この大学の研究室は家庭的な雰囲気があって住み心地がいいというようなことを言われたのを記憶している。

昭和二十五年のこの時、私はすでに結婚していた。秋には子供が生まれた。私には生活があった。またしても私は学校へ行かないようになった。年齢のことがある。妻子のことがある。学校の授業よりは出版の仕事のほうがずっと面白かった。学校へ行けば青臭いような男女とつきあわなければならない。それでも私はノートを借りる関係で、彼等のピクニックに同行し、野球の試合に出たりもした。妻子のいることを隠していた。

朝鮮戦争が終り、父は、またまた、第何回目かの派手な倒産をした。父からの援助は得られない。私は正式な社員に復帰した。だから、一週に一度学校へ出ればいいほうだった。私は折口信夫の授業に出席したのは一度だけだった。金田一京助の授業には二度出た。

そのころの私の願いは、文芸雑誌の編集者になることだった。文芸雑誌は大手の出版社でなければ発行していない。大手の出版社では、大学を卒業していなければ編集部員を採用しない。だから、私は、ともかく、ギリギリの単位を取り、卒業論文を提出した。いまから考えると、どうしてそんなことがやれたのか、不思議な気がする。小さな会社であっても、出版業というのは、激務だったのに……。

昭和二十九年三月、学校へ卒業証明書を貰いに行くと、教務課の人が、きみは卒業できないと言った。武田祐吉教授が、ああいう生徒を卒業させてはいけないと教授会で発言されたという。言われてみて、それは当然だと思った。私は、武田先生の授業には一度も出ていなかった。折口先生、金田一先生にしても、せっかく国学院大学に籍があるのだから、この高名な学者の顔を一度は見ておきたいという程度の関心しかなかった。

私は、すでに大手の出版社に就職が決定しているのだからということで、懸命に喰いさがった。高度成長以前の就職難の時代だった。神職の子弟は別として、多くの同級生は、中学の国語の教師になるのがせいぜいのところだったろう。マスコミ関係への就職は至難事だった。昭和二十一年からその世界で働いていた私には、いささかの、いわばツテがあったのである。

どうして私が卒業を許されたのか。いや、それ以前に、どうやって単位が取れたのか、もうわからなくなっている。

私は、曲りなりにも大学を卒業したと書いたが、大学を出たという実感は、いまでも少しも湧いてこない。そう言うことは、大学に対する侮蔑になりはしないだろうか。

私は、文化人名簿の学歴欄を、その時の気持によって、中学卒業、早稲田大学中退、鎌倉アカデミア中退、国学院大学卒業というふうに書きわけてきた。人に訊かれたときも同様だった。

林達夫先生は、教師として三度の誤りをおかしたと語ったことがある。東洋大学時代の坂口安吾、法政大学時代の安藤鶴夫、鎌倉アカデミア時代のきみ、この三人の文才を見抜けなかったと言われた。しかし、それは無理である。坂口安吾も安藤鶴夫も私も、不良学生と言うよりは不良少年だった。学校へは、ろくすっぽ顔も出さない。前の二人はともかく、学校に関しても私はヤクザだったと言うほかはない。

私はそんなふうだった。兄も中学しか出ていない。弟は中学を出たのかどうか、それすらもさだかではない。

家に金がなかったのではない。軽井沢に六千坪の別荘があったり、鎌倉の大邸宅に住む時代もあったのである。軍需成金であったが、東京の中流家庭と言ってもいいだろう。私たちには耐え性というものがなかった。全体にヤクザだった。げんに、私の父は、下級職業軍人の家に生まれながら、刻苦勉励して早稲田大学の理工学部を卒業しているのである。

兄には子供がいない。私には一人の息子がいる。上の妹には二人の男の子と一人の女の子がいる。弟には二人の男の子がいる。下の妹には男女一人ずつの子供がいる。

私にとっての七人の甥と姪の誰もが大学を出ていない。私の息子もそうだ。私の同胞は、貧困家庭であるのではない。

大学を卒業して、一流会社でなくても、しかるべき会社に就職して、堅実に平凡に暮してもらいたいというのが、すべての親の願いだと思う。それが、私たちの一族は、そうはならないのである。ある人は、私たちのことを山口ファミリイというような言い方をする。山口ファミリイだから仕方がないといったような……。

いま、四人に一人は大学卒になっているそうだ。そういう時代である。これは、農家の跡取りで進学できないといった人たちを含めたうえでの数字になる。

姪はともかくとして、甥たちは、高校を出て、大学へ行かずに就職するというのではない。誰もが、いわば、ヒッピイふうに暮しているのである。このなかには、私立の有名大学に入学して、入学金をおさめたところで学校へは行かないと言いだして、外国へ行ったままになっている甥もいる。誰もが正業に就かない。

私は、すべてを家系のせいにしてしまおうとする気持は、さらさら無い。しかし、もしかしたら、これは血筋ではないかと思ったりすることがないわけではない。夜中に目ざめて、溜息をついてしまうようなことがあるのである。それも私の不安につながっていた。

13

「あなたは、小説家になる資格があるわ」

ずいぶん昔のことになるが、あるヴェテランの女性の編集者が言った。

「どうして？」

「だって、お母様がお綺麗な方だし、貧乏だし……」

その部屋には、額にいれた母の写真が掲げてあった。母は、私の息子を膝に抱いていた。だから、五十歳に近いころの写真である。その写真でもって判断されるのはちょっと辛いのであるけれど、たしかに穏やかな顔つきをしていた。

女性編集者は、貧乏だし……というところで、部屋を見廻すようにした。その家は借家であって、木造二階建てであり、あっちこっちに傾いていた。畳のうえに蜜柑《みかん》を置くと、ころがってどこかへ行ってしまうような家だった。

彼女は続けて、こう言った。

「この家も、いかにも小説を書く人の家っていう感じがするわ」

金と女と病気で苦労するのが小説家の条件であると言われることがある。女親が美人であることも条件のひとつになるということを初めて聞いた。彼女は何人かの文豪の例をあげた。

そう言われたので、私は、書斎へ行って、一枚の写真を持ってきた。娘時代の母の写真である。結婚前の母の写真は、これ一枚だけしか持っていない。写真はすべて焼失してしまっていて、これは横須賀在住の誰方《どなた》かに送ってもらったものである。

丸テーブルの向う側に二人の少女が立っている。テーブルの上に二冊の書物がある。竹久夢二らしい版画が何枚か散らばっている。二人で版画の一枚を手に取って、のぞきこんでいるという図柄である。だから、二人とも俯《うつむ》き加減になっている。二人は、似たような柄の着物を着ている。母のほうは、大島であるようだ。亀甲《きっこう》に梅の花を散らしたような細かい柄である。もう一人の少女の着物は、もっと大きな柄で、村山大島のように見える。二人とも肩揚げをしている。帯は三尺である。母は髪を真中からわけて、うしろに長く垂らしている。艶々とした髪である。友達のほうは束髪で廂《ひさし》が高く、大きなリボンをつけている。小学校の六年生のように見えるが、髪の形からすると、女学校の一年生であるかもしれない。

写真の裏面には、羽仏静子さん（母）と沖桜《はな》子さん、と書かれている。これは素人写真であって、場所は学校の工作室か何かであるようだ。それくらいのことしかわからない。

私は、その写真を女性編集者に見せた。彼女は黙っていた。自分の想像がピッタリと適中していたという感じと、まさかこれほどの美少女であったとは思わなかったという感じが交互するように見うけられた。どうして無言でいるのかと思って彼女の顔を見ると、それは、まさに息をのむという表情になっていた。

「……」

彼女は、溜息をついた。そうして、かわいいわねえと言った。

自分の母親のことであるので、こういう言い方はおかしいのであるけれど、ふるいつきたくなるような少女ぶりである。それは、後年の浅黒い顔とは違っていた。やや下ぶくれの顔で、全体にふっくらとしている。髪型のせいでもあろうか、臈たけたような感じさえあって、眉も目も鼻も唇も、実に優しい。それでいて、一瞬の後に茶目っ気が発揮されるのではないかという感じがあった。もしかしたら、俯いているという角度がよかったのかもしれない。版画をのぞきこむというポーズのために優しさがあらわれたのかもしれないとも思う。

前に、母の妹は、水谷八重子によく似た絶世の美女だと書いた。しかし、私は、自分の好みからするならば、母の顔だちのほうがずっと好きだ。もし、こういう少女がいたならば放っておけないだろうという感じがする。何人かの男が恋い焦がれるにちがいないと思う。

結婚後の母には胃痙攣《いけいれん》という持病があった。私は胆石ではなかったかという疑いを抱いているが、パントポンを常備薬とし、時にはモルヒネを注射するようなこともあった。病気以後の、やや黒ずんでしまった母を絶世の美女と呼ぶわけにはいかないが、娘時代の母は、これは相当なものだと考えても間違いにはならないと思う。この母が海水着を着て泳いだために、新聞に写真入りで報道されたというのは、それだけの意味があったのだと思われる。

私は、娘時代の母について、多くのことを知らない。結婚以前の母の写真が一枚だけしか残っていないということもあるが、母は、娘のころのことを語りたがらなかったのである。母は、常に、ひと頃の流行語で言えば、前むきの姿勢でいるような、威勢のいい女だった。

母の生まれ育った家は旅館であると私には言っていた。母の妹は養女に行き、そこから鎌倉の旅館業の長男に嫁いでいるのだから、私は母の言葉を疑ってみるようなことはなかった。

母の生まれた旅館は、とても大きな建物であって、家のなかで凧《たこ》をあげることが出来たという。国定忠治や清水次郎長も泊りにきた。母の祖母のヱイは、国定忠治というのは田舎臭くってしょうがないと言った。また、宮様が泊りにきたこともあったという。

母の兄の丑太郎が生まれたときは、全国のヤクザ渡世の男から張子の虎が送られてきて、それは長男である丑太郎の部屋に入りきらぬほどであったという。私は、旅館業者であるならば、そういうツキアイもあったのだろうと思った。

母が、すぐに眠くなってしまう少女であることも前に書いた。歌留多取りに長じていたことも書いた。また、母は、利かぬ気のお転婆娘でもあった。

母の従弟の勇太郎が小学校に入学するときに、小学校では最初に身体検査があって、裸にされて、ガラスの箱に入れられて調べられるのだと母に言われた。小心の勇太郎は震えあがってしまった。この勇太郎は、終始、私の母に頭があがらず、どなりつけられてばかりいた。勇太郎は母に頼っていた。母のような性格の女が好きでもあったようだ。母は、あいつはお喋りだから駄目だと言っていた。長っ尻《ちり》で、御飯をたくさん食べるから駄目だとも言っていた。それにしても、小学校入学についての母の嘘と言うかカラカイと言うか、それは、いかにも痛烈である。私は、母は、内心では勇太郎を可愛がっていたというように思われてならない。

女学校時代の母の弁当箱についている箸は、銀製の振りだしであって彫金がほどこされていたという。母はその箸を大事にしていた。たしか、結婚後も持っていて、何度かの引越しで紛失したのだと思う。私は、その話を聞いたとき、それは贅沢過ぎると思った。もしかしたら、母の家は旅館業ではなくて、もっと特殊な職業ではないのかという、最初の、いささかの疑いが生じたのも、この話を聞いたときである。こういう疑いは、泡のように生じては消えていった。もっとも、子供であった私には、特殊な職業と言ったって、まるで見当がつかない。

母は声楽家志望であったようだ。第一回の帝劇の女性コーラス募集に応募している。このとき、合格したのか落第したのか、合格したうえで家で反対されたのか、どうも後者のようであったらしいが、正確には知らない。母は帝劇で何度か歌ったことがあると言っていた。また、結婚後、私が生まれて後のことになるが、短期間、女学校の音楽教師をしていた時代がある。

むろん、ピアノは上手だった。母の親友であった尾原浪子は、新響（いまのN響）のヴァイオリニストと結婚している。だから、母は多くの音楽家を知っていた。

晩年にいたるまで、母は、ソプラノで「宵待草」を歌うことがあった。それは、格調のある正確な音程であることを失わなかった。声楽家志望であった母が、長唄のほうへ進むことになった。母が名取りになったのは昭和十四年頃ではなかったかと思う。芸名は吉住小志ほで、先代吉住小三郎には心酔していた。

少女時代の母、結婚以前の母について私が知っているのはそれくらいのことであるにすぎない。本当に母は多くを語りたがらなかった。語らないばかりでなく、昔のことを知っている人たちを近づけまいとするふうがあった。

私が、はじめて鎌倉の叔母（母の妹）の家へ行ったのは、小学校の五年生のときである。

私は、そのときのことを、はっきりと憶えている。鎌倉駅に着いたときは夜になっていた。駅前からタクシーに乗った。店はすべて戸をしめていて、寝静まっているように見えた。長谷に向う大通りは曲りくねっていた。私は胸をしめつけられるような思いをしていた。ちょっと滑稽な感じもするが、小学校の五年生である私は、叔母の家は大金持であると思っていた。鎌倉の有名旅館であるのだから、そう思ったとしても間違いではない。その家には、私と年齢の違わない三人の少女がいると聞かされていた。私は、やや、竜宮城へ向ってゆくような気持になっていた。後で書くようになると思うけれど、私は、元日に数片の餅と三、四箇の蜜柑しかなかったというような自分の家のひどい貧乏を知っているのである。しかし、いったい、なぜ、私は、小学校の五年生になって初めて叔母の家へ連れていかれるのだろうか。つまり、それまでは、叔母の家とは絶交状態にあったのである。それは何故なのか。あのひどい貧乏のとき、どうして叔母は助けてくれなかったのだろうか。叔母は、幼いときに養女にやられて、姓が変っている。それにしても、金の面倒を見ないまでも、声をかけてくれることぐらいは出来たはずである。どうして私は竜宮城へ連れていかれることがなかったのだろうか。

叔父は私を可愛がってくれた。それは自分の子供が娘ばかりで男の子がいないせいでもあった。叔父はまことに多芸な人で、将棋で言っても、初段を小野五平名人から、二段を関根金次郎名人から、それぞれ免状を貰っている。いまと違って、戦前の二段は強豪である。

この二段を貰うとき、叔父の家で、関根名人との指導対局が行われた。手合は角落である。叔父が絶対優勢になったとき、関根名人がいなくなってしまった。近所の人たちは、勝った勝ったで大騒ぎになった。一時間半後に名人が帰ってきた。由比ヶ浜を散歩していたという。この直後の名人の指手が妙手だった。叔父は負けたけれど二段を允許《いんきょ》された。

私が将棋に長ずるようになったのは、この叔父に六枚落から指導を受けたからである。叔父は熱心に教えてくれて、詰将棋の宿題を出したりもした。

叔父に将棋を教えてもらうようになってからも、いったい、どうして、こんなに長いあいだ交際がなかったのかという疑問は解けなかった。叔父が教えてくれたのは、将棋だけではなかった。叔父は囲碁も三段であり、謡曲も鎌倉彫もプロ級だった。八十歳を越えた現在でもオートバイを乗り廻すスポーツマンである。ヨットや釣で私と遊んでくれた。中学生になってから、風呂場で最初に私の髭を剃ってくれたのもこの叔父である。好人物で、すぐに私を好いてくれた。私のほうでも、下足番を手伝って客から十銭の祝儀を貰うようなこともあった。

そうなってみると、いよいよ、長いあいだ絶交状態であったことがわからなくなる。

14

誰にでも欠落感というものがあると思う。私は、いま、これと言って名をあげることはできないが、先輩の小説家が何度も書いているはずである。

不用意に欠落感と書いてしまったが、その意味は、他人と比較して、自分が、ある点において著しく劣っているという感じのことである。劣るのではなくて、その部分がごっそりと欠落していると言ったほうがいい。ある人は市民道徳が欠如している。ある人には、親子の情愛がわからない。あるいは、その情愛の過多である。親子の情愛の過多が他人に不快感をあたえるということがわかっていない。結婚する娘を殺してしまう父親がいる。これは欠陥人間である。娘に、自分の妻を、あの人と呼ばせる父がいる。当人にとっては、それで少しも不思議はないのである。貧富ということのわからない人がいる。女性の心理や立場を理解しない人がいる。そう考えてくれば、欠陥のない人はいなくなってしまうが、むろん、欠落感のない人もいるはずである。

私における欠落感は次のようなものである。

私は、他人の言葉を理解しない。いつでも、三分の二ぐらいしかわからない。三分の一が欠落してしまう。そこのところが、ストンと抜けてしまう。わからないところは訊きかえせばいいのであるが、それをやろうとしない。小学生のときに教師に殴られて左の耳の鼓膜が破れてしまっているので、耳が遠くなっているのであるが、原因はそれだけではないと思う。他人と話をしていると、すぐに思いが別の方向へ飛んでいってしまうのである。あるいは、相手の言葉を理解しようとするあまりに、次の話題についていけないということもあるのである。

私の小学校時代の通信簿における注意事項は、常に「注意力散漫」だった。この傾向は、増すばかりであった。従って、学校の成績が良くなるわけがない。私は、教師の講義をそのまま理解するとか、教科書を丸暗記するというような意味における才能にはまったく恵まれていないない。そこが欠落している。中学では、代数、三角、物理、化学などの試験では、しばしば零点にちかい成績しか得られなかった。特に三角などは、一学期、二学期、三学期の全部をあわせても零に近かったと思う。級友は、あんなに易しいものはないと言う。約束事なんだから、そのまま丸のみこみすればいいのだと言う。こういう意味での「注意力散漫」は、劣等生、不良学生に共通するところのものではあるまいか。

しかし、教科書を丸暗記する才能に恵まれていて、優秀な大学に進学した同級生は、がいして、面白くもなんともない男であるというのも事実である。

戦前、私は、やはり丸暗記を必要とする教練検定試験などの際には、ああ、女に生まれればよかったのに、と、何度も思った。私の学籍簿の教練検定の欄には、不合格という赤いゴム印が押されている。長期欠席者を除いて、不合格になったのは私一人である。戦時中の教練検定不合格の学生というのは、目の前が暗くなるという感じだった。私はそう感じた。もっとも、私は、銃の分解掃除も出来なかった。分解すると組み立てられなくなってしまう。女に生まれればよかったと思ったのは、教練のときだけではなかった。受験勉強のときもそう思った。女ならば、裁縫学校へでも行けばいい。

だから私には推理小説やＳＦ小説が読めない。理解できないから面白くないのであるけれど、一方で、バカバカシイという気持もないことはない。

私の欠落感はこのようなものであるけれど、兄も弟もそうではなかったのかという気がしてならない。私の息子も、五人の甥たちも、同じような欠落感に悩まされているような気がするのである。欠落感から無力感が生じ、そのために彼等はぶらぶらと遊び暮しているのではあるまいか。

15

母は、川端康成、吉野秀雄、高橋義孝というような先生方、あるいは、主に邦楽や日本舞踊の関係の芸術家と親しくして、時にはこれをやりこめてしまったり、叱ったりするようなことさえあったことを前に書いた。

終戦後、母は北大路魯山人と親しくしていた。私は一度だけ北大路さんのところへ母と一緒に行ったことがあるが、この陶芸家のもてなしようは大変なものだった。そのとき、母は、魯山人の作品を一窯《ひとかま》そっくり買ってしまった。だから、一時、私の家では、大皿から箸置にいたるまで、食卓では全部が魯山人のものだったことがある。

嫁にきた女房は、山口の家にはキタオジサンという陶芸家の伯父さんがいるのだと思っていたという。この食器類の大半を壊してしまったのも女房である。女房は低血圧気味であるので、特に朝は手許のおぼつかないときがあった。

台所で、ガチャンという音がする。

「やったわね、あんた、また……」

母が悲鳴をあげた。

「ほんとにしょうがない人だわねえ、それ、キタオジサンよ、ほんとに困った嫁だわねえ、治子っていうのは……」

母は、顔色を変え、ずけずけと言った。まだ食卓にいる私は、はらはらしながら、じっとしている。しかし、女房に言わせると、こんなふうに叱られたほうが、嫁としては気が楽な面があると言っていた。

母のほうも、叱っておいて、こうつけ加えることを忘れない。

「でもねえ、この家で一番働くのも治子なのよ。働くから壊すのよ。いいのよ、気にしないでちょうだい。気にしないで働いてちょうだい。陶器なんていうのは壊れるところが面白いんだから……」

私は、母の炯眼《けいがん》には驚くよりほかにない。三年前、京都の骨董屋のウインドウに、魯山人のグイ呑み一箇が四十二万円で出ているのを見た。現在ではもっと高価になっているかもしれない。おそらく、終戦直後のことだから、母は、一窯を十五万円か二十万円ぐらいで買ったのだろう。魯山人は、異端者であり、性格的な面が嫌われていたので、急に値が出るようになったのは、十年前あたりからではなかろうか。母も、魯山人の女性関係などを嫌っていて、自分でも警戒していた。母が買ったのは、魯山人の芸であったと思う。芸については無条件で尊敬してしまう。そこが母の弱点であるとも思う。

それにしても、あの終戦直後というときに、魯山人の窯を一窯そっくり買うという母の度胸の良さには、とうてい私などは及びもつかない。いや、それよりも、美術品めいたものを嫌って、日常に使えるものばかりの窯を選んだところが凄い。そうして、実際に、自分で壊れるまで使い、家族にも使用人にも使わせたのである。いま、高級料亭でも、魯山人の作品は蔵にしまってしまって、模造品でまにあわせているというのに……。

母は、終戦後の一時期、半年も保《も》たなかったのであるけれど、鎌倉で大仏屋という骨董屋を経営した。小林古径や速水御舟《はやみぎょしゅう》が好きで、そういう軸や、堂本印象の初期の大幅《たいふく》があった時期がある。母が川端康成と親しくしていて、川端さんも母と話をするのを好んだのは、こういうことがあったためであるに違いない。

しかし、母が本当に心から愛したのは、こういう高名な文化人たちではなかった。

これも妙に聞こえるかもしれないが、母が愛したのは若い男たちだった。若い男といっても、中学生、高校生まで、まあ、せいぜい二十歳までだった。この年齢の少年、青年が家へ来ると、親類の子供であっても、近所の男の子でも、たとえそれが屑拾いの婆さんの孫であっても、上機嫌になった。母は常にこのような青少年を励まし、食事をさせ、時には小遣いを渡した。母は、心から、男の子が好きであったようだ。彼等の話を聞くのも好きだった。特に、ハキハキとした物言いをする少年を好んだ。私など、少年のときから厭な子だねえと言われ続けていたのだけれど、二十歳を過ぎると鼻もひっかけられないようになった。

ある朝、起きてみると、台所で、母と兄とが諍いをしている。

「どうしてくれるんだよう」

と、兄が言う。その兄の身形《みなり》が滑稽だった。ワイシャツを着て、ネクタイをしめ、上衣を着ているが、その下はモモヒキだけだった。前日、就職のきまった兄のために、母が背広を買ってきた。兄は喜んだ。家も貧乏していたし、まだ衣類の乏しい時代でもあった。

兄が眠ったあと、夜遅く遊びにきた近所の青年に母がズボンを呉《く》れてやってしまったのである。この喧嘩は兄のほうに利があった。母は一方的に押しまくられて、台所に坐って、娘のようにモジモジするだけだった。

「……だって可哀相だったから」

「可哀相なのはこっちだって同じじゃないか」

こういう軽はずみなところもあったのだけれど、もし母がもっと長く生きていてくれたら、私の息子も、五人の甥たちも、いくらか変っていたと思われる。少くとも母は喜んで相談に乗ってやったと思う。あるいは涙を流して説教したり激励してやったりしたと思う。

母は未来に託する気持が強かった。こういう思いがどうやって生じたのか、私にはわからない。とにかく、若い男を無性に愛したことは事実である。

いつの時代でも質屋との縁が切れたことがなかったと書いたが、母は質屋の主人との交渉が上手だった。誰でも手なずけてしまって、相場より余計に借りたし、期日が過ぎても流されてしまうようなことはなかった。利息を踏み倒したりすることもあったと思う。衣類でも宝石でも骨董類でも、質屋より目が利くのだから仕方がないとも言える。私は質屋が気の毒になってしまうことがあるのだけれど、そう言うと、彼等は、

「でも、良いときには良くしてくださるんですから」

と答えるのが常であって、決して母を恨むようなことはなかった。商売柄で、家へ遊びにくるようなことはできなくても、母に惚れこんでいる主人もいた。

隣町の鳶職《とびしょく》が母に心酔していた。彼の名は三郎で、私たちはサブとかサブちゃんと呼んでいた。母は、よく、サブと花札をひいていた。母は麻雀は下手だったけれど、コイコイは強かっ

た。おそらく、サブは、負かされ続けであったと思う。それでも彼は閑さえあれば遊びに来ていた。母の顔を見たり、母と話をしたり、コイコイをやりながら母に罵倒されたりするのが無上の楽しみだったようだ。

「なにしろ、偉いひとだった。あんたなんか、とても叶わない。とてもじゃないが太刀打ちできない」

彼は死ぬまで、そう言い続けた。

「なにしろね、祝儀が十円だからね。魂消《たまげ》ちまうね。洲崎が一円の時代ですよ。一円で遊べた時代なんだ。ケコロなら八十銭だ」

ケコロというのは相部屋のことである。

「一日働けば、日当が一円三十銭だから、洲崎で遊べる。ふつう、仕事師の祝儀は二分だった。二分っていうのは五十銭です。ゲッポー玉一枚。それを猪一枚くれちまうんだからね。その当時の金で十円なんていう祝儀は、あとにもさきにも貰ったことがない」

サブは明治四十四年の生まれであるから、母よりも八歳若い。十四歳のとき、内外博奕（シマに関係のない、友人同士の博奕）で逮捕されて十五日間の拘留を喰ったのが最初で、その後、たびたび警察の厄介になっていた。小学校も卒業していない。

サブが母を尊敬したのは、金だけのためではない。母は、よく、サブに意見をしていた。叱りつけるのではなく、訓《おし》え諭《さと》すようにしていた。

母が長唄の名取りになったとき、近くに住む女の人で、同じ流儀の三味線のほうの名前をいただいた人がいる。母は歌である。この二人が、私の家で、名びろめの会を催すことになった。舞台のある家である。吉住流の幹部クラスの師匠も来るし、父の取引先の客も来る。床や柱を磨き、建具をいれかえ、庭の手入れをする。

このとき、門から玄関までの生垣が母の気にいらなかった。この植木屋は、鳶職兼用で、素人あがりである。昔は、素人の旦那で、鳶の仕事が好きで、手伝っているうちに本職になってしまう人がいた。芸人にも幇間《ほうかん》にも、そういう人がいた。

手先が器用だという、隣町の仕事師であるサブが連れられてきた。素人あがりの仕事師がオリた形になった。しかし、町内が違うというのは、この社会では面倒なことになる。押問答になったが、母は譲らない。

「俺、厭だって言ったんだ。うるせえんだよ、こういうことは。だけどね、おたくの町内の鳶は、質屋の旦那だった人なの。仕事は出来ないの。拝み倒されて行ってみたら、なるほど、シデエや。馬が喰ったみたいな生垣で、これじゃ、誰だって怒っちまう。会は明日だっていうんで、それじゃあってやっているうちに雨になった。雨は車軸と降ってくる。びしょ濡れなんてもんじゃない。川の中で仕事してるみたいだった。だけど、とうとう、明け方までにやっちまった。俺が可愛がられたのは、そのときからだったね」

晩年の母は、弟の経営する花屋を手伝っていた。早くから草月流の師範になっていた弟に店を出させた。花屋の店を出して、最初に市場へ仕入れに行ったのも母である。心配したサブが、ついていった。

「なにしろ、驚いたね。素人のくせして一番前に坐っちまうんだから。……それで、そのカーネーション、そくり（そっくり全部）なんて言っちゃうんだからね。度胸のいい人だった。みんな驚いていた」

母が死んだのは、昭和三十四年十二月三十一日の午前七時十五分である。朝食のときに倒れて、そのままになった。こんなに早く起きるのは、やはり、花屋をやっていたからである。大晦日だから、花屋は忙しい。しかし、その前日までのほうが、もっと忙しかった。母の死に、直接の引鉄をひいたのは、寒い花屋の店で立ちづめで働いていたことだったと思われる。

母の死を知ったときから、サブは自分の仕事を放棄した。手下を三人連れて乗りこんできて、寝ずに働いた。火葬場は一月四日にならないと開かない。大晦日からだから、通夜が四日続いた。サブは無口になり、怒りっぽくなっていた。母の通夜と葬式は、鳶職に関するかぎりは豪華だった。サブは、手下のためのわずかな礼金以外は受けとらなかった。

昭和四十年十二月三十一日が母の七回忌になる。それまでは、命日が大晦日ということで、繰りあげて法事を行うことが多かった。七回忌の法要は、浦賀にある菩提寺で行うことにした。そのとき、前日にサブが御経料を持って墓参りにきたことを知った。どうも、サブは、私たちと顔をあわせるのを嫌っていたようだ。私の母を自分一人のものにしておきたいという思いがあったようである。

母は、言葉に関しては非常にやかましいところがあった。サブのことを、サブちゃんと呼ぶのであるが、あらたまった感じのとき、あるいは他人がいるときには必ず頭《かしら》と呼ぶのである。その道の専門家を尊敬し、彼等を立てるのを忘れない。大工は棟梁である。植木屋は親方である。土方は親分である。そのほかの呼び方をすると、口を極めて叱った。私は何度も叱られた。間違ったことが嫌いだという印象を受けた。こういうことは、母にとっては、どうでもいいことではなかった。

電話での応対についてもそうだった。たとえば、先方の人が、お父様によろしくと言ったとする。これに対する返辞は、ハイ、申し伝えますでなければならなかった。あるいは、申しつけます、だった。

会社の社長に電話を掛けたとする。交換手が、まだお見えになっていらっしゃいませんなどと言おうものなら、半日ぐらい腹を立てていた。これは、まだ参っておりませんでなければなばならない。あるいは、社長は本日は余所《よそ》を廻っておりまして、午後から出社いたしますでなければならない。言葉づかいもそうなのであるが、気が利かないということを嫌った。

母に、私は、よく、ウン、いまの電話は良かった、とか、あんた、電話の応対がうまくなったわねえと言われたものである。叱るときは叱るが、褒めていい気持にさせるのも上手だった。投げやりな言葉づかい、気取った物言いを極端に嫌った。特に電話の場合がそうだった。挙措動作はもとより、言葉づかいも、明瞭でキッパリしていないと気が済まない。母には、ウジウジした山の手のお嬢さんふうというところが、まるで無かった。どうも、母は、娘というものが、あまり好きではなかったようである。そのぶんだけ、つまり、若い男を好んだ。お嬢さんでも、ハキハキした物言いをする男っぽいお嬢さんを好んだ。

言葉で言うと、もちろん、アクセントやイントネーションについてもうるさいことを言った。家中の者に、妹はもとより、父にも兄にも弟にも長唄を習わせたのはそのためである。長唄にはナマリというものがない。これが東京の言葉であると教えられた。常磐津や清元では駄目なのである。昭和の初期から戦時中にかけて、長唄の吉住流が、東京の山の手の上流・中流家庭に入りこんで勢力があったのはこのためではないかと私は考えている。そのほかに、母には、芸は身を助けるという考えもあったようである。

私だけが習わなかったのは、ひとつには、ひどい音痴を自覚していたからである。私が歌うと、母は笑いだしてしまう。それでも、吉住流の長唄研精会には何度も行った。私は子供だったのだけれど、先代の吉住小三郎の芸には圧倒された。体全体が楽器のような人だった。稀音《きね》家《や》六治（後の山田抄太郎）の三味線にも感動した。音が粒立っていた。当時の長唄研精会の会場のロビーは、東京の上流階級の社交場の観があった。私は、オーケストラの新響の会員でもあったのだけれど、そこでのロビーとよく似ていた。文学座の会員にもなっていて、アトリエ公演にも出かけたが、そこのロビーは、まるで感じが違っていた。

母が長唄を全員に習わせたということを、どこかに書いたことがあるらしくて、五年ぐらい前に、鞍馬天狗の嵐寛寿郎（アラカン）さんに会ったときに、真っ先にそのことを言われた。

「えらいお母さんですね。わたし、感動しました。はい。実は、私もそうなんです。私は京都で生まれ育ったでしょう。どうしても、ナマリが抜けないんです。それで、江戸の俠客をやることがあるでしょう。困るんです。……ですから、わたし、若いときから長唄を習いました。あなたのお母さんと同じ考えだったんです。はい」

アラカンの現夫人は、長唄をよくする人であり、夫婦で長唄を楽しんでいることはよく知られている。

この夫人は五人目ぐらいになると思われるけれど、私は、こんど結婚するとすれば誰にしますかという冗談を言ってみた。

「そりゃあ、あんた、由美かおるでっせ」

アラカンは言下に答えた。

私には、母とアラカンとは、気風や人生観が似ているように思われてならない。アラカンが感動したというのは、実は共鳴であったような気がするのである。アラカンも、決して素人の女には手を出さない人だった。


母は気が短かった。

昭和七、八年頃だったと思うけれど、そのころ、映画の『キング・コング』が封切られて、大変な人気を呼んでいた。私たちは川崎市の郊外に住んでいた。逼塞《ひっそく》していたと言ったほうがいいくらいに貧乏していた。従って、活動写真を見るというのは、私にとってのひとつの事件だった。川崎市の繁華街へ行って、十五銭の五目ヤキソバを食べるのが、私にとっての最大の御馳走であり、贅沢だった。世の中にこんなうまいものがあったのかと思っていた。『キング・コング』の入場料が三十銭であったとすれば、それは目の玉の飛び出るような金額だった。

小学校の一年生か二年生であった私を、母は活動写真館へ連れていった。川崎電気館と言ったと思う。大入満員で、廊下にも通路にも人があふれていた。

このとき、母は、キング・コングが摑《つか》まったところで、さあ帰りましょうと言って私の手を引っぱって出てしまったのである。私は、映画なら、エンド・マークが消えるまで見ていたいほうの性分である。母は、むりやり、私を引きたてた。それで終りだと思ったらしい。

後に、私は、キング・コングが摩天楼の上で飛行機と戦っているスチール写真を見た。私の見た活動写真には、そんな場面はなかった。母は、半分ぐらいで出てしまったことになる。この、キング・コングが摑ってからのニューヨークでの場面が本当の見世場になっていることを後で知って、私は地団太ふんで口惜しがり、母に文句を言った。もう一度連れて行けとは言えない。三十銭は大金であり、家が貧しいことを私はよく承知していた。

このことは、ずっと長く、母を嘲弄する材料になった。このように、母は短気だった。筆で文字を書くときの早さといったらない。サラサラと書くというのを通り越して、猛烈なスピードで書き流す。万事につけて短気であって、男っぽい感じもあった。

昨年の正月、福山市に旅行したとき、そんなことがあったので、新版の『キング・コング』を見に行った。むろん、最後まで見た。このとき、私は、もしかしたら、母は承知していて半分で出てきてしまったのかもしれないと思った。摑ってしまってから後のキング・コングは、滑稽であり、かつ、悲惨である。母は、摑ってしまったキング・コングを見るのが厭だったのではないかという気がした。そうだとすれば、これは、ひとつの母の立場を示すものだということになる。言ってみれば、それが私の母の美学である。檻のなかのゴリラなんか見たくないというのは、一箇の、まことに個性的な考え方として通用すると思う。こんなふうに、母は、死後約二十年を経過しても、私を唸らせてしまうことがあるのである。

母は気の短い女であったが、これをもっと悪く言うと、ゾンザイなところがあった。母のゾンザイなところは、もっともよく料理にあらわれていた。

オフクロの味という言葉があるが、私はこれを理解しないし、いまでもよくわからない。オフクロの味というのは、私にとっては、うまくないというのと同じである。イケゾンザイな料理ということになる。

たとえば、ソラマメなどは、オハグロの出た大きなのを皮ごと甘っ辛く煮て、丼に山盛りにして出す。

母の得意の料理は、トンカツと精進揚げであった。トンカツなどは、十人前を五分間で作ってしまう。早い早い。まるで戦争でもしているような勢いで、あっというまにこしらえてしまう。衣のついたのを台所の床に落っことしても、見ぬ者清しと叫んでそのまま拾って油のなかに落とす。こんなふうだから、どうしたって、大小が生ずる。大きなトンカツは皿からはみだしている。それでいて、お菜を見較べたりしたら、それこそ、ひっぱたかれてしまう。まことに理不尽だと思った。

精進揚げもそうだった。蓮根でもニンジンでも、大きめに粗っぽく不揃いに切る。豪快と言えば豪快であるが、繊細なところはない。母は、蓮根、ニンジン、インゲン、ゴボウ、ナス、サツマイモなどの野菜類を特に好んだ。ミョウガ、シソの葉、柿の若葉、そのほか香りの高い植物を好んだ。しかし、これは、子供にとってはあまり有難い食物とは言えない。閉口することが多かった。それで、勢いよく、早く食べないと機嫌が悪い。食卓に長くいることを不徳のように言った。大食漢も嫌っていた。

「あいつは大喰いだから駄目だ」

と言う。

母は川魚が食べられなかった。箸が生臭くなるから厭だと言う。マグロのトロなども嫌った。母の好物は近海魚である。イワシ、アジ、サバ、キス、カワハギ、アイナメ、オコゼなどを好んだ。イカ、タコ、シャコ、エビ、カニも好んだ。つまりは、昔ふうに言えば、江戸前で獲れるものが好きだったということになる。

生臭くなった箸を見ると、顔をしかめて逃げるようにしたが、この箸のことで言うと、絶対に象牙の箸しか使わせなかった。木の箸、竹の箸、牛骨の箸を嫌った。私の息子が生まれたときは、自分の三味線の撥《ばち》をこわして、子供用の象牙の箸を作らせた。どうして象牙の箸でないといけないのか、それはわからずじまいになったが、総じて、貧相なことが嫌いなのである。

テンプラでは、掻き揚げが好きだった。小エビ、イカ、貝柱でもって掻き揚げを作る。金のあるときでも、子供がクルマエビ、メゴチ、アナゴなどをぱくぱく食べるという光景には我慢がならなかったらしい。

その、母の作る掻き揚げが巨大だった。ちょうど、野球のキャッチャー・ミットのようなものを作ってしまう。それをナイフで切るのである。実にゾンザイのきわみだった。ハンバーグ・ステーキも同様である。これも捕手のミットだった。

ただし、作るのが早いのが一得である。腹が減ったと言ったと思ったら、もうトンカツでも掻き揚げでも出来あがって食卓にならんでいるというふうであった。そのほかに、よく食べさせられたのは竹の子飯に五目寿司である。

私は、母は、本当は一流の料理人であったはずだったと思う。しかし、短気なのと、万事につけて体裁を整えることが嫌いなので、ゾンザイになってしまう。それに、食べもののことでつべこべ言うような人間を嫌ってもいた。食通などを毛嫌いした。たとえば母は茶巾絞りなどは作ったことがない。私は、よその家で初めてそれを知った。母は茶巾絞りを作るよりは、フカシ芋のほうが上等だと思っていたようだ。食物は、季節のものを、なるべくそのままの形で食べるという考え方をしていたようだ。

小学校時代の弁当は、毎日毎日、海苔段々だった。私は子供のときからノリダンダンと言い馴らしていたので、正式な呼称を知らない。飯、海苔、飯、海苔と重ねてゆくのである。醬油味である。決してうまいものではない。冷くなれば、食べられたものではない。母は、ハム、ソーセージ、タマゴ、魚などのお菜をつけてくれたことはなかった。兄も妹たちも、この弁当に文句をつけた。すると、せいぜい、キンピラゴボウかサキイカがつくという程度の効果はあった。私は文句を言ったことがない。イイコになりたいというのではなくて、私も、食べもののことなんかどうだっていいと考えていたのである。そういうところが、母にとっての陰気な子供だったようだ。私だけが弁当に文句をつけないということには別の理由もあった。家の貧乏時代を知っているのは私だけだった。兄も弟も妹たちも、それを知らなかったのである。

小学生、中学生のとき、学校から帰ってくると、家に母のいないことが多かった。母は出歩くのが好きだった。家にじっとしている妻であり母であるというタイプではなかった。このことでは、再々、子供たちが不平を鳴らした。また、父と母との喧嘩の原因にもなった。私たちは母にデズキ(出好き)という渾名をつけた。

母ぐらいに目が利けば、買いものが面白くて仕方のない時期があったと思う。それに、面倒見がいいから、どこそこの誰に何を買うという楽しみもあったと思う。そういうときの母は実に気前がよかった。また、親類中での人気者だから、何かと相談に乗ってやらなければならないことが多かったと思う。しかし、これは母の欠点のひとつだろう。少くとも子供たちはそれを望んではいなかった。父も、そうだった。

晩年にちかくなって、母は一人でふらっと京都へ行くことがあった。気がくさくさするから行ってくるとだけ言って出かけてしまう。母は京都や奈良が好きだった。それは、子供たちがそれぞれ独立し、結婚してから後のことになる。母には鬱屈するものがあったのである。あるいは更年期障害であったかもしれない。そうだとすると、なかなかスマートな解決法だったという気がしないでもない。

母は決して贅沢な女ではなかった。分というものを心得ていた。特に、子供の教育において、そうだった。私は、下着は、冬でもサルマタとランニング・シャツ以外をあてがわれたことはなかった。靴下も薄手のソックスである。間違っても毛糸の腹巻なんかをさせない。そういうものは田舎臭いと言っていた。子供がぬくぬくとあたたまっている姿に母は耐えられないのである。何様じゃあるまいしとすぐに言った。

部屋の電気を消して廻るのも母だった。モッタイナイと言う。螢光灯の時代になっても同じだった。

小学校の五年生のとき、十時過ぎまで勉強していたことがある。昔の子供は早く寝かせられたものであるから、十時過ぎというのは、私にとっては大勉強だった。

翌朝、私は母によばれた。褒《ほ》められるのかと思っていたら、そうではなかった。

「ねえ、あんた、ガス代が一時間いくらになるか知っているのかね。もったいないじゃないか」

母にとって、子供というものは、早く寝て早く起きて、イキイキと動き廻っていなくてはならないという固定観念のようなものがあったようだ。勉強だろうが何だろうが、子供が、朝、目をしょぼしょぼさせたり、起きるのをグズッたりするのは、絶対に勘弁のならないことだった。学校の成績なんか、それこそ、どうだっていいのである。

母は医学知識が豊富であって、そっちのことも何でも知っていたが、たとえば、風邪をひいたりすると、氷枕で寝かせ、その枕もとに坐って、

「困ったわねえ……」

と呟くのである。この、母の、困ったわねえには絶大の安心感があり、たまには風邪をひくのも悪くないと思ったりしたものである。

母は日記をつけたり手紙を書いたりすることが苦手だった。コマメな質の女ではない。

この母に、絶品とされている手紙が二通あった。私は現物を見ていない。

ひとつは、私の女房の母宛に出したものである。昭和三十年に、女房の兄がシベリヤから帰還した。この義兄は、女同胞のなかの一人だけの男である。義兄が帰ってきたときに母が手紙を書いた。その文面は、おそらく、義母のよろこびを祝ったものであろうけれど、そのなかで、母は、もし、瞳が帰ってこなかったとしたらと思うと、どうしてもこの手紙を書かずにいられなかったという一節があったそうである。これがうまい。殺し文句としてうまいのである。ともかく、あまり感情を表面に出すことのなかった義母は大泣きに泣き、かつ、喜んだということである。

もう一通は、自分の娘である下の妹あてに投函されたものである。

妹が京都の時代衣裳を紹介する一種のファッション・ショーで歌舞練場で踊っているときに舞台で倒れた。妹は妊娠していて、流産の危険があった。母は、むろん、駈けつけて介抱した。母は、いきなり妹を呶鳴《どな》りつけたという。それは、芸人としてあるまじきことという意味である。妹の容態がおさまり、無事が確認されたとき、母は、涙ながらの手紙を書いた。ふつうの母親であったなら、無事を祝い、健康に対する諸注意を書くべきところであろうが、母の場合はそうではなかった。

「私は、何という怖しい女でしょう。何という悪い母親なのでしょうか。私は、本当を言うと、あなたが流産すればいいと思っていたのです。踊りを続けてゆくために、そのほうがいいと考えたのです。なんという怖しい母親でしょうか。自分の孫が流産すればいいなんて……。いまは、そうは思っていません。あなたの介抱をしているうちに、この子供を殺してはいけないという気持が強くなっていきました。どうか、立派で丈夫な赤ん坊を生んでください。それから、そう思った私を許してください」

現物は知らないが、こんなことだったろうと思う。母は、この下の妹の踊りに賭ける気持が強かった。事実、吾妻歌舞伎では、若手のトップ・スターだった。この一行には、男のほうでは、踊りの坂東鶴之助(後に市村竹之丞、いまの中村富十郎)、歌の和歌山富三郎(いまの若山富三郎)、三味線の杵屋勝丸(いまの勝新太郎)がいた。

晩年の母は、女優で言えば沢村貞子に似ていた。杉村春子にも似たところがある。共通しているところは、着物の着つけがうまいということである。それと、ちょっと伝法な物言いが似ている。

だから、私は、たびたび、きみのところのお母さんは水商売の出かねと訊かれた。女房も、私と結婚する以前に、山口くんのお母さんは芸者だったんだよと言われたことがあるそうである。

私の母は芸者ではなかった。断じてそうではないと私は信じていた。芸者がソプラノで「宵待草」を歌うもんかと思っていた。しかし、子供のときでも、母について考えると、わからないことがあまりにも多過ぎたのである。

16

女房は、一人で出歩けない心臓神経症という持病があるくせに、私と二人で店屋に入るのを厭がるのである。特に料理屋へ行くのを嫌う。

女房に言わせると、私は、オドオドしているという。ペコペコしているという。あれでは食べた気がしないわと言うのである。一緒に行って楽しかったことは一度もないと言う。

「どうして、もっと威張っていないの」

「威張る必要はない」

「堂々としていればいいじゃないの」

そう言われて気がつくのであるが、私は、なかなか、仲居に注文を頼めないということがある。用事をいいつけられない。まして、注文したものが遅くなっても、不味《まず》くても、文句を言うようなことはない。

たとえば、喫茶店へ入って、アメリカン・コーヒーを頼んだのに、カフェ・オレが運ばれてきたとする。私は、きまって、こう言う。

「私が頼んだのは、アメリカン・コーヒーです。だけど、結構ですから、これをいただきます。それで、カフェ・オレを注文したお客さんがいて、間違ってここへ持ってきたのだとすると困りますから、一応、見てください。……やはり、そうですか。いえ、これで結構です」

私は、カフェ・オレを好まない。だから、半分ぐらい飲んで出てしまう。こういう態度を、女房は毛嫌いするのである。教育のためにならないとする考えがあるようだ。

料理屋で、勘定をするときに、

「いかほどでございましょうか」

と、言ってしまう。自分で言って、ございましょうかはないだろうと舌打ちをする。

帰るときに、

「お世話様でございました」

と、ついつい、言ってしまう。ちぇっ、また、ございました、か。これでは、女房に怒られるのも無理はない。かりに、何も言わなかったとしても、態度にあらわれてしまうのだろう。これは、決して、私が女性に対して優しいところがあるという証明にはならない。私は、元来は、冷淡で刻薄な男である。

私は、料理屋では、出されたものを食べ残すことが出来ない。体の調子が悪くて食べきれないときは、きまって、こう言う。

「これは不味くって残したんではないんです。体の調子があまりよくないんです。(あるいは、糖尿病で、これ以上はカロリー・オーバーなんです)もし、板前さんに何か言われたら、そう言ってください」

大量に食べ残すときは、折詰にしてもらう。自分で、余計なことを言っているなと思う。イヤラシイナ、とも思う。気がちいさいのかもしれない。

昔は、神風タクシーと言われる、乱暴な運転手がいた。女房と一緒だと、彼女は、そこで止めてちょうだいと言って降りてしまう。降りるときに啖呵《たんか》のひとつもきりかねない勢いである。私一人だと、とてもそんなことはできない。こわくって仕方がないのだけれど、我慢してしまう。そんな運転手でも、降りるときに、どうも御苦労様でしたと言ってチップを渡してしまう。深夜にタクシーに乗って帰宅するときは、運転手に話しかける。それは誰でもすることだろうけれど、私の場合は、あ、俺は、いま、お世辞を言っているなと思う。その感じが厭だ。実際に、私の話の内容が、それに近いものになっている。雨が降っていれば、お蔭で助かりましたというようなことを言ってしまう。

旅館に泊って仕事をするとき、係りの女中がきまると、この次に来るときは何を持ってこようか、草履がいいか、帯締がいいか、扇子がいいかと考えこんでしまう。自分でもバカバカシイと思う。だから、女房と一緒に京都へ行くとすると、女房は、旅館よりもホテルへ泊ることを好むようになってしまう。

私がこうなったのは、あきらかに、母の教育のせいである。直接にどう言われたかという記憶はない。特に、サービス業者には親切にしなさいとは言われなかったと思う。しかし、母のやり方は私の身についてしまったように思う。母は、仲居、女中、運転手、アンマ、髪結いなどのサービス業者のほか、出入りの商人には気を使い、親切にしていた。

父が、深夜、待合の内儀や芸者に送られて帰ってくる。母は、これを出迎えて、主人がいつもお世話になっておりますと言って頭をさげるのが常だった。こういう場面を何度も見ている。そのときの母には、少しもイヤ味がなかった。心からそう思っているようだった。また、その方面の人とは、すぐに仲よしになってしまう。

しかし、母は、たびたび失敗する仲居には、

「あんた、気をつけなきゃ駄目よ」

ぐらいのことは言ったのである。私のほうは、本当の親切にはならない。事実、甘く見られて裏切られるようなことが何度もあった。

私は、少年時代から、ずっと、いまにいたるまで、安気《あんき》な思いで暮したことはなかった。私

が切に憧れるのは、その安気な思いであり、安穏な生活だった。

父は、よく、家族を連れて旅行にでかけた。しかし、私が同行したのは、二度だけである。一度は、甲子園の中等野球大会を、入場式から優勝決定戦まで見た。大阪の大野屋旅館に泊っていた。島清一投手を擁する海草中学の優勝した年だから、昭和十四年のことである。もう一回は箱根だった。全員がオーバーを着て、岩の上に立っている写真があったのだから冬時分のことである。いや、それだけではない。もう一度、箱根へ行っている。それは戦争末期のことで、空襲警報発令中を自動車で山越えをして怖い思いをしたことを憶えている。夜、ライトを消して自動車を走らせるのだから、怖かった。そのときは、私は、ヤケクソになっていた。私は家族で旅行しても少しも楽しくない。むしろ、厭で厭でたまらなかった。嬉しそうな顔をしないと言われた。

私は、いつでも、いま、うちはそれどころじゃないんだと思っていた。はっきり言って、金が惜しいと思っていた。母からすれば、厭な子供だった。

昭和十八年三月、中学四年生のとき、松本高等学校を受験した。父と母とがついてきた。こう言うと、いかにも教育熱心な家庭だと思われるだろう。実際はそうではないのである。長唄のほうの芸人三人も一緒だった。合計六人が浅間温泉に泊った。毎晩芸者を呼び、ドンチャン騒ぎになるのである。

芸者に、長唄や清元を歌わせ、踊りを踊らせる。それが終ったところで、急にあらたまって、父と母と芸人の一人が歌い、二人の芸人が三味線を弾く。芸者連中は蒼くなり、おそれいってしまう。悪い趣味である。こんなことを、箱根でも熱海でも塩原でも鳩ノ巣でもやっていたようだ。

もちろん、私は、別室で早く寝かせられる。しかし、三味線の音が耳について、寝られたものではない。それに、私は、その頃から、酒好きでもあった。私は、早く起きて受験場へ行った。松本は寒かった。松本高校の教室で、私は、何だかバカバカシイような気持になった。注意力散漫は私だけのせいではないのである。私は落第した。

これは戦後のことになるのだけれど、家中で、戦前からの馴染みの旅館へ出かけた。女房も一緒に連れて行かれた。赤ん坊だった息子も一緒だったかもしれない。私は行かない。三泊して、金が足りなくなりそうになった。こういうとき、普通の家庭なら、すぐに帰ってくるだろう。家にも金がないし、銀行預金もないのである。母は、定期の郵便貯金の解約を思いついた。それでも足りそうにない。生命保険も解約しよう。そこで、運転手（その時分、自家用車があった）を使いにやった。簞笥《たんす》の何番目の抽出しに書類がある、といったことだったのだろう。彼等は、さらに四泊して帰ってきた。

私は、こういうことが、厭で厭でたまらない。私には、とうてい、こんな遊び方はできない。

しかし、女房は、あんなに楽しかったことはないと言う。堅実一方の家庭に育った女房は、驚きもしたろうが、それだけに、解放感が強かったかもしれない。事実、父も母も、遊び上手だった。赤ん坊であった息子も、温泉プールで狂喜したことと思う。私と一緒では、決してこうはならないのだから……。私なら、楽しければ楽しいほど不安になったと思う。こういう自堕落なことは嫌いだった。

戦前は、軽井沢に別荘を建てる前は、横須賀の馬堀海岸か、葉山に家を借りて避暑に行った。私は、海辺の避暑地へ行くのも嫌いだった。ちっとも楽しくない。面白くない。安気になれない。

父母は、私をよく寄席へ連れていった。麻布に住んでいた関係で、十番倶楽部が多かった。だから私は先代円生も知っている。もっとも、美声家だったという印象しか残っていないけれど……。

私は笑わない子供だった。それは、十番倶楽部の楽屋うちでも評判になっていたようだ。あの子供を笑わせてやろうという感じが、こっちにも通ずるのである。そうなると、私のほうもムキになる。笑うまいとすれば笑わないでいられたし、色物などを見ていると、私は、むしろ、哀れになり悲しくなってしまうほうの質だった。昔の落語には考え落ちというのがかなりあって、寄席がはねて、子供にとっては深夜であるところの、ひっそりと静まっている町を歩いているときにオチがわかって、急に笑いだすようなことがあり、父母に気味悪がられた。

そのように、私は、いかにも陰気な子供だった。心がはればれとするようなことは、めったにはない。子供のときから歯が弱く、耳鼻咽喉のすべてが悪く、肩凝りがひどくて、小学生のときからアンマを取っていた。その頃の麻布界隈には流しのアンマが多かった。

私の渾名は、冷血動物であり、ゲジゲジだった。多分、これは、長唄のほうの芸人の命名によるものだと思う。

「あんた、冷血動物ねえ……」

といったふうに言う。これは一種のゴマスリでもあったろうけれど、半分は本気で言っていたようだ。

幼いときから、私は、勝負事が強かった。叔父から手ほどきを受けた将棋は、小学校では、学校中で一番強くなった。担任教師、腕自慢の小使いさん、田舎初段を自称する校長など、すべて負かしてしまう。中学三年になると、二段の叔父と香落でいい勝負になった。これは初段格（戦前の）だろう。

博奕でも、花札は得手ではなかったが、麻雀では、まず負けたことがなかった。小学校五年生で、大人たちと、千点二円の麻雀を打っていた。正月のお年玉で五円貰えれば大喜びという時代の千点二円だから、相当に大きい。これで十円、二十円と勝ってしまう。

私の博奕は、徹底した所帯博奕だった。麻雀でも、みんなで楽しむような、いわゆる家庭麻雀は打たない。徹底した安い和了《ホーラ》で逃げまくるのである。これでよしとなったら、ベタオリに降りてしまう。セコイという言葉がぴったりと当てはまると思う。いま、麻雀の専門家は手づくりということを説くが、あんなことはウソッパチである。彼等が自分で本当に勝負するときは、速度だけを重視するコスッカライ麻雀を打つのである。

「あんた、ゲジゲジねえ……」

芸人は、泣きそうな顔をして、財布から五円札や十円札を取りだすのである。私は、彼等は家の寄生虫だと思っていたから、何とも感じなかった。いま思えば、それは、かなり痛い金額だったと思う。私は、冷酷でいかなければ勝てないと思っていた。

「ああ、大欲は無欲に似たり、か」

私に安い和了で逃げられてしまう芸人は、そう言って歎くのである。

「……冷血動物ね、あんた、本当に」

しかし、前に書いたように、私は、蔵田正明さんにだけは、どうしても勝てなかった。一度も勝っていないと思う。蔵田さんのほうがセコイのである。勝負事に強い人は大胆な人ではない。勝負師はすべて小心である。

ずっと不安な思いで暮してきた。一面から言うと、私は、育ちが悪いということになろうか。私は、万事につけて自信がなかった。勝負事が強いからといって、まさか、博奕打ちになるわけにはいかない。

三年ぐらい前までは、銀座の酒場で飲んでも、翌日になると、ああ、金を損した、健康を害した、時間を浪費した、いま、俺は、こんなことをしている場合ではないんだ、それどころじゃないんだと思い思いしたものである。安気に酒を飲むということもない。

私の理想とするところのものは、せんじつめれば、金利生活者である。情ないけれど、そうなってくる。昔の子供言葉でいえば、我利我利亡者である。金満家の悋嗇漢がいるが、それでどこが悪いかと思っていた。私は、そういう人に憧れ、それになりたいと思っていた。もっと具体的に言えば、預金通帳を抱いた晩年の永井荷風である。

小学生のとき、家で書初の会が行われた。昔は、俳句の会とか、歌留多取りとか、室内ゲームとか、そういったものが盛んに行われたものである。書初のとき、私は、人間万事金之世之中と書いて、父と母とから叱られた。私は、ふざけて書いたのではなくて、本気でそう思っていた。叱られるのは理不尽だと思った。だって、そうじゃないか――。

私は、よく、こんなことを思う。かりに私が東京大学の法学部を卒業して官吏になっていたら、なんともイヤラシイ人間になっていただろう。一流私立大学の経済学部を卒業して、大手の銀行員か商社マンになっていたら、おそらく、なんともハナモチナラヌ男になっていたはずである。私に欠落部分があり、勉強が出来なかったことは、むしろ、有難いことであったかもしれない。天の配剤であったような気さえするのである。

私は自信がなかった。何をやっても失敗するような予感があった。生活している自分を思い描くことができなかった。そうかといって、金利生活者になれるわけがない（次男だから婿養子になる可能性はあったのであるけれど）。何度も破産をする父を罵倒するようになった。私からするならば、父は、その意味での博奕が下手だった。ベタオンリのできない男だった。浪費家で自堕落なところがある母を愛しながら憎むようにさえなった。

昭和二十一年、十九歳で小さな出版社に就職し、雑誌の編集者になった。こういう経歴の男はそんなに多くはいないはずである。私の選んだ職業がそれだった。いまとでは時代がまるで違う。編集者の末路は哀れであるとされていた。大出版社の有名編集長だった男が、行き倒れのような形で死ぬことがあった。まして、小さな出版社では、先行きの見当はまるでつかない。

私は自信がなかったのである。だから、他人の世話をするような仕事がしたかっただけのことである。現代青年のジャーナリスト志望とはわけが違う。縁の下の力持ちになれれば、なりたいと思った。それに本を読むのは嫌いではなかった。私は、懸命に働いた。不安に怯えながら——。

しかし、誰もが、希望したからといって、雑誌の編集者になれるものでもない。全くの偶然が作用した。

私は、本当は、学校をやめて、工員になるつもりだった。それも単純な作業がいい。誰でもが厭がるような仕事がいい。私は、三交替の製粉工場に勤めるつもりで、その工場へ出向こうとした寸前に、出版社を手伝ったらどうかという話を持ちこまれたのだった。

金利生活者と単純労働の工員とでは大きな違いがあると思われるかもしれないが、そうではない。私は最低の生活費を得て、六畳一間のアパートで、一人でじっと暮していたかったのである。あるいは夫婦二人でもいい。私は、そういったような安気な生活に、ただただ、憧れていた。

17

母方の祖父、母にとっての父である羽仏豊太郎は、なんとも得体の知れない人物だった。いつでも、廂のない椀型の茶人帽という帽子をかぶっていた。私は、彼が洋服を着ている姿を見た記憶がない。茶系統の着物を好んでいた。

「赤ん坊のとき、女中のやつが、俺を負《おぶ》っていて、落っことしたんだ。俺は、庭石に頭をぶつけたんだ」

彼は、何度も、私にそう言った。それ以外のことは、ほとんど何も言わなかった。どこがどうということはできないが、彼は、一般的に言って、頭がおかしかった。たとえば、相撲や野球で、誰が好きかとか、どっちが勝ったかというような会話をかわすことができなかった。かりに、玉錦と双葉山とどっちが好きかと訊いてみたとする、彼は、だまりこんでしまう。その顔つきが、だんだんに陰鬱になってくる。考えこんでいるように見える。いまにも怒りだしそうにする。そうして、やがて、こう言うのだった。

「俺は、頭が悪い。頭がおかしい。女中のやつが……」

しかし、通常、頭のおかしい人間が、俺は頭がおかしいと言うだろうか。そのへんのところが、希代だった。私は、豊太郎を、とよたろうと呼ばず、ポータローと言っていた。祖父であるのに、ポータローさんと呼んだ。彼は、だいたいにおいて、いつでも、日向ぼっこをしていた。

そういうことを除けば、彼は、見たところ、まことに瀟洒《しょうしゃ》な老人だった。脂っ気がなかった。風が吹けば飛んでいってしまいそうだった。私は、母が彼と会話をかわす場面を見たことがない。何を言ったってわからないのである。また、母が祖父をいたわるという場面を見たことがない。ポータローは決して笑わない。祖父もまた、母にとっての恥の部分だった。しかし、母にとって都合がよかったのは、彼が語らぬ人間であったことである。

母は、豊太郎の素性について話してくれたことは一度もなかった。豊太郎は、三度三度の飯を喰うだけの石ころのような存在だった。しかし、豊太郎は語らぬ人間であったけれど、一見して、何かがあると思わせるような人物だった。尋常ではない。そうして、よく見れば、彼もまた、異常なくらいの美男子だった。顔立ちは立派で、垢抜けている。挙措動作は上品である。ただし、表情はない。

豊太郎の唯一の趣味は、和綴《わとじ》のノートを造ることだった。大きさは十センチ前後である。彼は、いつでも、端切れと色のついた紙と白い紙とを探していた。だから、豊太郎にとって、この製本は、趣味ではなくて、仕事であったのかもしれない。

彼は、私に、このノートを呉れた。さも大事そうに、惜しそうにして呉れた。ところが、いつごろからか、くださいと言っても呉れないようになった。このことは、子供の私にとっては、ひとつのショックだった。あんなにたくさん持っているのに——。

彼は、このノートを持って、お椀のような帽子をかぶって、外へ出てゆく。それも彼にとっての仕事だった。彼は寺へ行くのである。寺というより、墓地へ行くのである。そうして、墓に彫ってある文字を書きうつしてくる。

「おい、瞳、これは何という字だ」

彼は私に訊く。ほとんどの字が私には読めなかった。

菱。耨。縉。沕。𥳑。髕。鵃。躡。䴡。黐。……小学生である私にこんな字が読めるわけがない。

「おい、これはどう読むんだ」

「わからない」

すると、彼は、額にシワをつくり、不機嫌になる。怒って部屋から出ていってしまう。彼は、同胞のなかでは、私が一番頭がよくて字が読めると思っていたようだ。彼は、私が意地悪をしている、馬鹿にしていると思ったようだ。彼がノートを呉れないようになったのは、そのためだと思われる。

俺は頭が悪い、女中のやつが……。

おい、瞳、これは何という字だ……。

私は、豊太郎については、これ以外の会話を思い出すことができない。多分、これ以外は言わなかったのだと思う。

母方の家系の者は、みんな、怒りっぽい。癇癪《かんしやく》持《も》ちである。私はそう思っている。

明治九年九月二十七日に生まれた豊太郎は昭和十八年十一月十九日、長男丑太郎の家で死んだ。六十七歳である。豊太郎の死を発見したのは丑太郎の長男の幹雄である。

「学校から帰ってきたら、おじいちゃん、死んでいた」

風で舞いあがった埃が消えるようにして死んだ。

豊太郎の妻、私の母の母、私にとっての祖母に、私は会ったことがない。ずっと、名前も知らないでいた。しかし、彼女は、戦後もずっと生きていた。祖母は、母よりも後で死んだ。私はそのことを知らされなかった。

この祖母は豊太郎の四度目の妻である。彼女は、丑太郎、静子、君子、保次郎の四人を生んだあと、出入りの電気技師との関係が生じて逃げてしまったということである。豊太郎がそんなふうであったのだから、彼女にも同情される余地があると私は考えている。

しかし、母は、生涯にわたって自分の母を許そうとはしなかった。私は、母から祖母の話を聞いたことはない。祖母が生きているということさえ、長いあいだ知らないでいた。丑太郎、君子、保次郎の三人は、自分たちの母に何度も会っているのである。その点、母は、いわば仮借のないといったところがあった。薄情だと言われた。愛憎の念が強いのだろう。身寄りのなくなった祖母の面倒を見る三人に対して、母は、わずかばかりの遺産が目当てなんだろうと口汚く罵ったことがあるという。

この祖母は、戦後、自分の家にパンパンを住まわせていたという。横須賀では、そういうことは少しも珍しいことではない。しかし、祖母は、そこからもっと発展して、何人かのパンパンを住まわせ、パンパンの置屋であって娼家であるようなことになっていったという。祖母自身も、齢を取っても、最後まで艶っぽいような人であったそうだ。それを聞いたとき、私は、おぼろげに祖母の顔が見えてくるような気がした。ひと目で水商売の出とわかる女がいる。特に、目もとにそれがあらわれる。垢抜けたというのと、品性に劣るというのと、刻薄とコスッカラサがまじりあったような……。そんな女であるような気がした。母は、そういうことを極端に嫌っていた。

私は、ずっと、横須賀市内へ行ったことがなかった。私が横須賀へ行ったのは、母の従弟である勇太郎の七回忌が行われた昭和五十二年六月が最初になる。法事が行われたのは、母方の菩提寺である妙栄寺である。この妙栄寺へ行ったのも、それが初めてのことになる。

子供のとき、横須賀市の馬堀海岸、大津海岸で一夏を過ごしたことがある。そのときでも、母は、決して私を市内に連れていこうとはしなかった。

父も母も、横須賀で生まれ、横須賀で育った。それぞれ、そこの中学校、女学校を卒業している。親類縁者も多いし、友人たちの多くはそこに住んでいる。馴染みの店も少くはない。もっとも懐かしい土地でなければならない。

横須賀は、東京駅から電車に乗れば一時間半で達することのできる近い町である。私は、鎌倉と葉山には何度も何度も行っている。横須賀より遠い浦賀にも久里浜にも何度も行っている。なぜ、母は、私を横須賀市へ連れていこうとしなかったのだろうか。私は、子供のとき、お母さんの生まれた家を見せてくれよと一度か二度は言っていたはずである。

いや、それよりも、なぜ、母は妙栄寺へ墓参りに行かなかったのだろうか。母は信心深い女だった。宗教には関心が強く、その方面の知識も豊富だった。私はそれが不思議でならなかった。しかし、子供のことだから、墓参りに行こうと言うようなことはない。それよりも、妙栄寺という存在は、私にとって稀薄だった。

私の父方の家紋は、四角を基調にした、ちょっと図には描きにくいような、こみいった図柄になっている。書物で調べたのであるが、どれにも出ていなくて、名称はわからない。私のところの家紋は三つ柏になっている。私は、これも長い間、それは母方の紋だと思っていた。しかし、母方の家紋は蔦なのである。母が父方の紋を嫌ったのはわかるような気がする。母は長唄をやっていたし、娘たちに日本舞踊を習わせている。父方の家紋では、着物を着たときに引き立たないし、野暮ったいような感じがある。だから、紋を三つ柏にしたのは、母の一種の創作のようなものである。しかし、それはいいとして、母は、なぜ、蔦を継承しなかったのだろうか。蔦ならば大いに結構じゃないかと私は思う。

父方の宗旨は浄土真宗である。母方は日蓮宗である。私のところの菩提寺は、浦賀の顕正寺であり、これは日蓮宗である。菩提寺を顕正寺にしたのは納得がゆく。先代の住職は、母方の出であり、母の弟の保次郎は、本来はこの寺を継ぐために養子に出されたのである。

私は漠然と、私のところでは母のほうが父よりも強いのだと考えていた。実際に、母は強かった。

18

羽仏勇太郎は、豊太郎の妹カメ（昭和十九年没）と徳次郎との間に、明治三十九年に生まれた一人息子であり、従って母の従弟になる。母と同姓であるのは、徳次郎が婿養子であるためである。私は、豊太郎がそんなふうであって、妻に逃げられているのだから、母方ではカメに稼業を継がせようとしたのではないかと推測している。

勇太郎は、中学生のとき、中島という親類の家に金を借りにやらされた。この中島というのは、後の飛行機の中島製作所の社長の家であるらしく、それは遠縁に当っていた。すなわち、豊太郎の母（私の母の祖母）ヱイの従弟にあたる。大金持である。

首尾よく、金を借りることができた。そのとき、中島夫人は、こう言ったという。

「勇ちゃん、肺病は遺伝だけれど、貧乏は遺伝じゃないんだよ。あなたのところはね、みんながね、しっかりして働けば、借金なんてすぐに返せるんですからね。だけど、あなたのところはね、どうして、みんな性《しょう》がないんでしょうね。気持ひとつですよ。気持ひとつで楽になります。ちょっと我慢すればいい。それで、真面目にやっていて楽になれば、働くのが楽しくなるんです。ねえ、いいですか、貧乏は決して遺伝ではないんですよ。わかった？　肺病は遺伝ですけれどね……」

中学生であった勇太郎は、おばさんの温情にあって泣き伏したという。

しかし、私は、この中島夫人の意見には賛成できない。肺病（結核）は伝染病であるけれど、遺伝しない。これに反して、貧乏してしまうという体質、見栄っぱり、根性なし、自堕落、自制心のないこと、浪費など、そういった性情は、あきらかに（全部ではないが）子孫に伝わってゆく。すなわち、肺病は遺伝ではないが、貧乏は遺伝するのである。

中島のおばさんの温情に泣いた勇太郎がどうなったか。彼は百円という金を借りて持っていた。彼は、その金が無くなるまで、家に帰らなかった。遊廓にいつづけたのである。これが私の母方に色濃く流れているところの性情である。郵便貯金や生命保険を解約してまで箱根で遊びつづけた母というのもそれである。勇太郎にも母にも罪悪感がないのである。これでは貧乏するにきまっている。私は、断じて貧乏は遺伝すると考えている。

金が無くなるまで遊廓で遊び続ける中学生がいたと言うと、誰でも、それは嘘だと思うだろう。しかも、その金は親に頼まれて借りてきた金である。私にしてもそう思う。しかし、信じ難いことが行われていたのである。

その点では、丑太郎（母の兄）のほうが、もっとひどかった。丑太郎の長男の幹雄は、十五歳になったとき、親類の者にこう言われたという。

「きみのお父さんはね、きみの年齢のときは妾がいたんだよ」

十五歳だから、妾というのはちょっと変で、情婦とか愛人と言うべきだろう。丑太郎は、中学生のとき、すでに、情婦と二人で別に住んでいた。

カメが稼業を継いだのであり、勇太郎は一人息子であったのだから、丑太郎や母とは同胞同様に暮していた。勇太郎が母を姉さんと呼び、自分を弟だと言っていたのはこのためである。

勇太郎は、小心であったけれど、早熟で、頭脳がすぐれていた。早稲田大学の学生であった私の父は勇太郎を可愛がっていた。勉強を見てやっていた。私は、父は勇太郎の家庭教師だったと推測している。しばしば、東京の下宿先に勇太郎を泊めた。父は刻苦勉励の男である。数学でも物理でも英語でも、腕で解くというタイプであったろうと思われる。丸暗記の才能があった。

勇太郎は、府立第一中学校を受験することになった。東京市内の小学生でも、府立一中に進むのは、相当な秀才である。町内で神童と騒がれるような子供である。まして勇太郎は横須賀の小学生である。横須賀から東京へ出て行くのに水盃をかわすという時代だった。

当時の府立一中の入学試験は三日間にわたって行われた。受験生の名前が黒板に白墨で書かれていて、不合格者を消してゆくというやり方である。三日目の朝、試験場へ行くと、勇太郎の隣の名が消えていた。羽仏勇太郎の郎の字が斜めに半分消えている。彼は泣きだした。その日の試験が終り、発表を見に行くと、彼の名はそのままになっていた。合格したのである。

横須賀の小学校を出て府立一中に通うようになったのだから、末は大臣とまではいかなくても、かなりの実業家か政治家になるものと誰でもが期待した。府立一中の同級生に高見順がいた。勇太郎は高見順のことを高間君と呼んでいた。左翼作家になった高見さんが、クラス・メイトに著名な実業家や政治家がいて、それをいくらかは恥としたり、逆に利用もしていたことは、かなり知られている。もっとも、高見さんは、第一高等学校に進学するのであるが……。

この高見さんは、私の小学校の先輩であり、やはり、開校以来の秀才と言われていた。

あるとき私は、高見さんに、勇太郎のことを訊いてみた。

「ああ、ハフツくんね、知ってますよ」

高見さんも、出生のことを語りたがらない人だった。同じ町内で育って、高見さんのお母さんを知っている私を避けようとする時期があった。

しかし、勇太郎は、借りた金で遊廓に流連《いつづけ》するような中学生になってしまった。彼は早稲田大学英文科を卒業して、東宝の興行関係の社員になった。つまり、映画館の支配人であることが多かった。彼は、日本各地の実に多くの劇場の支配人を勤めている。

「京都の時は良かった。祇園でも先斗町《ぽんとちょう》でも、払いは盆暮でいいんだから」

以前のようなことはなかったにしても、相当な遊び人であったろうと思われる。勇太郎は、親類のなかでは、もっともお洒落であった。洋服や帽子がよく似あう。整髪料のせいだろうけれど、そばへ寄ると良い匂いがした。晩年になっても、私がボルサリーノをかぶっていると、すぐにわかるらしく、おい、それを寄越せと言ったりした。

横須賀に花川亭という寄席があり、これが映画館に転向して花川館になった。勇太郎は四歳のときから、一週間替りの活動写真を全部見ていた。実写、喜劇（『新馬鹿大将』など）、新派（関根達発、立花真次郎、衣笠貞之助らによる悲劇）、旧派（これがトリで、多くは尾上松之助主演）の四本立てである。

勇太郎は、乳母に負ぶさって花川館の前を通ると膝で彼女の背中を蹴った。

「坊っちゃん、あれはもう見ましたよ」

「違うよ。看板が違う」

その頃からの映画好きであったのだから、彼が劇場の支配人になったのは好きな道を選んだのだと言えないこともない。また彼の早熟ぶりもこれでわかるような気がする。

勇太郎は、東宝を停年退職した。重役にはなれなかった。私は、この方面のことはわからない。劇場関係の社員は、社内的には弱いのかもしれない。本社勤務になることはなかった。彼は、同系列の江東楽天地の重役になったが、そこを追いだされる形で退職した。最後は、娯楽機械（遊園地での、大きくはジェット・コースターなどを造る会社）に勤めたが、そこでもうまくいかなかったようだ。彼の晩年は気の毒だった。

勇太郎は府立一中を卒業し、官立大学には進めなかったけれど、ともかくも早稲田大学を卒業している。私は、当時の映画会社の社員の学歴としては筋が通っていると思っている。親類に有力者が多い。特に彼の妻は、新国劇の経営者の妻の妹である。沢田正二郎も遠縁に当るはずである。彼自身、お洒落であるだけでなく、押しだしが立派だった。なんでもよく記憶していて、話し好きの面白い人だった。

なぜ、彼は、東宝の重役に残れないまでも、江東楽天地を追いだされるようなことになったのだろうか。

これも全くの私だけの推測であるにすぎないのであるが、怒りっぽい性格が災いすることがあったのではないかと思う。丑太郎も、母も、君子も怒りっぽい。そうかといって、勇太郎が私に怒るようなことはなかった。ただし、どうも、他人に対して耐え性がなかったのではないかという気がする。狡猾に立ち廻ることのできない人だった。

私たちが海浜に一夏を借りている家に、勇太郎が従業員を連れて遊びにくることがあった。日帰りの慰安旅行である。このとき、どこからどう見ても、勇太郎は際だって見えた。劇場の支配人とその従業員というふうには見えない。極端に言えば、殿様が家来を連れてきているように見えた。これは持って生まれたものだから仕方がない。私は、勇太郎は、終始不満であったように思う。世が世であればと思うことがあったろう。女遊びなんか中学生のときに終っているという思いがあったのではないか。彼が威張らなくても、周囲のほうがそう見てしまうのではあるまいか。

映画でも相撲でも野球でも、切符を扱う商売の人には独特の感じがある。一種の匂いがある。なかでも、映画は、娯楽の王者であり、映画館は娯楽の殿堂と言われた。東宝映画は、入江たか子、原節子、李香蘭、山田五十鈴、高峰秀子などの大女優を抱えていた。映画関係者が遊びにゆくと、スターのゴシップを聞きたがって、女たちが離れない。勇太郎にはそんなことがなかったと思うけれど、試写会の切符何枚かで女が随《つ》いてきたという話を聞かされている。だから、安月給で、祇園でも先斗町でも遊べたのである。勇太郎にも、その商売の匂いがなかったとは言いきれない。切符に権力があった。その匂いとは、ちょっと人を小馬鹿にする感じと言えばいいだろうか。いまのTV関係者にはそれに似たようなところがある。

私は勇太郎が好きだった。第一に話が面白かった。それに、私の周囲には、東宝映画というような安定した会社に勤めている人は一人もいなかった。そこに安心感があった。この人だけは大丈夫だという感じがあった。

しかし、母は勇太郎を嫌っていた。口では悪く言う。さあ、あんた、もう帰りなさいといったことをずけずけと言う。

母は、御飯をたくさん食べるから厭だと言っていた。軍需成金で潤っていたときでも、勇太郎が三杯目のお代りをすると、顔を顰《しか》めた。勇太郎は、放っておくと四杯でも五杯でもお代りをする。もっとも、母は、大きな御飯茶碗に少し盛るのが好みだったのであるけれど……。

それに、長話で長っ尻なのがいけないと言う。遡《さかのぼ》って説きおこしたり、噂話を好むのは芸能関係の人に共通する癖であるけれど、母は、話はテキパキとやってくれないと気に入らない。

私の家に冠婚葬祭のあるときの司会役は常に勇太郎だった。母のときも、父のときも、葬儀の挨拶は勇太郎に頼んだ。母は真冬に死に、父は真夏に死んだ。どのときも、勇太郎は、延々二十分を越す演説をぶって、近所の人はもとより、親類一同を辟易《へきえき》させたのである。何しろ、自分の少年時代から説きおこし、自分がいかに故人の世話になったかを言いつくそうとするのである。そんなことを近所の人に聞かせてどうなると思っているのだろうか。母のときは、火葬場へ行かないことになった父が、途中で、二階から顔をだして拍手をした。私は、勇太郎を小突いたが、酔ったようになっている彼は止めようとしない。私は、やっと母の言うことを理解した。やめてくれよ、母のためにもと言いそうになった。……その博覧強記には驚かされるのだけれど。

勇太郎のいちばんいけないところは、依頼心が強いことだと母は言っていた。他力本願は厭だと言う。これも私にはわからないことであるけれど、勇太郎が私の母を尊敬し、頼りにしていたことは事実である。いくらか我儘なところのある勇太郎なのであるが、母の前に出るとヘナヘナになってしまう。勇太郎が、シーちゃん、シーちゃんと言うときに、その顔はいつでも笑っていた。相好を崩すという顔になる。

母は、丑太郎や勇太郎のことを口では悪く言うけれど、本心はどうだったのだろうか。私は本当は逆だったと考えている。

こんなことがある。

私の女房は、母と丑太郎と勇太郎とが三人になってしまう場面を何度か見ている。台所で働いていて、丑太郎が、猫撫で声で、

「ハ、ハコちゃん……お、お茶いれて……」

と、どもりながら言うときに、女房は、そこにいる三人を見てしまう。

すると、母は、まるで別人のようになっていたという。言葉の調子が、まるっきり違っている。打ち解けている様子と言ったらいいだろうか。

なぜ、母は、私にまで構えていたのだろうか。いったい、なぜなのか。自分の兄や、弟のよ

うにしている男を、私の前で口を極めて罵るのは、なぜだったのだろうか。母は、温厚な末弟の保次郎さえも、私には決して良くは言わなかった。私も女房も大好きな叔父さんであったのに。

すでに気がつかれたと思うのだけれど、

「そのうちに、何もかも教えてやるよ。お前は小説家なんだから、お前だけは知っていたほうがいい」

と私に言ったのは勇太郎である。

「そのうちに教えてやるよ。いまにね、いつか、きっと教えてやるよ。……うちに乳母がいた訳もね」

「えっ？　乳母がいたの？」

「いたんだ。だって、ほら、お前んところのお母さんのお母さんていう人がね……。あっ、いけねえ、これは駄目だ。いつか、きっと精しく教えてやるよ、お前だけにね」

勇太郎が胃癌で死んだのは昭和四十六年六月二十七日である。私と女房とで病院に見舞いにいったのは、その十日前である。

二人部屋の病室で、窓際に若い男が入院していた。私は、せめて、勇太郎を、廊下の側でなく窓際の明るいところで死なせたいと思ったが、口には出せなかった。その若い男は、まことに無作法な奴だった。携帯ラジオの音楽をいっぱいに鳴らし、立て膝で、膝の上に顎をのせ、じっとこちらを眺めている。軽い骨折という患者である。

勇太郎は、もう、体を起こすことはできなかった。彼は自分の病名を知っていた。

勇太郎は目と口もとで笑って、右手を差しだした。おそろしいような力だった。私の手を離そうとはしない。およそ五分間はそうしていただろうか。とても、これが死んでゆく人とは思われない。顔色もそんなに悪くは見えない。やつれていない。最後までお洒落な人だなと思った。事実、隣のベッドとは違って、薄暗いほうのこっちのベッドの周辺は整然としている。

「毎日、パジャマを取りかえないと気が済まないの。洗濯が大変よ」

勇太郎の妻が言った。そのパジャマの襟ぐりが洒落ている。襟つきではなく、一目で外国製品とわかる丸首になっている。

「これじゃないと駄目なの」

勇太郎は何も言わなかった。

「瞳さんが来てくださって、嬉しいのよ」

わずかに勇太郎はうなずいているように見えた。ありがとうと言っているようだった。

「さあ、あんた、もう……」

勇太郎の妻が言って、彼は、やっと手を離した。しかし、私から目を離そうとはしない。彼は、私のなかに、私の母を見ようとしていたのかもしれない。

彼は、ついに、何も言わなかった。私は、この機会を逸すれば何もかもわからなくなってしまうと思ったが、何も訊かなかった。消えてしまえばいい。わからないことは、わからないままでいい。私のほうも、一語も発することなしに帰った。勇太郎と私とは、無言で芝居をしていた。

勇太郎の娘婿の小川紘一は、義父は一言も泣言を言わなかったと言った。明治の人間の偉さを感じたと葬儀のときに挨拶をした。

昭和五十二年六月に、横須賀の妙栄寺で、勇太郎の七回忌の法要が営まれた。

遅れて列席した私が、帰ろうと思って、玄関で帽子をかぶり、靴をはいて振りむいたときに、勇太郎の妻が大声をあげた。

「ああ……」

倒れそうになった。

「わたし、お父さんが、そこにいるのかと思った」

その声が涙声になっている。

「……そっくり……」

私も、このごろ、特に、勇太郎に似てきたと思っている。彼のように容貌や押し出しが立派だということはないのだけれど……。こうなると、私は確実に、欠落老人の豊太郎にも似てくるはずである。他人が誰かに似ているのに気づくことはあっても、自分が誰かに似ていると思うのは珍しいことなのではないか。

19

保次郎（母の弟、末っ子）は四歳のときに養子にだされた。彼の姉の君子も幼いときに養女にだされている。

保次郎の養家は、浦賀の顕正寺という寺であって、これが私のところの菩提寺になっている。当時の住職は義教であって、これは、母の祖母の弟である。彼もまた養子に出された人である。この住職がまた、非常にお洒落な人であったという。義教には子供がいなかった。

ところが、世間にはよくあることであるが、保次郎が養子に行くとすぐに二人の男の子が生まれた。この長男は若くして死に、次男の龍雄が後を継ぐことになった。

龍雄は、一時、私たちの家から大学に通っていた。日蓮宗だから立正大学である。好人物で、痩型の美男子である。物静かな人である。酒飲みで、ホトトギスの俳人であり、詩人でもあるから、親類中の娘たちに人気があった。

保次郎は顕正寺を出されることになり、長く、久里浜の小さな岡の上の寺をあずかっていた。だから、私たちは、子供のときからずっと保次郎のことをヤマデラと呼んでいた。

保次郎も無類の好人物である。私は、勇太郎と同じくらいに叔父の保次郎が好きだった。勇太郎のような毒はない。また、私の親類には珍しく、怒りっぽい人ではない。ただし、母と同じように、よく笑い、人情に厚い人であって、涙もろいところがあった。

泊りがけで遊びに行った私の弟の寝相が悪く、一緒に寝ていた保次郎を蹴って肋骨を折ってしまうことがあった。それでも保次郎は、私の弟をアッチン、アッチンと言って可愛がっていた。早く死んだ私の末の妹のことを、誰もが忘れてしまう頃になっても、あの子は惜しかった、踊りが上手だったと言い言いするのである。

私もよく夏休みにヤマデラへ遊びに行った。朝晩が寒いくらいに涼しいこと、キリギリスに指を嚙みつかれたこと、蟬が殻から出るのを初めて見たことなどを記憶している。大学生になってからも、友人たちを連れて遊びにいった。叔父は、檀家である農家を駈けめぐって、桃やビワを大量に集めてきてくれた。彼は、村人にも人気があったと思われる。近くにある菩提寺の顕正寺のほうは、洒落者である義教が在世中であって、いくらか勿体ぶるところのあった人なので、私には煙ったかった。息子の龍雄には、私は齢上の友人のような親しみを感じているのであるが。

この龍雄と保次郎の関係を、私は稀に見る美しいものだと感じていた。格が上の寺を継ぎ、大学まで出ている龍雄のほうが位が上になる。保次郎は、弟の龍雄を立てることになる。一方の龍雄は、常に保次郎を兄として敬うのである。

龍雄の長女の結婚式のとき、保次郎は祝辞に立ち、いかにこの娘が優しくて、伯父さん伯父さんと言い、今日は私がハンバーグ・ステーキをつくるから夕御飯を食べていってくれとか言ってくれる……と言っているうちに、絶句し、泣きだしてしまった。涙っぽいのが母方の系統の大きな特徴なのであるが、姪の結婚式で泣きだしてしまう伯父というのも珍しい。また、保次郎は、考えようによっては、まことに不運な男であり、理不尽に寺を追いだされた男なのである。私は、いつでも、保次郎を、人間としても僧侶としても立派であると思わないわけにはいかない。

ところが、母は、この保次郎でさえ、決して良く言おうとはしないのである。優しくて穏和な保次郎を優柔不断と見るのであろうか。

母が死んだとき、龍雄は「毒舌の仏なりしよ梅はまだ」という句を詠んだ。龍雄でさえ、母の毒舌は身にこたえるのだろうか。また、彼は、もう一句、「この家の話わからずガスストーブ」という句をつくっている。私からするならば、これは傑作である。私は、わからないことずくめのなかで育ってきたのである。

昔話をすることを好む人間と、そうでない人間とがいる。母は昔話を好まない。いつでも前方を向いていた。私も昔話が嫌いだ。十年前のことでも、恥ずかしくって仕方がない。これも母の影響であるかもしれない。勇太郎や保次郎は、昔話を好む型の人であり、記憶力がいい。母が嫌ったのは、こういう点であったかもしれない。

保次郎は、いまでも僧籍にあり、久里浜に住んで龍雄を助けている。

保次郎は、私に、こう言うのである。

「お前、俺の隣に来いよ」

彼は、顕正寺に墓地を買った。その隣に、自分の墓地を買えというのである。私は次男である。いずれは、そういうことにならざるをえない。しかし、死んだ母がそれを喜ぶかどうかということを考えたりすると、なかなか決心がつかない。

20

昭和二十五年八月のある朝、靄《もや》のなかから一人の少年があらわれた。少年は、才槌頭《さいづちあたま》を振りたてて、こちらに向って一心不乱に歩いてくる。女房は、それを見て、少年があまりにちいさいので驚いた。時刻は午前六時を少し過ぎていた。

その少年が羽仏幹雄（母の兄の丑太郎の長男）であり、当時、小学校の五年生だった。やや出っ歯であって、目が大きく、あきらかに母方の系統の顔をしていた。

幹雄は、知多半島の先端、師崎《もろさき》港に近い片名という町に、両親と弟と四人で住んでいた。小学校の担任の西先生の家の間借りである。幹雄は、家がひどく貧しいことを知っていた。どんどん貧しくなってゆく。父親の丑太郎が頼りがいのない男であることも、おぼろげにわかっていた。

夏休みになって、東京へ行ってみたいと言ったのか、東京に金持の叔母さんがいるから様子を見てこいと言われたのか、それはもう記憶していない。

西先生の友人に名古屋まで行く用事ができた。河和《こうわ》から名鉄河和線に乗って、名古屋駅まで連れていってもらった。そこで、東京行の夜行列車に乗り換える。幹雄の前の席が新婚旅行のカップルである。西先生の友人は、その男女に、この子供を品川駅で降ろしてくれるように頼んだ。

幹雄は、一人で汽車に乗るのは初めてのことである。それが夜行列車であり、特別急行列車であった。眠るまいと思っていたが、いつのまにか眠ってしまった。

午前五時何分かに品川駅に着いた。従姉（私の下の妹）のねえさんがプラットホームに迎えにきてくれているということを忘れてしまって、すぐに勢いよく一心不乱に歩きだした。品川駅の前から七番の電車（都電）に乗って、古川橋というところで降りるんだと教えられていた。

当時、私たちは、麻布の二の橋と三の橋の中間の、都電が大きくカーブするあたりの、電車道に面したところに住んでいた。いま、都電が廃止になり、道路は拡張され、高速道路が通り、まるきり面影は残っていない。

そのころ、朝鮮戦争のために、父の会社の景気がまた少し上向きになっていた。五月十二日に祖母（父の母）が死んだこともあって、私たちは両親と同居するようになった。女房は妊娠していた。

午後の十時を過ぎると、人影がなくなり、自動車もほとんど通らなくなる。私は、酔っぱらって、都電の線路の上に寝るマネをしたことがある。そのくらいに、ひっそりとしていた。都電の線路をへだてた向う側の家の話し声が聞こえてくることがある。朝もそうであって、午前六時では、まだ、人っ子一人通らないと言ってもいい。

女房は、もう、そろそろ幹雄が来る頃だと思って、門の前に出ていた。朝靄のなかにあらわれた少年が、思っていたよりはずっと幼いので、びっくりした。俯《うつむ》き加減に、風呂敷を持って、早足で近づいてくる。

「……まあ、こんな子が、一人で、夜汽車に乗って、知多半島の突端から……」

女房は胸がつまった。

幹雄にとっては、天国にいるような、夢を見ているような数日間が過ぎた。父に言われたように、叔母さんも、従兄の瞳の妻も親切だったし、可愛がってくれた。ほうぼうへ連れていってくれた。なるほど、金持だなあと思った。目を見張っていなければならないことばかりだった。

ある夜は、橋善という料亭へ連れていってくれた。こんなに綺麗な、こんなにうまいものがあるのかと思い、残らず食べた。そのあとが立田野だった。アンミツを食べた。またしても、世の中にこんなうまいものがあるのかと思った。お代りをした。

そのあとで、腹の様子がおかしくなった。酸っぱいゲップが出た。それも初めての経験である。

しかし、下痢はしなかった。

幹雄は昭和二十年に、私と同じ麻布の東町小学校に入学した。五月に空襲で家を焼かれ、鎌倉に移り住んだ。六地蔵のあたりである。こんどは鎌倉第一小学校であったが、校舎が足りずに、寺が教室になっていた。

まもなく終戦になり、次に母の実家のある愛知県の篠島《しのじま》へ行くことになった。篠島は、三河湾を扼《やく》するところ、渥美半島と知多半島の突端の中間に存在する。いまは、知多半島の工場街の奥座敷というか、釣を主とするレジャー・センターとなって賑わっている。民宿が多い。人口も三千人にふえた。篠島は、総絞りの生産地としても知られている。

幹雄は、篠島の分校に入学することになる。小学一年だけで三度学校が変った。

終戦当時の篠島は、漁村であるが、文字通りの寒村であり、僻地だった。映画館があったが、一日替りか二日替りである。それくらいに人口が少い。

自転車もなかった。小さな島で、平野部がほとんど無くて、町中が階段ばかりであるので、自転車を乗り回すところがない。『望郷』という映画に出てくるカスバの町よりももっと入り組んでいて、町全体が迷路のようになっている。軒と軒とが接している。五角形や六角形の家があるのも、地形上のことである。寒村にしては二階建ての家が多いのもそのためである（いまでは、道路もかなり整備され、むろん自転車も自動車もあり、私が行ったときは、ちょうど交通安全週間となっていたのがおかしかった）。

しかし、幹雄にとって、篠島は素晴らしいところだった。母のシマエの父は漁師であり、祖母も健在で可愛がってくれる。

海は底の底まで見える。素潜りで潜って銛《もり》で魚をつかまえる。アワビやウニを獲る。どの海も、どの浜も、自分のものだった。日はあくまでも強く、月も星も輝いて見える。幹雄は、空気というものはこんなふうに澄んでいて、海は透き通るようであり、砂浜は白く光っているものだと思っていた。

いま四十歳になって湘南地方の鵠沼《くげぬま》海岸に住んでいる幹雄が、この話をしても、彼の子供たちは決して信じようとはしない。

「お父さんが、素潜りで魚をつかまえるなんて……」

彼は、いま、すっかりふとってしまっている。

幹雄の父の丑太郎は、船を買った。網元になろうと思った。しかし、この仕事は彼に向いていなかった。素人というより性分にあわない。船はすぐに手ばなした。

丑太郎は興行師になった。そのために、家に居つかなくなった。東京へ行き、勇太郎に会って相談する。勇太郎のほうも、劇場の支配人で終るのは不本意である。

丑太郎は、手はじめに、篠島で興行を打つことになった。相撲、浪曲、芝居などである。太鼓を鳴らしながら、ふれて歩くのは、小学校の二年生になった幹雄の役目である。

「佐賀ノ花と神風の相撲があるじぇー」

周囲が一里で、半分は山岳地帯という島であるから、幹雄でも全島をふれて歩くことができるのである。小学校の校庭に土俵をつくり、桟敷をつくる。

「大人は三十円で、小人《しょうにん》は十円じゃでぇー」

幹雄が階段を駈けめぐった。細く高い声は、どこまでも聞こえた。

幹雄は、小学校の同級生や遊び仲間を、こっそりとタダで入場させた。彼は性格も素直であって誰からも愛されたが、これで一遍に人気者になった。そうかといって、威張るようなことはない。この相撲興行は大入満員になった。

「天津羽衣の浪花節があるじぇー」

ふれて歩くことにも太鼓を叩くことにも馴れてきた。村の人たちも、幹雄の声を楽しむようになった。そうかといって、みんなが小舎へ出かけるわけではない。浪花節は不入りで失敗だった。

「亀の座で芝居があるじぇー」

幹雄の声は、だんだんに力がなくなっていった。幹雄はそれがどんな芝居であったか記憶していない。この芝居を打ったときには、ほとんど客が来なかった。

幹雄の毎日は楽しくて仕方のないものだった。麻布の時代、鎌倉の時代と違って、食べるもいてくれれば、言うことはない。魚も野菜も始末に苦労するくらいに豊富である。これで父が家に落ちついていてくれれば、言うことはない。

しかし、丑太郎が篠島へ帰ってきて興行を打つたびに、家に金がなくなってゆくのがわかってきた。両親の諍《いさか》いでそれがわかってくる。大入満員の相撲のときでも、収入面では赤字だったのである。

幹雄の家には、畳一畳分ほどの白布があった。その下に毛布のようなものを敷く。幹雄は、後年、それが鉄火場のものと同じであったことを、映画で知った。

丑太郎が篠島へ帰ってくると、毎晩、家に人が集まってきた。花札賭博である。

「さあ、どっちも、どっちも……」

丑太郎の目が血走って、声も別人のようになっている。

「あと、あと、あとに五百備……。あとに五百……。できました」

幹雄は、それがいけないことであるのを知らなかった。大人だけの遊びだと思っていた。

「五六八は茶碗屋のカブ。チンケに取られるブタもある……」

幹雄が三年生になったときのある日、雨が降っていて、家のなかで弟の研二と二人で遊んでいた。縄飛びをやっていて、縄が研二の足をすくう形になった。研二が倒れて、長火鉢の角で頭を打ち、額が割れた。この時の傷はいまでも残っている。

弟思いの幹雄は動顚した。篠島は無医村ではなかったけれど、何でも診るという頼りない老人の医師が一人いるだけだった。丑太郎の一家が、船で十五分という本土に渡ることになったのはこのためである。シマエも幹雄も、これでは不安でならない。誰かが病気になったらどうするか。

私は、しかし、丑太郎に篠島にいられなくなった事情があったのではないかと疑っているのである。研二の怪我は、単なる口実であったのではないか。

幹雄は、師崎の近くの片名という町で、学校の先生の家に間借りをするようになってから、家がさらに貧しくなってゆくのを知った。金が無いのである。その頃の丑太郎は、ただ家でぶらぶらしているだけだった。シマエだけが総絞りの内職に精出すのである。

丑太郎はニコチン中毒である。煙草がなくなると機嫌が悪くなる。

「おい、S《エス》くれや」

彼は誰にでも煙草を強請《ねだ》った。Sというのは、不良少年のよく使う煙草の陰語だった。道で煙草を拾うということが、それほど苦にならなかった時代がある。

「この頃の奴はタチが悪いや。道に煙草を捨てて踏んで消して、そのあと、靴でねじりやがる」

私は丑太郎がそう言ったのを聞いたことがある。

あるとき、丑太郎の家で煙草がきれた。

「おい、幹雄、煙草を買ってこい」

一文無しの丑太郎が言った。

「お父さん、お金がありませんよ」

そう言ったのはシマエである。

「金がなければ米があるだろう。煙草屋へ米を持っていって、煙草と取りかえてこい」

シマエが幹雄に米を渡した。しかし、いくら何でも、幹雄にはそれが出来なかった。丑太郎は、額に青筋を立てて癇癪を起こしている。家を出たところで立ったままになっている幹雄に金を渡したのは、西先生の奥さんだった。

幹雄が、小学校の五年生になって、どうして一人で夜行列車に乗って東京へ行くことになったのか、彼自身、憶えていない。特に東京へ行かせてくれと両親に頼んだという記憶も残ってはいない。

私は、こう思う。朝鮮戦争で景気が上昇してきたときに、母が、丑太郎に手紙を書いたのではあるまいか。出てきなさい。出てくれば何とかなるわよ。

しかし、丑太郎としては、たびたびのことであるし、またしても私の父の正雄に頭をさげるのは厭だ。そうかといって、これでは飢え死にを待つようなものである。静子にも会いたい。

丑太郎は、幹雄に東京の様子を探らせたのではあるまいか。あるいは、ワン・クッションを置くということではなかったろうか。丑太郎は、よく言う、子役を使ったのである。

これが私の推測であるが、女房はそうは言わない。

「それは違うわ。ミッキー(幹雄の愛称)っていうのは、積極的な子供だったのよ。なんて言うか、進取の気象っていうか。それで、東京に親類がいるなら行かせてくださいって、お父さんとお母さんに言ったのよ。そんな探偵みたいなことじゃなかったと思うわ」

丑太郎は、明治三十四年九月十九日、羽仏豊太郎の長男として横須賀市で生まれた。その家は、家のなかで凧が揚げられるくらいに大きかったという。

私は丑太郎の少年時代については、まったく知るところがない。ただし、我儘一杯に育っただろうことは、容易に想像がつくのである。大変な金持の家だった。丑太郎は、あるとき、幹雄に、横須賀駅から大滝町の一帯にかけて、全部うちの地所だったときがあると語ったことがある。しかも、親からいくら金を貰おうが、その金を何に使おうが、誰からも文句をつけられないという境遇に育ってしまった。

彼は、出来の悪い少年だった。少くとも、勇太郎のような、あるいは私の父のような秀才ではなかった。

中学のときに家を出て一戸を構え、そこには妾（情婦）がいた。彼には、そうしていい権利があった。十歳にならぬうちから煙草を吸い、いつでも莨入《たばこい》れを腰にさしていた。

彼は野球の名手であった。当時、横須賀市では野球が盛んであって、クラブ・チームは強かった。小野三千麿の率いる神奈川師範、内村祐之の一高野球部とも対等に戦った。

その頃の野球少年というのは、ほとんどが不良少年である。しかも、金持の不良少年だった。アメリカから輸入するグローブ、バットなどの用具は高価で、貧乏人には買えない。たとえば、先年亡くなった小西得郎などがいい例で、彼は、四十何歳までは自分で金を稼いだことがなかったという。小西得郎でも苅田久徳でも、一見して金持の遊び人という顔をしている。丑太郎も、そうだった。

丑太郎は、俊足、強肩、好守、強打という、四拍子も五拍子もそろった名選手だった。現存する丑太郎を知っている横須賀の住人に彼のことをたずねると、きまって、

「ああ、ウッちゃん、野球がうまかった……」

と、言うのである。

丑太郎の家に集まってくる、遠縁に当る岡泉兄弟も野球部員だった。弟のほうは、後に明電舎に勤めるようになるのであるが、そこでの花形選手になった。彼は岡田時彦ばりの美男子である。

私の父も、彼等の仲間だった。父は丑太郎の野球を評価しなかった。丑太郎のほうも、終始、父を憎んでいた。丑太郎は、その生涯にわたって、母のお荷物だった。

「ウッちゃんのはね、スタンド・プレイなんだ。だから俺は厭なんだ」

丑太郎は外野手だった。楽にとれる球を、わざとスタートを遅らせてスライディング・キャッチする。頭から突っこんで一回転する。本塁へ返球するときはワン・バウンドで投げるのが原則であるが、ノー・バウンドで返球して強肩を披露する。だから、それが、時にはとんでもない暴投になる。

「ウッちゃんの当りはね、当りはいいんだ。だけど、いつでも、ライナーで野手の真正面に飛ぶんだ」

私は、小学校の野球部員で、東京市の大会で優勝したことがあるが、父が練習の手伝いにくることがあった。むろん軟式野球であるが、それでも、父は、バットを短く握り、中堅から右翼方面を狙うシュアーなバッティングだった。小学生相手にこういうバッティングをするのは、よほど短打主義が身についていたのだろう。父は、セオリーに忠実な野球だった。私もおぼえのあることであるが、こういう野球をやっていると、スタンド・プレイをする選手には腹が立つのである。父の野球は早稲田式でもあったのだろう。父は二塁手だった。

丑太郎の野球は父とは正反対だったと見ていいように思う。私が監督であったなら、丑太郎のような選手は使わない。こういうことは、彼の人生にとっての重大事であったと思う。要するに我儘な選手なのである。

丑太郎は、芸が上手だった。都々逸、小唄、声色、一種の早口言葉……。しかし、これらは、すべて、幇間の芸だった。あるいは、酒席での芸、宴会芸だった。寄席で言えばイロモノである。金屛風の前の芸ではない。

「箱根八里の落葉を乗せて×××三島へ戻り駕籠」

私は、この×××のところを忘れてしまったが、丑太郎の都々逸はこれが十八番であって、子供の私でさえウットリとしてしまって、ヨウヨウと声を掛けたくなってしまう。彼は×××のところを息を呑むようにして歌った。月夜の晩に、落葉を乗せた駕籠が山から降りてくるのが目に見えるように思われた。駕籠かきの吐く息が見え、掛け声が聞こえてくる。

声色では、初代市川左団次を得意とした。『修禅寺物語』と『鳥辺山心中』である。

「その期日は申しあげられませぬ……」

「濁りに住んで濁りに染まぬ、清き乙女と恋をして……」

伯父のその声も、私の耳にしみついている。

丑太郎は、どこでその芸を身につけたのだろうか。芝居通い、寄席通い……。それはむろんのことだろうけれど、その他のことについては、私にはわからない。案外に芸者遊びを好まなかったのではないかという気もする。丑太郎は、若いときには大酒家であったというが、私が知ったときは酒を飲まなくなっていた。幹雄の話では、家に酒があったのを見たことがないと言う。丑太郎の意外な律義な面を見るような気がする。なによりも、丑太郎には才能があったのである。天分があった。丑太郎の芸は、少くとも、寄席では通用したと思われる。芸が身を助くるほどの不倖せ……ではあるが。

私の父は、宴会などでは結構重宝がっていたくせに、丑太郎のそういう面をも嫌っていた。下卑《げび》ていると言うのである。父は、母にすすめられた長唄であり、これは金屏風の前の芸だった。

ところが、実は、父は大変な音痴だったのである。このことに関して言うならば、丑太郎は蔭で舌を出していただろうと思う。

私が丑太郎を知ったころ、彼には妻がいた。齢上の人だったようだ。亀を飼っていたので、私は、カメばあちゃんと呼んでいた。郊外の小さな借家で、ひっそりと暮していたような印象だけが残っている。丑太郎の職業が何であったかを知らない。おそらくは、ぶらぶらと遊び暮していたのだと思う。

この丑太郎の妻の在所が名古屋であった。丑太郎夫妻が名古屋へ行くようになったのは、やはり、東京に居られない事情が生じたためだろうと思われる。

丑太郎は撞球の名人でもあった。私は撞球のことは何も知らないが、五百も突くという話を聞いたことがある。名古屋のビリヤードで遊んでいたときに、そこで点数を数えていたのが、篠島出身のシマエだった。丑太郎とシマエに関係が生じ、幹雄が生まれた。

幹雄は、自分がどこで生まれたのかわからないと言っていた。所番地がわからないにしても、名古屋近辺であることは間違いがない。

丑太郎は妻と別れ、シマエと結婚した。年齢は、ちょうど二十年の開きがある。私は、丑太郎が離婚したのは、子供がいなかったためだと聞かされていた。

「丑太郎伯父さんは子供がほしかったのよ」

と母は言っていた。しかし、幹雄は、そうじゃない、ぼくには異母兄がいるはずだと言う。結婚しても、丑太郎には収入がない。おそらく、母は、丑太郎に何度か援助の金を送っていたと思う。丑太郎は、親類では泣き落としの名人と呼ばれていた。私の両親の夫婦喧嘩の原因は、ほとんどが、丑太郎か、あるいは母方の係累のことに関係していた。私は、父が棒切れを持って母を追い廻すような激しい喧嘩を何度も見ている。

昭和十六年、父は、麻布で、工員三十人程度の町工場を経営するようになった。会社名は鬨《かちどき》製作所である。この頃の軍需に関係のある工場は、どんなちっぽけな会社でも潤ったのである。

尾羽打ちからしている名古屋の丑太郎一家を、母がよびよせた。父の妻の兄ということで、丑太郎は、いきなり、工場長になった。もっとも、現場のことは何もわからない人なのだから、奉っておくよりほかはない。そうなるまでには、父と母との間に悶着があったはずである。

私には、父の言いぶんもよくわかる。少年時代からの友人である丑太郎のことを父はよく知っているのである。丑太郎は父を憎んでいる。いかに友人であっても、妻の兄であっても、こういう芝居っ気たっぷりな、折りあいの悪い、しかも、ゲンの悪い男を自分の事業に関係させたくないと考えるのは当然である。父は丑太郎を不誠実な男だと思っていたようだ。この件に関しては、母が、父の仕事に口を出したと言われても仕方がないのではあるまいか。

丑太郎は、いつでも、まず、形《なり》から入ってゆく。軍需工場の工場長になると、戦闘帽をかぶり、国防服に身を固め、ゲートルを巻いて出社する。見た目には凛々《りり》しいのであるが、こういうことは仕事の内容とは関係がない。そうして、すぐに、いっぱしの愛国者になってしまうのである。つまり、万事につけて儀式ばり、厳格主義者になってしまう。彼には仕事が理解できない。わからないから、そうなるより仕方がない。これは、部下には嫌われるタイプである。

私は、頭の出来不出来は別にして、勇太郎と似ているところがあるのではないかと思うことがある。一緒に遊んでいるぶんにはかまわないが、仕事のことになると、どうも、ちょっと……

と思う。そうして、内心は、傷つきやすくなってしまっている。

なりふりなんかに構わずに、工員のなかに飛びこんでいけばよかったと私は考える。

たとえば、賞与が出たときの丑太郎の訓辞は、こんなことになる。工員たちは、丑太郎の前に整列させられる。

「遙かに皇居を拝して、最敬礼！　はい、みんな、こっちを向いて。……エエ、本日、社長のほうから賞与が出たのでありますが、時節柄、諸君も御承知の通り不景気でありまして、また、皇軍将兵は、気をつけ、天皇陛下のために、やすめ、エエ、南方で、また太平洋上で戦っているのであります。これは大きな声では言えませんが、悪戦苦闘しているのであります。こういう際に、社長が、八方に駈けずり廻って、七トコ借り八トコ借りして集めてきたのが、この賞与であります。従いまして、これは、雀の涙という言葉がありますが……その雀の涙に泳いでいる蚤《のみ》の……その蚤のキンタマ程度の金でありまして……」

こんなことを言うから、父は怒ってしまう。父はボーナスを惜しむような男ではないのである。工員にしても面白くない。丑太郎は、ただただ、自分の芝居を演じているのである。

私もこの伯父とは折りあいが悪かった。子供の好きな伯父のことであるから、赤ん坊のときの私は可愛がられたと思う。

幹雄も、自分の父に関しては、悪い思い出はひとつもないと言う。むしろ、自分にはメロメ

ロになっていたという。また、丑太郎は、シマエと結婚してからは、非常な愛妻家になってい
た。親類の人は、二十歳も齢が違うのだから当りまえだと言うのだけれど。

私と丑太郎とが決定的にまずくなったのは、些細なことからだった。

昭和十九年の秋から、私も早稲田大学をやめて、この工場で働くようになっていた。あると
き、旋盤の前でネジ切りをしているときに、遠くのほうから、丑太郎が、

「おい、瞳、Sくれや」

と、言った。私は耳にはさんであった一本を丑太郎に向って投げた。旋盤の機械を途中で止めるわけにはいかない。それに、丑太郎も私も野球の選手ではないかという考えもあった。

このとき、丑太郎は、見たこともないような顔つきになり、煙草を手で払いのけて、靴で踏み躙《にじ》った。

「こ、こ、こんなもの、いらねえや」

丑太郎が強度のニコチン中毒で、煙草が切れると不機嫌になるということを知ったのは、彼の死後のことである。丑太郎が孤立していて、傷つきやすくなっているということには考えおよばない。私は、何も、工員たちの大勢働いているなかで……と思った。こんなふうに、丑太郎は、いかにも子供っぽいところがあった。私には、言いぶんはいくらでもあった。第一、工場長が、仕事中に甥に煙草をたかることはないじゃないか。

しかし、そもそも、私は、この伯父を好いてはいなかった。私も、芝居っ気たっぷりの男を好まない。母を苦しめている男という考えもあった。父を敵視している男だった。父と母との諍いの原因になっている男だった。

私は、冷血動物でありゲジゲジであり利己主義者だった。少年時代は特にその傾向が強かった。そういう感じは伯父にも通じていたと思う。目ざわりな奴という気持が爆発したのではないかと思う。

丑太郎の家が焼けた。私の家も焼けた。工場も焼けた。戦争が終った。

丑太郎一家は、シマエの実家のある篠島へ渡ることになった。東京や鎌倉には住めなくなったとはいえ、こんどは、いつもとは少し違っていた。逃げのびるということではなかった。篠島は、いわば新天地だった。あれだけの好景気が続いたのだから、丑太郎も、わずかばかりのものは残していたはずである。しかし、誰かに頼りたがるという丑太郎の気持は依然として変りがなかった。

彼は船を買った。漁師を雇い、その船をふやして網元になろうとしたのだと思う。いまこそ、少年時代から負かされ続けている正雄を見返すべき時が来たと思った。あっちは、いま、叩き潰されている。

しかし、破局は、すぐに、あっけなくやってきた。その次に考えたのは興行師である。この島には娯楽がない。勇太郎に相談してみよう。

私の推測は、こんなところである。そうして丑太郎は、何をやっても成功したことがなかった。篠島にいたときの彼は、さすがに、焦燥感にさいなまれていた。もう、決して、若くはない。仕方がなくて思いついたのが花札賭博である。網元が駄目なら、貸元がある。しかし、わずかばかりの島民相手では、これにも限度があった。篠島での評判は落ちる一方である。シマエの機嫌の悪い日が続く。そんなときに、研二が怪我をした。それを機に、島を離れることにした。

いよいよ、無一文になる。妹の静子に手紙を書く。返事を読んでみると、意外にも、東京の景気は悪くないという。ためしに幹雄を東京へやってみよう。

こんなふうにして、丑太郎一家は、また東京に舞いもどり、丑太郎は父の会社に勤めることになった。こんどは町工場ではなく、大規模な機械製作所である。やはり社長の妻の兄ということで、いきなり総務部長に任命された。

そのころ、私の母は、鎌倉へ行って、自分の妹に、五十万円の銀行預金通帳を見せたという。どんな好景気のときにも質屋との縁の切れなかった私の所では、それまでは、銀行預金などはなかったのではないかと思われる。そうなると、すぐに家を増築し、自家用自動車を置き、熱海や箱根へ家中で遊びにゆくようになる。

南北朝鮮軍が全面的な戦争状態となったのは昭和二十五年六月二十五日である。その頃、私の家は町工場の焼跡に建てられたものであったが、庭を掘って出てきた屑鉄が高価に売れたし、夜中に誰かに掘りかえされるということもあった。朝鮮戦争の休戦会談が開城で開かれたのは、翌年の七月十日である。板門店で再開されたのが十月二十五日で、まだ戦闘は行われていたが、そうなると、父の会社はたちまち倒産してしまう。

だから、戦後の私の家の好景気は、ほんのわずか、一年ぐらいで終った。そこから、決定的な貧乏時代がはじまり、父は、もう、再起することはなかった。人間も変ってしまった。

晩年の丑太郎は、こんなことをやっていた。

工場を廻って、使えなくなったグラインダーを貰ってくる。割れたのもあり、磨《す》り減ったものもある。それを機械で粉砕する。さらに、それを篩《ふるい》にかけて、粒度を調製する。出来あがったものは砂である。これを別の工場へ持っていって、グラインダーに再製する。あるいは、布や紙に吹きつけてサンド・ペーパーを造る。これは、丑太郎が、関製作所時代に得た知恵だろう。

言ってみれば、これは、単品を扱う屑屋だろう。幹雄は、この商売が厭で厭でたまらなかった。原料を集めてくるときも、家で粉砕するときも、綺麗な商売ではなかった。幹雄はこれを嫌い、稼業は父と弟にまかせて、自分はサラリーマンになった。

しかし、父が自転車を押しながら歩き廻ったあたりを自動車で通るときに、ああ、済まないことをしたと思うという。

「だって、あの齢でしょう、あの坂でしょう、それを自転車の荷台に六十キロも七十キロも、壊れたグラインダーを乗せて押してゆくんですからね」

丑太郎は、やっと、ついに、自分の事業を得たのである。もう、ここまでくれば、彼には依頼心はなくなっていた。妻は若くて健康であるし、子供は二人ともしっかりしている。彼は、好々爺という年齢ではなかったが、すっかり、好人物になっていた。その、すがれた感じは悪くない。丑太郎も勇太郎も、あるいは小久保文司も、晩年はそうなってくる。私の父は、そうではなかった。そこが、育ちの違いであろうか。

丑太郎の芝居っ気は、しかし、そのときになっても、まだ残っていた。グラインダー集めの仕事になると、汚れた登山帽、開襟シャツ、よれよれのズボンの腰に手拭いをはさみ、私の家の台所から、

「はい、こんにちは……」

と言いながら入ってくる。服装も言葉づかいも屑屋になっている。つまり、屑屋に扮してい

るのである。これを、ちょっと高級なユーモアと見るか、依然たる洒落者で困った人だと見るのか、むずかしい問題になる。母は、こういったことを嫌っていた。どんな場合でも、母は、男はシャッキリしていなければ気が済まなかったのである。

「なんだい、台所から入ってきて……。もう、来ないでちょうだいよ。その帽子、なによ……」

そんなふうに言っていた。

母が死んだとき、家の者を除いて、まっさきに駈けつけたのは丑太郎である。倒れている母に取り縋《すが》って泣いた。脳溢血で倒れている人間を揺り動かすようにするのは常識はずれであるが、私はもう駄目だと観念していたので、黙って見ていた。

「おい、静子、苦しかったろう。……さぞ辛かったろうなあ、ねえ、静子、お前……辛かったろうなあ……」

そう言って号泣するのである。

そのときも私は腹を立てた、なんという、お芝居の上手な男だろうか。この、芝居っ気たっぷりはどうだろうか。それに、辛かったろうと言うのは、あの無粋で我儘で乱暴者の正雄と暮して、さぞ辛かったろうというふうに私には聞こえてしまうのである。母を苦しめたのはあんたじゃないかと、そのときの私は考えていた。

しかし、丑太郎の言う本当の意味を理解するようになったのは、つい最近のことになる。彼の号泣は芝居ではなかった。私の思っていたようなことではなかった。

丑太郎は、母が死んでからは、私の家に全く寄りつかないようになった。変っているといえば、そこが変っている。私の父の顔を見るのが厭だったのだと思う。終生、妹を奪った男と見ていたようだ。

丑太郎も、十二月三十日に母の墓参りに行くのが常だった。

「昨日、ウッちゃんが見えましたよ」

大晦日に菩提寺へ行くと、住職にそう言われる。鳶職のサブと同じだった。彼は、すねているのだろうか。いや、それよりも、父や私に会うのが厭だったのだろう。子供っぽいなあと思い、初めはそのことでも私は腹を立てていた。

丑太郎は、昭和四十年十二月十日に死んだ。妹の君子は四十八年十二月二十八日に死んだ。母方の系統は十二月に死ぬ人が多いようだ。丑太郎も勇太郎と同じ胃癌だった。勇太郎と同じように、少しも騒がず、従容《しようよう》として死んでいったという。

昨年の秋、私は篠島へ行ってきた。

丑太郎のことが何かで知れればいいと思い、それも縁であるし、何もわからなくてもいいと思っていた。私は絵を描きに行ったのであるけれど、四日間、同じ場所へ通った。医徳院という尼寺の近くであるが、偶然、私の絵にしたあたりが丑太郎の家の近所であったという。

私は、毎日毎日、別の道を通り、別の階段を通って、ホテルから医徳院のあたりへ通った。こうすれば、あのときの丑太郎が、焦燥感にかられ、ギラギラと光る大きな目を見ひらきながら歩いたその石畳を自分の足で踏みつけることになると思った。べつだん、それが供養になるとは思っていなかったが……。

丑太郎と私とは仲が悪かったが、私は、実は自分が丑太郎と性格的に似ているように感ずることがある。

私の家の両親と五人の同胞《きょうだい》のなかで、血液型がB型であるのは、母と私の二人であり、他の者はO型である。母は純粋のB型である。

十年前、京都の病院に糖尿病の検査と治療のために入院したとき、担当医に、あなたのような純粋なB型は珍しいですよと言われた。私は、なぜか、ギョッとなった。

幹雄に父親の血液型を聞いてみると、O型であるという。私は、ずっと、丑太郎もB型であると思いこんでいたのであるが……。

堅実一方の幹雄は、ついに、鵠沼海岸に家を建てた。アパートか借家だと思っていた女房は、それを聞いただけで涙を流した。あの朝靄のなかの少年が、あの環境のなかで……という思いがあったのだろう。

幹雄は、今年の迎え火は、一日早く七月十三日に行った。新しい家であるので、父親が十万億土からの道に迷うといけないと思ったからだそうである。彼は弟の研二を自分の会社に入社させている。

幹雄は、風呂場で咳ばらいをして、驚くことがある。父親がそこにいるのではないかと思ってしまう。

「ぼくだって、親爺に似て芝居っ気があるんですよ。芝居っ気って言うか、茶目っ気って言うか、会議のときなんか、調子に乗っちゃって脱線しちゃって、はじめからやり直しになったりして……」

彼は、いま、父親の商売と似た研磨のほうの営業関係の仕事では、業界でそれと通る男になっているそうである。

彼は、また、こうも言う。

「ぼくにとって、親爺はとてもいい父親でした。悪いところは、ひとつもありません。だけど、親爺は、ほうぼうで迷惑をかけたでしょうね」

私の下の妹は、こんなふうに言う。

「お母さん、あの丑太郎伯父さんが決して嫌いなんじゃなかったわ。だって、本当に嫌いだったら、あの気性ですもの、家へ入れませんよ」

21

あるとき、父が、

「おい、静子……」

と、母を呼ぶと、振りむいたのは、丑太郎の妻のシマエだった。

また、別のとき、

「おい、お茶をいれてくれ」

と、母のうしろ姿に向って叫ぶと、振りむいたのは、叔母の君子だった。そんなことが何度かあった。

シマエも君子も、母の着物を着て、母の帯をしめていた。そんなふうに、母は、結城の着物でも博多帯でも、どんどん身内の者に呉れてやる。母の好みは独特であるから、そんな間違いが生ずるのである。母の好みは、シャッキリとした色と柄ということになろうか。兄のズボンの一件でもわかるように、身内だけでなく、人に物を差しあげるのが好きだった。これは、母の道楽とも癖とも言えるかもしれない。

私たちは、母のことをヤリタガリヤと呼んでいた。これが、ヤリタヤになる。私たちは、母が人にものをやってしまうとき、ちょうど芝居で「成田屋！」と声をかけるように、「ヤリタヤ！」と叫んだものである。

母には、執着心というものがなかった。多くの人がそれを言うのであるが、これは、女としては珍しいのではなかろうか。物に対する執着心がなかった。性格的にサッパリとしていた。物に執着しないうえに、母には嫉妬心がなかった。このことは、特に、妹たち、嫂《あによめ》、女房、弟の妻という女たちが証言するのである。とても、自分たちでは、ああはいかないと言う。母は、およそ、人を羨むということがなかった。自分に自信があったのかもしれないが、女としては変っているとも思うし、それが母という人間の非常に特徴的なところだとも思う。

女房は、どういうものか、娘時代に、何かを買ってもらうという機会が少かったという。親類の誰某から何かを貰うということは、ほとんどなかった。

それが、私のところに嫁にきて、母がどんどん物を呉れたり、日傘とか下駄を買ってくれたりするので、それが非常に嬉しかったという。母は、自分の娘たちに物を買うときには、必ず嫁である女房に何かを買うことを忘れなかった。

だから、女房は、買ってもらったものを、大事にした。日傘などは、めったに使うことがない。駒下駄でも、なかなか、おろそうとしない。それで、日傘や下駄は、自分の箪笥の抽出しにしまっておいた。あるとき、それを母が発見した。母は自分の買ったものを大事にしているのを見て喜んだのであるが、そのとき、こんなことを言ったという。

「あんた、お女郎さんみたいねえ……」

女房には、その意味がわからなかった。

私にもよくはわからないのであるが、女郎は下駄をはいて日傘をさして散歩に出るようなことはできない。だから、客に貰ったり、自分で買ったりしたものは、それが下駄であっても、本部屋の自分の箪笥の抽出しにしまいこんだのだろう。あるいは、将来、好きな男と所帯を持つことを、そうやって夢みていたのだろうと思う。

女房は、向島で生まれ、そこで育った。小学校は小梅小学校である。だから、料亭、待合、芸者置屋の子供が同級生に何人もいた。芸者の子もいるし、半玉見習いというか下地っ子というか、そんな子供もいた。

女房は、その下地っ子に憧れるようになった。掟のなかで、芸や躾《しつけ》を仕込まれるという感じが好きだった。人から命令されて働くのを好むというか、それが苦にならない性分である。私の妹たちが日本舞踊をやっていたので、それだけで尊敬するようなところがあり、従って、小姑との軋轢《あつれき》がほとんどなかった。芸事が好きでもあった。学校の帰りに、芸者置屋や見番で、踊りや三味線の稽古があるのを、立ちどまって、窓越しに見たり聞いたりしていたようだ。女房は幼いときから琴を習っていたが、私のところは長唄ばかりで、琴を弾くという雰囲気はなかった。私も女房の琴を聞いたことがない。三味線と琴というのが、私のところと、女房の実家との家風の違いである。また、女房が、命令されて働くのを苦にしないのは、七人同胞の末っ子のためでもあったろう。

女房は拭掃除が好きだった。廊下にバケツと雑巾を持ってきて、尻っ端折りをして拭く。それが夏時分であると、母のほうは、浴衣を着て、うつむけになって雑誌を読んでいる。足を折りまげて、それをぶらぶらさせながら、こう言う。

「ねえ、治子、ついでに私の足も拭いてちょうだい」

そう言われると、それが女房には嬉しかった。それこそ、下地っ子が仕込まれているように感じたという。足の拭き方にだって作法があるように思ったそうだ。この光景は、宝塚の上級生が下級生に命令したり、それによってお互いに甘えあって親近感を深めるのと似たところがある。

母は、いつでも機嫌がよかった。病気をするとか、そのほか、よほどのことがないかぎり、不機嫌であることはなかった。逆境にも強かった。愚痴をこぼしたりはしない。

「お早う……」

朝は、誰かれなしに明るく声をかけた。その顔は、いつでも笑っていた。他人に安心感をあたえるような笑顔であり、今日も一日元気にやろうぜと言っているかのようであった。

母は大晦日の午前七時十五分に死亡したと書いたが、本当に、私たちの目の前で倒れる寸前まで上機嫌だった。それは、いろいろの意味で、母にとっての辛い日の続いていた最中であったのだけれど。

「お早う、正介さん……」

母は孫にまで声をかけた。

そうして、夜になると、

「グル……」

とか、

「グルナイ……」

と言って、さっさと寝てしまう。グッド・ナイトの意味である。母は、よく眠る女であると書いた。私は、女は常に健康で上機嫌であるべきだし、そのためには充分に睡眠をとらねばならないというのが持論のようになってしまっている。

私のところでは、よく、昼寝大会というのが行われた。大会といったって、夏時分、枕と毛布を持ってきて眠るだけなのであるが、眠ることを、母は、ウンネンジと言っていた。その意味はわからない。

女房は、これには驚いた。実家のほうでは、昼寝という習慣がなかったのである。私も、いまとちがって、その頃は昼寝をしなかった。昼間、家中の者が寝てしまうと、変に手持無沙汰の感じになってしまう。

母の昼寝は、女としては悪癖にちかいかもしれないが、とにかく大深寝という渾名の通りに、よく眠る人だった。

悪癖といえば、母の計画変更には悩まされた。私たちは、これを朝令暮改と言っていた。

「またお母さんの朝令暮改か……」

そんなふうに言った。

たとえば、朝、今日は活動写真を見に行こうと言う。あるいは、晩御飯は銀座で食べようと言う。千疋屋と資生堂とどっちがいい？　と訊いたりする。夕方になり、それぞれ、いい洋服に着かえて、なかには靴をはき終った子供もいたりするが、そんなときに、突如中止になる。そのときになって、母は、家に金がないことに気づくのである。文字通り、朝令暮改である。

母は、アイディアマンであり、思いつき夫人であった。こういうタイプの人間は、予定変更も早いし、それが多いのである。何度がっかりさせられたかわからない。

もうひとつの悪癖は、胃が悪くなるとわかっていて、アゲオカキを食べることだった。アゲオカキは自分でもよくつくった。鏡餅を割って揚げるのを楽しみにしていた。麻布にいたときは、十番通りの豆源のアゲオカキが好物だった。たくさん食べたときに胃痙攣をおこす。これは、どうやら、胃痙攣の前兆を感じたときにアゲオカキが食べたくなるようだったらしい。

兄の丑太郎は、お茶が好きだった。お茶をいれるときは、急須をきれいに洗って、大事そうに淹《い》れる。母はそうではなかった。口茶というのか、急須にお茶が残っていても、そのうえに新しいお茶の葉をつぎたす。丑太郎は、それを嫌った。母には茶人趣味はなく、お茶に関して言っても、イケゾンザイだった。これは家中で評判が悪かった。

母は、長唄や日本舞踊の芸人たちに、よく、こう言っていた。

「十人の理解者がいればいいのよ。あなたの芸をわかってくれる人が十人いればいいのよ。そう思って勉強しなさいな。五人でもいいわ。でも、十人いれば天下無敵よ。それをね、百人の人にわからせようと思うと、芸が駄目になっちゃうのよ。芸が荒れてしまって、低くなっちまうわ。うけようと思ったら駄目……。五人なり十人なりの人にわかってもらえればいい。そう思っていれば、ぐんと上達するわ」

これが若い芸人たちには理解できないようで、長時間にわたって論争になることがあった。芸人たちもムキになる。おおむね、この母の持論に反撥する人が多かった。芸人の考えは低次元であって、それでは喰っていかれないと言う。……私は、母の考えは卓見だと思っているのであるが。

母は相当な読書家であったが、小説を読むのはあまり好きではなかった。その道の専門書を読むのが好きだった。私は川端康成の『山の音』を読むようにすすめたが、読んだのか読まなかったのか、どうもハッキリしない。『山の音』には私たちのことも、同居していた小久保夫妻のこともちょっと出てくるので、それで読むように言ったのである。しかし、文芸雑誌でも、谷崎潤一郎や舟橋聖一のものなどは熱心に読んでいた。芸のことの出てくる小説なら読む。不思議なことに、母は、漫画が理解できなかった。『ブロンディ』などは、ぜんぜんわからないと言う。『サザエさん』でも駄目だ。みんなが笑っているのに、どこがおかしいのかと言って、納得のいきかねる顔をしている。長谷川町子がわからないのだから、加藤芳郎はむろん駄目で、前衛ふうのものになると、チンプンカンプンであったようだ。これが不思議だった。ユーモアのセンスがないのではなく、そっちのほうも卓抜だったと私は見ているのであるが……。

小説はあまり読まないのに、いまで言うところのポルノ小説、当時のカストリ雑誌や、ゾッキ本の読物雑誌の小説を面白がって読んだ。あんなもののどこが面白いのか、これも私の理解のいきかねるところなのであるが、母はよく閑つぶしに、カストリ雑誌に類するものを読んでいた。思うに、母は、小説というものを、軽蔑しないまでも、軽く見ていたのではないか。谷崎潤一郎にも舟橋聖一にもポルノ的部分がある。舟橋さんの『芸者小夏』は愛読していた。谷崎潤一郎では、小説よりも『陰翳礼讃』のほうを好んだ。母は、芸談や芸論のようなものが好きで、『花伝書』は繰りかえして読んでいた。絵画、彫刻、染色、織物、陶器、建築、音楽、舞踊、演劇、などの専門家の書いたものをよく読み、難しいものを早く読むのには驚かされた。しかし、母の学問は、主として耳学問である。

そういう母が、閑つぶしとはいえ、カストリ小説をよく読んでいたというのも、よくわからないことのひとつである。

同居していた小久保夫妻の夫のほうの文司は、これも奇妙な人物であって、貸本屋からカストリ雑誌を借りてきて、読むのか読まないのかわからないが、いつでも、そのテのものを三冊か四冊は持っていた。

私たちは、彼のことを、ジイジイと呼んでいた。

母は、小久保文司に、

「ジイジイ、あれ、ない?」

と言う。

すると、文司は、ニヤッと笑い、いそいそとして、彼としては軽い足どりになって自分の部屋へ行き、何冊かのカストリ雑誌を持ってくるのである。文司は、嬉しいような、シイちゃんにも困ったもんだというような様子でそれを持ってくる。どうも、文司は、母のために、ひそかにそれを用意しているという気配があった。彼は、犬の散歩と、貸本屋から本を借りてくる以外には役に立たない人だった。

文司の母に対する態度は、お姫様に対する老家臣のような感じがあった。……このお姫様にも困ったもんだというような。

どうも、私は、小久保文司もまた母に惚れていた一人ではなかったかという気がしてならない。彼は、カストリ雑誌の御用命があると、涎《よだれ》の垂れそうな顔になってしまうのである。

私は、寝そべりながら足を拭かせたという話を女房から聞いたのであるが、そのときに母が読んでいたのはカストリ小説であったに違いないと思っている。

22

小久保ハルが死んだのは、昭和四十八年十一月十五日だった。八十二歳になっていた。女房がその日をよく記憶しているのは、それが自分の母の死んだ年であり、十一月十五日というのは、七五三の日であったからである。

前日の十一月十四日、夜おそく、女房と二人で一泊旅行から帰ってくると、郵便受けに電報が入っていた。それは板橋の養老院からのもので、ハルが倒れたことを知らせてきたのである。十五日の午前五時、女房は、電話で無線タクシーを呼んで出かけていった。私は、その日、仕事のことで寄らなければならないところがあった。女房は心臓神経症で一人で出歩くことができないのであるが、こういう時になると自分の病気のことを忘れてしまう。

昼過ぎ、私は、出先きから、養老院の附属病院へ電話を掛けた。

「どうだった?」

「駄目よ」

「生きてはいるのか……」

「生きてはいるわよ。でも、生きていないのと同じことだわ」

女房は、案外に落ちついていた。

「どうすればいいんだ」

「十三日に、食事をしているときに、ああって言って倒れたんですって。それで、うちへすぐに電話を掛けたんですって。……私たち、いなかったでしょう。だから、電報を打ってくれて。……もう、駄目なの」

「………」

「いま、人工肺に入っているのよ。そのままにしておけば、あと一週間でも十日でも生きていますって……。養老院っていうのは、ある程度、実験的なことをさせるっていう諒解があるらしいのね」

生とは何か、死とは何かという問題が生じてくるのはここである。

「生きている……」

「そうなのよ。それで相談されたんだけど、いま、この人工肺をはずせば死ぬんですって……。どうしますかって」

即答できるようなことではない。

「どうやっても駄目なんだな」

「そうなのよ。……それで、あなたは身寄りの方ですかって訊かれたの」

「困ったねえ」

「身寄りの人がいれば、一応の許可がいるらしいのねえ。人工肺をはずすときに……」

私は、ずっと、小久保夫妻は遠縁に当ると母から聞かされていた。しかし、どういう関係であるかと質《たず》ねると、母は答えない。そこのところをアイマイにしてしまう。小久保文司もハルも同じことだった。わからないのである。だから、この際は、身寄りの者だと言ってしまってもいいのだけれど、精しいことを訊かれると返答に窮するのである。しかも、これは、人間が生をやめるかどうかという問題だった。

「何て言ったんだ」

「だから、しょうがありませんから、正介の乳母だって言ったの。ほかに身寄りの人はいませんって」

「……」

「ねえ、どうしようか」

私は、黙ってしまった。私の決心はついていた。三十秒ばかり、私は黙禱を捧げているような気持になっていた。

「仕方がない。いいって言ってくれよ」

「本当にいいの。ねえ、パパ、バアバアは死んじゃうのよ」

「これ以上は、むこうにもご迷惑だろう」

ハルは、この晩年の長い養老院の生活を楽しんでいた。彼女が初めて得た平安な歳月だった。

私の決心は、そこからきていると言ってもいい。

「本当にいいのね……」

女房の声が湿ってきた。

「仕方がない。よく御礼を言っておいてよ。もう一件、片づけたらすぐに行くから……」

それにしても、小久保ハルの生命を絶ったのは、私と女房だということになる。私は、それでいいと思っていた。

三時近くに病院へ行ったとき、ハルはまだ生きていた。私は、病室へ行ったのではない。別室にいて、そこに映しだされている、ハルの心電図の動きを見ていた。

おそらくはインターン生だと思われる若い医者がそこにいた。ハルは、彼等のことを、インタさんと呼んでいた。

かすかに光の矢が動く。それが間遠になり、見た目にも力を喪《うしな》っていった。私が到着して十五分ぐらい後で、映像がやみ、若い医者が頭をさげた。彼は時計を見た。

病室のハルは、生物ではなくて、物体のように見えた。ちいさな体が、余計に縮んでいるように見えた。血の気というものが、まるでなかった。

十二日に、女房と息子の正介が見舞いに行ったときは、ハルは歩くことができたという。そこは附属病院の六人部屋だった。老人医学の諸設備がもっとも整っているのが養老院の附属病院である。そのとき、ハルは、声だけがいつもと変っていたそうだ。その翌日の十三日に倒れたのである。ふつうの病院であったなら、すぐに死んでいただろう。ハルからすると、死の前日に、最愛の二人に会えたということになる。

小久保ハルは、明治二十四年二月に横浜市扇町で生まれた。生家は蕎麦屋である。全部の部屋が離れ式になっている高級蕎麦屋であって、女中が十五人いた。

ハルは十七歳のときに小久保文司と結婚した。文司の家は、行李《こうり》を販売する商売であって、ほかに夜具や油も扱っていた。文司は、二十二歳で、まだ明治大学の学生だった。（私は、ハルからそう聞かされていた）

この文司も、丑太郎に似た放蕩者だった。ハルは三十二歳になったとき、家を出た。姑のこともあったようだ。文司の家は倒産していた。ハルの実家の蕎麦屋は震災で潰れ、二軒の支店も潰れていた。

ハルの義弟は、吉原で湯屋を営んでいた。彼女は、そこにいたこともあるし、赤坂の焼芋屋の二階で箸造りの内職をしていたこともあった。桜川町の時計屋の二階から、エナメル草履の工場に通っていた時代もあり、ハルは女工長になった。

そのころ、文司は、やはり赤坂にあった自動車会社に勤めていて、住み込みの、いまで言う警備員のような仕事をしていた。ハルとの仲がもどった。しかし、夜になると帰ってしまうので、変な夫婦だったとハルは言っていた。

ハルには養女がいた。大柄で、色の白い、美しい人だった。私の母は彼女を可愛がっていた。彼女もまた私の家へ遊びにくるのを楽しみにしていた。

その養女は、たしか明治屋だという記憶があるのだけれど、勤めに出た。昭和十年ごろのことである。昭和十二年、彼女は資産家の息子と恋愛して婚約したが、すぐに破談になった。彼女が肺結核になったからである。五年入院して、昭和十七年の五月に二十六歳で死んだ。ハルがエナメル工場で働いていたときのことである。

「毎日、工場に通って、そのお金はみんな病院に持っていかれた。それでも、なかなか、追っつかなかった。でも、苦労の仕甲斐があった。とても可愛い娘だった。お茶をやってて先生の代稽古までできるようになっていたのに……」

ハルはそう言ったことがある。

吉原で風呂屋をやっている義弟がハルを助けてくれた。下谷にある派出婦会を居抜きで買ってくれた。その金を日割りで返してゆくという約束だった。文司も戻ってきた。ハルは、派出婦会の会長であるが、彼女自身も派出婦となって働いた。

昭和二十年三月十日の空襲の翌日、私の父と母とが、ハルの家を見に行った。焼け跡に、派出婦たちの布団が山のようになって、くすぶっていたという。

小久保文司は、自動車会社の夜警のようなことをしていたということだけは聞いているが、彼は、あとは何をしていたのだろう。私は何も知らないし、訊いてみても、文司もハルも教えてくれなかった。不思議な人物であって、人品骨柄だけは立派だった。

ハルが三十二歳のときに家を出て、そのとき何をしたのかということがわかっていない。それは、私の計算では、震災の年か、その翌年に当ることになる。

私はハルには愛されていて、こっちもずけずけとものを言うほうだから、文司と別れて家を出たということは身を売ったことなのかと訊いてみた。

「いやだよ、シトミさんていう人は、お軽じゃあるまいし……」

ハルは赤くなって笑ったが、そのことも教えてくれない。

私は、私のところと小久保家との関係について、ハルが養老院に入るようになってから、問いただしたことがある。これは勇太郎とは別の線ということになる。

「どうしても知りたいの？」

「知りたいね」

「ほんとにききたい？」

「遠縁だって母からは聞いていたんだけれどね、そうじゃないって言う人もいるし、第一、おふくろにしたって、じゃあ、どういう関係かって言うと、黙ってしまうんだ」

「……」

「こっちも子供じゃないんだから、いいじゃないか」

「じゃ、言うわよ。あんたのお母さんの静子さんのお祖母さんていう人が立派な人でねえ……。よしましょうよ、こんな話……」

「……」

「やめた、やめた。血圧が高くなっちまう……」

「……」

「立派な人だって、それだけでいいじゃないの」

そこまでで終ってしまった。

小久保ハルの派出婦会が焼け、戦争が終り、ともかく、文司とハルは私たちの鎌倉の家にやってきて、そこに居つくようになったのである。彼等夫婦は、玄関脇の小部屋に住んでいた。

母は、私には、こう言っていた。

小久保夫婦は血縁の者である。母の家が倒産したときに、近所に迷惑をかけた。小久保文司の家も、そのあおりで倒産した。印鑑をつき、連帯保証人になったのがいけなかった。だから、この夫婦の面倒を見る責任があると言うのである。それ以上のことは教えてはくれなかった。しかし、それが母の責任になるのだろうか。そういうところが、わからない。

父が戦後の最初の倒産をして、鎌倉にいられないようになり、東京の麻布二の橋と三の橋の間の都電通りに面した家に逃れるようになっても、小久保夫婦はついてきた。

その家は、進駐軍払いさげのカマボコ・ハウスといわれる丸屋根の家であり、バラックだった。それを売ってくれた家の主人が、当座は一緒に住んでいた。小久保夫婦は物置小舎を改造して、そこに住んだ。

当然、小久保夫婦のことが、父と母との諍いの原因になった。父は放蕩者のタイプではなかったし、そういう人間を嫌っていた。そこが母の泣き所だった。実際に、母が泣いて謝っている場面を私は何度か見ている。しかし、小久保夫婦には行き場所がなかったのである。

朝鮮戦争がはじまり、昭和二十五年になると、父の景気がよくなった。そうなれば、小久保夫婦がいるのは、便利でないことはない。

私の息子の正介は、その年に、その家で生まれた。だから、ハルが正介を可愛がることは一通りではなかった。

それ以前に、同じ台所で働く者同士として、ハルと女房とが仲よくなっていた。母とハルと女房とは、齢は違っても、同じウサギ年の生まれだった。私の妹たちは日本舞踊をやっていて、性格も強く、台所で働いたり洗濯をしたりという型の女ではなかった。そんなにしていても、ハルが女房に本当のことを言うことはなかったのである。

ハルは、正介のことを、お宝坊ちゃんと呼んでいた。一挙一動に目を離さない。ほら、こんな恰好をしていると言い、自分で真似をしてみせる。写真を肌身からはなすことはない。幼稚園へ通うようになると、負ってゆく。正介は小児喘息がひどくて、体が弱かった。

昭和二十六年になると、父の景気は下り坂になり、会社は倒産した。それでも、二十七、八年ごろまでは、なんとか喰いつないではいた。売り喰いと質屋通いと借金である。二十九年になると、台所は私の安月給でまかなうようになっていた。変な話になるけれど、私は結婚以来、月給に手をつけたことはなかった。女房にそっくり渡すだけである。自分の小遣いや身の廻りのものは、麻雀賭博で稼いでいた。私の場合は酒代が大変だった。冷血動物も馬鹿にはならない。

小久保ハルは、ついに決心して、板橋の養老院の世話になることになった。そこでの部屋があたえられたのは、三十年五月十二日である。

六十四歳だったハルは、六月八日から、女中奉公に出た。一日百円だったという。一年半勤めて、養老院へ帰ってきた。そのときの金は一銭も使わずに持っていると彼女は言っていた。ハルは、養老院へ行って、はじめて所を得たと私は思っている。養老院では、まだ働ける女性は非常に有利である。みんなに重宝がられるし、就労という一日四十円の収入があるし、七十歳からは老齢年金もつくのである。文司も、そこでなら、人柄が鷹揚だし、美男子だし、人気者になった。

文司は、昭和三十六年三月十六日に附属病院に入院して、翌三十七年五月三十日の午前五時に死んだ。遺体を寄附したら三千円くれたとハルは言った。その三千円は菩提寺に送ったという。どうも、ハルにとっては、養老院生活は金が余って困るという状態であったようだ。小久保文司は、私には、生涯にわたって何もしなかった人という印象しかないが、変に懐かしい感じのする人物でもあった。

女房と正介は、年に二度か三度は養老院に見舞いに行っていたし、ハルも七十歳代の半ばまでは、年に一度は、私の家へ遊びにきた。

私は、ハルに、何度か、引き取るから家へ来いと言った。

「シトミさんて変な人ねえ、どういうつもりなの？　おじいちゃんで苦労しているのに、また、そんなこと言いだして……」

その頃、父の糖尿病が悪化して、入院生活が多くなっていた。私は、ハルは女房の話相手になるし、息子が喜ぶと思っただけのことである。こういう性癖は、ひとつの星廻りではあるまいか。

ハルが遊びにくるときは、ワンピース、草履、湯上げタオル、蜂蜜の瓶詰、桃の罐詰、ネルの襦袢、女性用下着類、割烹前掛け、塵紙などを持ってきた。見舞品が多くて使いきれないと言う。

ハルは、養老院で文字を学んだ。呆《ぼ》けないように、そういう教育が行われるのだという。私は、それまでハルがまったく文字が書けなかったとは思わないが、そう言われてみると、ながいあいだ、ハルが字を書いたり本を読んでいる姿を見たことがない。

ハルから女房への手紙（原文のまま）

暑中御見舞申上ます。昨日はうれしき御便り誠に〱有難うお座なす。いつもなからの貴女様の御親切なる御手紙になんどか読では一人楽しく泣なからくり返しております。正介様も御丈夫になって御旅行中旦那様も会社御多忙にて御一人淋しき事と御察しいたします。私も御伺いたしたいのですが、あまり暑さがきびしきため事務の方でも心配して外からの御招待も暑い中はうけませんので、ざんねんながら許しか出ませんので又其内に御伺ひいたします。寺島の御母様又病気中でした御姉上様其後いかがですか御伺ひいたします。寺島の御母様御出てなりませんのですか。又週刊文春に貴女様の事読して下さいな。こんど御手紙下さる時でもよろしのですが其事書て下さいな。私も今俳句で九月九日か会がありますので、それまでに月菊秋晴虫と外三だいを考へて出すので、できないあたまで種々とひねっております。それにまた血圧で一週に一回病院へ行ておりますが、其せいで大変体の工合もよく、とうにか配善の方もてつだっておりますから御安心下さい。なにしろ食事の時は百六十人ですから大変です。筆末なかられい子様におついでの時いつぞやは御世話になりました事、とうぞよろしく御伝下さい。御願いたします。また〳〵残暑もきびしく折柄御身御大切に筆末なから旦那様始め皆々様によろしく。其内ぜひ御伺ひいたします。もう一度御伺ひいたしましたから、よくわかりました。其内御目もじの時をたのしみに待ております。

小久保ハルの葬祭費は六千五百円だった。多摩合葬塚に葬られた。

ハルの最後の生命を絶ったのは私と女房であるが、私たちはそれをする廻りあわせになっていたのだと思う。

女房への手紙にあるように、ハルは俳句をつくっていた。

噴水の高くあがりて光りける
ひとつ窓見つめて梅雨の空近し
懐炉灰また買い足せる夜寒かな

23

昭和三十三年の二月から、私は、洋酒製造会社に勤めるようになる。私のところには、その会社における辞令が残っているのであるが、それは次のようなものである。

昭和三十三年二月十日。東京支店宣伝課嘱託ヲ委嘱スル。
昭和三十三年八月十日。社員ニ試傭スル。
昭和三十四年二月十日。社員ニ採用スル。東京支店宣伝課勤務ヲ命ズル。
昭和三十四年九月五日。東京支店宣伝技術課勤務ヲ命ズル。
昭和三十六年三月二十一日。東京支店宣伝技術課係長ヲ命ズル。
昭和三十七年七月二十一日。宣伝部宣伝製作課長補佐ヲ命ズル。

私のサラリーマン生活は、辞令を見るかぎりにおいては順調だったと言っていいと思う。いや、社員になってから係長になるまで、係長から課長補佐までの期間が極めて短いところを見ると、会社の首脳部から大いに期待されていた社員というふうに読みとることも出来ると思う。私は、多分、あと一年か二年で課長になっていたはずである。その会社の宣伝部は、業界では権威のあるものであって、課長は、他社の有能な人材を引き抜いてくることが多かった。その課長になれるはずであったのに、私は退職してしまった。

その洋酒製造会社の、京都市の郊外にあるウイスキイの巨大な貯蔵庫を最初に見たときの喜びを忘れることができない。たしか、当時で一樽の原価が二百万円だと聞いていたが、それが、もう、無限にならんでいた。そんな貯蔵庫が、山に向って何棟も建っていた。

「俺は、もう、喰いっぱぐれがない。俺は、ついに、安気な生活を得たのだ。……これからは、大事に大事にやっていこう。才能がないとなったら倉庫番に雇ってもらって、このあたりの小さな家で暮そう」

私は、喜びのあまり、研究室で、試験管に入った、まだ琥珀《こはく》色になっていないウイスキイを、しこたま飲んで酔っぱらってしまったことを記憶している。新入社員にそんな扱いをするように、研究室の人たちも親切だったし、自由な空気があった。

当っている食品会社に勤務するぐらい安気なものはないのである。味の素、キリンビール、カルピス、菊正宗、キッコーマンなどがそれだった。それは、そういう会社に勤めたことのない人にはわからないだろう。特に、他の会社で苦労して、途中入社した人間には、それが切実な思いになった。

私が本社員になったときの辞令を見せたとき、母はたいそう喜んで、辞令を神棚に持っていった。母も、私に関するかぎりは安心だと思ったのだろう。私が母に親孝行をしたと思ったのは、早稲田大学に入学したときと、このときの二度だけである。ただし、私が係長になったときは、母は死んでいた。

私が、その会社で、会議のときに何かを発言すると、部長や上役に、

「それはきみの被害妄想だよ」

と言われることが多かった。私は、自分自身では気がついていない。それまでは、ずっと出版社に勤めていたので、危機意識のなかで暮していたようなものだった。出版界では、有名出版社でも、あっけないくらいに簡単に倒産するのである。そこで、私の発言は、常に、用心深すぎるか、因循姑息と受けとられたのだと思う。その会社では、もっと大らかに構えていなければいけないことを知った。ちょうど、飲食店での態度を女房に叱られるのと同じことだった。しかしまた、私は、それくらいに、安全第一に、大事にやっていこうと考えてもいたのである。

小説家になってから、若い同業者に、

「あなたの文章は弁解ばかりですね」

と言われたことがある。これは鋭い指摘だと思った。そのとき、私は、

「すべての小説は被害妄想によって書かれるし、すべての芸術は自己弁護です」

と、反論したのであるが、若い同業者に、私の過去と現在を見抜かれてしまったように感じた。

私は、しかし、その安気な生活を自分から放棄するようなことをしてしまった。私が、その洋酒製造会社を退職するようになろうとは、まったく、思ってもみなかったことだった。どうしてそんなことになったのか、自分でも、まるでわからないのである。女房は、あのときのほうが良かったと言って歎くのである。

私は、自分では、自分が悋嗇な男だとは思っていない。しかし、残念ながら、他人の悋嗇について敏感なところがある。ということは、実は私自身が悋嗇なのではないかと思うようになった。

私は、ケチクサイという感じが嫌いだった。そのことに敏感すぎるところがあった。つまりは鷹揚ではない。

金満家で悋嗇という男が多いのであるが、それに耐えられないように思う時期があった。自分が金満家になれば、おそらくはそうなってしまうだろうと思われるのに……。金利生活者を

理想としているくせに……。

つまり、私は、育ちが悪いのである。私は、自分の同胞と比較してみても育ちが悪い。鷹揚なところがない。クヨクヨ、ビクビクで暮している。自分で、俺はセコイなあと思うことが一年のうちに何度もある。

私は、中学に入学してから、それは山の手の中産階級の子弟の多い学校だったのだけれど、違和感を感ずることが多かった。

そのひとつに、安いという言葉のつかいかたの相違があった。私が、安いなあと言うときは、値段が安いという意味につかう。ところが、級友たちは、例外なく、それを安っぽいという意味に解釈するのである。彼等には、まだ、金銭感覚というものがなかったのかもしれなかった。それが彼等の育ちのよさを証明していた。私は、いまにいたるまで、金銭感覚だけで生きてきたような気がする。

いまでも、

「それは安くありませんね」

と言って、落語家みたいなことを言うと笑われることがあるのである。

私は、腹の足しにならないことはやったことがなかった。麻雀でもそうである。麻雀で勝って、それが生活費の一部になる時代までは盛んにやっていたが、ルールが変ってきて、体力も衰えてきて、そうそうは勝てないということを悟ると、さっさと止めてしまうようなところがある。私にとって麻雀は遊びではなかった。終戦直後でも、一晩に最低五千円の稼ぎにしようと思って卓に向ったものである。

また、私は、同人雑誌に小説を書いたことは一度きりで、その原稿はボツになっていた。それ以後、金にならない原稿を書いたことはなかった。はじめて本名で小説を書いたときも、原稿料のいい婦人雑誌だった。どの場合でも、金銭とか商売が優先していた。

さらに、私は、自分の持物を大事にしていた。およそ、忘れものをするということはない。母の買ってくれた洋服などは、兄と弟と同じものを買ってもらって、彼等が三年で駄目にしてしまうところを、十年も十五年も保《も》たせてしまう。どんなに酔って帰宅しても、背広を洋服掛けに掛けることを忘れない。

私は、自分で考えて、せせこましく生きているなあと思う。これでは人に嫌われるのも無理はないと思う。特に、丑太郎のような男が私を嫌うのは当然だった。いつでも、私は、それどころではないと思い、気を配って生きてきた。そのくせ、大酒を飲んだ。母は、酒呑みが嫌いで、私には、お前はまだ一人前じゃないんだからと言い言いしていた。

24

たしか、あれは、終戦の翌年のことだったと思う。

深夜、洋館での話し声が、次第に激しくなっていった。それは鎌倉の家であって、もとは撞球台が二台置かれていたという広い応接室があった。そのころ流行していた社交ダンスの講習会が開かれたりする部屋だった。

一時間ばかり前から、洋館のほうから聞こえてくる話し声が耳についていて、なかなか寝つかれなかった。とっくに十二時を過ぎていた。

「……だって、そんなこと言ったって」

それは母の声だった。涙声になっていた。自分のことでは、めったには泣くことのない元気な母が泣いていた。

もう一人の声は兄である。そっちのほうも声を震わせていた。

私は、起きあがって、洋館に通ずる広い廊下を歩いていった。わずかに応接室の扉があいていて、そこから明りが洩れていた。私は扉のかげに立った。あとにもさきにも、人の話を立ち聞きしたのは、このとき以外にはなかった。心配ではあったのだけれど、なにか入ってゆくのが憚られた。そこには、何か、秘密めいた気配があった。

「ひどいじゃないか、ぼくは……。ぼくは、こんな家なんか、出ていきますよ」

兄が呶鳴るようにして言った。昂奮の極に達しているようだった。これは、もう、親子喧嘩というようなものでもなかった。兄は、縁を切りたいと言っていた。宣戦布告という感じだった。

聞いていて、だんだんに、様子がわかってきた。

兄は、戦後は、闇商売のようなことをしていた。危険な商売だった。それで二度失敗して、母が尻ぬぐいをしていた。あるときの兄は、顔一面を腫《は》らし、上衣もワイシャツもびりびりに破いて帰ってきたことがあった。取引先といっても、相手は暴力団である。品物を受けとっておいて金を払わない。そのあげくに、殴る蹴るで追い返されてきたのである。

たまりかねた母が、家中の者が寝しずまるのを待って、兄を応接室へ呼んで意見をしたところが、兄が出生のことを持ちだして反撃に出たのである。

これは、兄のほうがいけない。こんなときにこんなことを持ちだすのは筋違いである。別のときに、はっきりと主張すればいい。また、そのことで母を恨んだり憎んだりするのは、理窟が通らない。母と兄とは、こういう関係にある者としては、それまではうまくいっていたのである。兄は母の野放図とも思われる明るい性格を愛していたはずである。

追いつめられた兄が反撃に出た。そうとでも言うより仕方のない状況だったのかもしれない。また、兄としては、機会を見て、一度は正面から母に自分の気持をぶちまけてみたいと思っていたのかもしれない。兄は母に甘えていた。困らせてやれという気持もあったと思われる。

「そんなこと言ったって、お母さん、あなたに不公平な扱いをしたことがありますか」

「……」

「一度だって、そんなことがありましたか」

二人とも昂奮していて、涙声になっているから、よくは聞きとれない。そのくらい、その応接室が広かったということも言える。私は、取り乱している母を見たのも、そのときだけである。

「だって、さ……」

兄の声が弱々しくなっていった。

「私は悪い女ですよ。あなたのお母さんからパパを取った女ですからね。……だから、覚悟をしていたんですよ。京子を背負いこんで一生面倒を見るのは、私の業だと思っていたんですよ」

京子というのは、兄の姉であって、精神薄弱児だった。昭和三年十二月に、五歳で死ぬまで、口もきけず、歩くこともできず、垂れ流しだった。

「私、瞳がお腹にいて、臨月でふうふう言っているときに、生まれたばかりのあなたが届けられたんですよ。私、あなたっていう人がいることは知らなかったの。……お母さん、ほんとに、知らなかった」

母が泣きだした。私のいるところからは見えないが、身を捩《よじ》って泣いているように思われた。

考えてみると、親子とは言っても、母と兄とには血のつながりがないのである。他人である男と女が向いあっていると言ってもいい。

「ねえ、よく考えてちょうだい。私の身になって考えてちょうだい。お母さん、まだ若かったのよ。若い女が悪いことをしたんですから、覚悟はしていたのよ。……でもねえ、京子のことは知っていましたから、京子をしっかり育てれば、いくらかは罪をつぐなえると思っていたのよ。……そこへ、赤ん坊のあなたが来たのよ。京子でしょう、あなたでしょう、そこへ、私、はじめての自分の子供が生まれるのよ。……いっぺんに三人の赤ん坊を育てることになったのよ」

「………」

「ねえ、いいこと、私、若かったのよ、よく考えてみてちょうだいよ。お母さんだって辛かったんだから……」

私は、聞いていて、母に女を感じた。そんなことも、そのとき一度かぎりのことである。

「私ねえ、仕方がないから、あなたを私の子として届けたのよ。ねえ、わかる？　そのとき、私には生まれそうになっている自分の子供がお腹のなかにいたのよ。ねえ、こんなことってある？　私の気持、わかる？」

私は、大正十五年一月十九日に生まれた。それも、私は母の口から聞いたのではない。親類の誰に聞かされたのか、それとも父方の祖母であったのか、判然としていない。いつのまにか、一月十九日という月日が私の頭のなかに刻みこまれてしまっていた。兄は大正十四年の十月二十五日に生まれた。それも、戸籍上のことであって、本当のことはわからない。そんな状況であったので、私は、大正十五年十一月三日の生まれとして届けられた。戸籍面ではそうなっている。

大正十五年一月十九日という年月日は私の頭に刻みこまれていたのであるけれど、私は、ずっとそれを信じまいとしていた。アルバムの、兄と二人の赤ん坊の写真を見ているので、どうも一月十九日のほうが本当らしいと思うのだけれど、信じたくないという気持が強かった。母は私にそうは言わなかったのだし、私のほうでも、それを訊いてみようとしたことは一度もなかった。

しかし、終戦の翌年の、鎌倉の家の応接室での母と兄との諍いを立ち聞きしたときから、親類の誰かに聞かされた生年月日のほうが正しいと思わざるをえないようになった。

父は、大正十二年六月、尾崎千枝と結婚している。千枝の父の尾崎甫助は、父の中学時代の恩師であったという。大正十三年一月に、長女の京子が生まれている。年月があわないが、早産であったのか、別の事情があったのか、それはわからない。

父と千枝とは、大正十四年三月に協議離婚をしたことになっている。このとき、千枝の腹のなかには私の兄がいたのだから、この協議離婚は、はなはだ疑わしい。

私の父と母との婚姻届は、大正十四年十月二十二日に提出されている。私が生まれたのが翌年の一月なのだから、臨月にちかかったと言ってもいいだろう。

これから見ると、母は、妻子のある男と駈け落ちをしたと考えて、ほぼ間違いがないだろう。そのとき、私は母の腹のなかにいたのである。結婚式の写真、披露宴の写真がないのは当然である。

あるとき、勇太郎が私にこんなことを言った。

「正雄さん（父）から電話が掛ってきてね、いま、渋谷の旅館にいるって言うんだ。すぐ来てくれって……。行ってみると、シーちゃん（母）が一緒にいるんだ。……で、どうにもならないって言うんだね、これが」

勇太郎は、頭のいい男にありがちな、嘲笑するような、意地の悪いような顔つきになっていた。

「そのとき、あんたが、お腹のなかにいたんだね。そんでもってさあ、千枝さんには実家に帰れって言ったんだね。千枝さんっていうのは、あんたの兄さんのお母さんだがね、これが、実家に帰れるっていうんで喜んで帰っちゃったんだね。そいでもって、正雄さん、速達で離縁状を送ったんだ。ひでえことをするじゃねえか。……もっとも、昔はそれで通っちゃったのかもしれないけれども」

25

そうやって、赤ん坊である兄が母のところへ、突然、届けられてきた。

兄と私とは、双生児のようにして育てられたはずであるが、私において、そのころの兄についての記憶は、まことに不鮮明である。むろん、二歳や三歳のときのことを記憶している人は稀であるが、たとえば、昭和四年八月十九日に日本に到着したツェッペリンという飛行船の飛んでいる姿を、私は歴々と憶いだすことができる。三歳だった。それは、昭和十九年十一月、初めて東京を空襲したB29と同じように鮮明な記憶となって残っている。

だから、兄は、いったん母のところへ届けられたのであるが、横須賀に住んでいる父方の祖母に引き取られ、その家と父母の家との間を出たり入ったりしていたのではないだろうかと思われる。いかに気丈な母であるとはいえ、精神薄弱児の姉の京子と、生まれたばかりの兄と私とを同時に育てられたとは思えないのである。

父方の祖母のナヲと母とは最後まで折りあいが悪かった。同じように気性が強かったのであるが、小田原藩士の娘であった祖母と母とでは、その気性の質とか筋とかが正反対だった。祖母のほうは、万事につけて杓子定規であって、言ってみれば田舎臭く、教養も低かった。母のような変幻自在はカケラほどもなかった。祖父は、佐賀県出身の海軍の職業軍人、と言えば体裁はいいが、日清戦争、日露戦争に従軍して金鵄《きんし》勲章ももらえないような水兵さんだった。

祖母のナヲは母を敵視していた。父方の人間はすべてそうだったが、気性が激しいぶんだけ、祖母は母に辛く当った。祖母は、いつでも、皮肉まじりにしか物を言わなかった。姑と嫁と言っても、これは、もっとも悪い関係だった。

祖母は兄を溺愛した。兄を愛すれば愛するほど、母と私を憎むようになる。この筋道は、いまとなっては私にもよくわかる。ああいう不仕鱈《ふしだら》な嫁に、山口の大事な跡取り息子を渡すことはできない。祖母がそう思ったとしても少しも不思議はない。兄と私との年齢が違わないのだから、私のことを煙ったく思い、危険な感じを抱くのも無理はなかった。

祖母と母とは、徹底的に相容れなかったが、母のほうで、面と向って祖母にさからうというようなことはなかった。私はそういう場面を見たことがない。母は、祖母の前に出ると、母らしくなく、しおらしい感じがしていた。喧嘩は常に一方的であり、祖母の言い方は陰険だった。母は、あきらかに、祖母に対しては自分の罪を意識していた。

祖母は、最後には、こう言うのである。

「なんだい、柏木田の女の癖に……」

それが、祖母のほうのキメテになっていた。あるいは、柏木田の出の癖に、と言った。それを言われると、母は顔を赤らめて、引きさがるよりほかはなかった。時には、蒼白になって、顔が引き攣《つ》る感じになった。母は耐えていた。

これも私にはわからないことのひとつだった。いったい、柏木田の女とは何なのだろうか。

私は、大正十五年に、東京府荏原郡入新井町大字不入斗八百三十六番地で生まれている。上の妹は、昭和三年に、同じく入新井町大字新井宿二千百六十九番地で生まれている。だから、上の妹の生まれる前に、少し広い家に移り住んだと考えられる。

弟は、東京府荏原郡荏原町大字戸越五百七十四番地で、昭和五年二月に生まれている。この弟の生まれた家は、戸越銀座を見おろす高台にあって、途方もないような大きな家だった。これは父が初めて建てた家であって、その上棟式の写真が残っていた。木造二階建の洋館である。

このときは、女中が三人に料理人と自家用自動車の運転手がいた。私の家では、女中の一人に必ずハッという名をつけていた。

この家に関しては、子供に一人一室があたえられていたこと、庭が南斜面の芝生であったということぐらいしか記憶が残っていない。ハッという女中は、色白で、頬がふっくらとしていて、目が少し吊りあがっていたが、なかなかの美人だった。私がツェッペリンを見たのはこの家の庭からである。

これが父の最初の絶頂期であり、時に三十一歳だった。

父は大正六年に早稲田大学理工科に補欠入学し、卒業後、京都の島津製作所に入社した。初任給が二百円だったというのが長く自慢のタネになっている。父の専門は石油関係のパイプであり、在学中にいくつかの特許をとっている。そのひとつは、戦後になっても、ガソリン・スタンドで使われていた。初任給が二百円という破格の待遇はそのためだと思われる。

そのまま会社に残っていれば、間違いなく、番頭格の重役になっていただろうが、父はそういう型の男ではなかった。大正十三年に、独立して、機械製作所を起こし、昭和三年に東京芝浦に工場を建てた。その工場の規模は、東京芝浦製作所（東芝）、中島飛行機株式会社と較べて遜色《そんしょく》がなかったという。だから、戸越銀座を見おろす高台に大きな家を建てたのは昭和四年のことだったと思われる。

昭和四年か、あるいはその翌年かとも思われるが、その家に、祖母が兄を連れて乗りこんできた。

このときの兄に関する記憶は、ひとつしか残っていない。

父が浅草で、兄と私に刀を買ってきた。それは芝居の小道具に使う、ホンモノそっくりの脇差しで、子供の玩具としては高価なものであった。

芝生の庭で、兄と私はチャンバラゴッコをやった。そのとき、私は刀で兄の額に傷をつけてしまった。血が流れた。

「なにをするんです。……」

血相を変えた祖母が飛びだしてきた。私は一方的に悪者にされてしまった。あたかも、私だけが兄に向って斬りこんでいったかのように……。

それは少しも意に介さないが、祖母に刀を取りあげられてしまったことが悲しかった。

「こんなあぶないものを買ってきて……」

私はその刀を抱いて寝るくらいに気に入っていた。まだ買ってもらったばかりだというのに、私の目の届かない押入れかどこかへ隠されてしまった。

この件に関して、父も母も、何も言わなかった。言い合いになれば、祖母のほうに利があるだろう。しかし、たかが子供のチャンバラゴッコではないか。傷といったって、子供が転んで擦りむいたというのと大差はない。第一、危険だと思うなら、チャンバラゴッコだけを禁止すればいいのである。私が泣いたのは、大人の理不尽のためだった。

兄は、そういうふうに育てられてしまっていた。俗に言えば婆さん子である。私と較べれば、当時の兄は軟弱だった。肌着も、私と違って、やわらかい、暖かそうなものを着ていて、祖母の部屋に二人で寝ていた。

母は、子供には、素直で活潑であることだけをのぞんでいた。子供のチャンバラゴッコなどを、母は、むしろ好んでいたはずだった。父も母も、このときの祖母に何も言わなかったのは、やはり、そこに遠慮があったのだろうと思われる。

兄と私とは、その家から、同じ幼稚園に通っていた。たしか、立正大学の附属幼稚園だったと思うのであるが、はっきりとはわからない。それなのに、そのチャンバラゴッコの一件だけしか記憶が残っていないのは、兄がその家にいた期間が極めて短かったためではないかと思われる。祖母は、また、兄を連れて、横須賀の安浦にある祖父の家へ帰ってしまうのである。

私の下の妹が生まれたのは、神奈川県川崎市南河原二百八十五番地の家であって、昭和七年九月二十二日の出生届けになっている。

昭和五年、父の会社は、世界的な大恐慌のために倒産している。昭和五年の暮に、この川崎市の南河原というところへ逃げたのである。この前後一年間、父は行方不明になっていた。母は私には外国旅行に行っていると言っていたが、これは嘘である。実は、この期間、私は、父は刑務所にいたのではないかと疑っているのであるが、いまは、そのことを調べてみようとする気はない。なぜそんなふうに疑ってかかるかというと、後になって、兄から、オヤジは前科一犯だと言われたことがあるからである。

川崎市へは、移転ではなく、文字通り、母と私とで逃げたのである。このときに、妹や弟という赤ん坊がいたかどうかということが、はっきりとはわからない。幼児を他家へあずけるということは充分に考えられることである。逃げのびた川崎市の家の最寄りの駅が南武線の矢向であるという記憶があるが、それもはっきりしたことはわからない。この川崎市の郊外でも何度か引越しを重ねている。

戸越の家にいたとき、父方の遠縁に当るという水野という男が、下男のような形で同居していた。彼は、以前、ワッフルという菓子を造って売っていたということだけしかわかっていない。彼もまた、父の景気のいいときだけ寄りつくという男だった。

父が行方不明になっていたとき、というより、私たちが川崎市の郊外に逃げのびたころ、この水野が、町で、金貸しの雇った暴力団に会ってしまった。彼は、咄嗟《とっさ》に狂人を装ったという話が残っている。水野という男は、変人であって、めったには口をきかない男であるので、彼ならば気違いの真似はうまかったろうと思う。そのために、母と私とは助かったのである。

昭和六年の正月、川崎市の家には何もなかった。卓袱台《ちゃぶだい》もない。蜜柑箱の上に餅をのせて食べた。餅が五、六箇、蜜柑が二、三箇という正月だった。

どういうわけか、鏡のついた洋簞笥だけがあって、それを私は鏡の簞笥と言っていた。おそらく、母がそれを気にいっていて、なんとかしてそれだけを大八車にでも乗せて持ちだしたのだろう。

近所の人たちは、私たちの家に資産があって、大きな家に住んでいたことを誰も信じなかった。しかし、一人だけ、あの簞笥を見ると、もしかしたら本当かもしれないと言う人がいた。子供のとき、大きな家から小さな家に引越すのは厭なものである。それが私の場合は極端だった。三間の木造平家の貸家であったのだけれど、便所が一穴で、男便所がないのが気味悪くも不思議にも思われた。日が暮れると、あたりが真っ暗になり、人通りが絶えてしまうのも怖しい。そのころは、人攫《ひとさら》いという言葉がまだ通用していた。夜はこわいのである。ラジオなどもあるわけがないし、日が暮れれば寝るよりほかはなかった。母はすぐに電灯を消してしまうのである。

銭湯というものも初めて知った。刺青の男を見て怯えた。銭湯には不具者もいたし、その頃は精神異常者も野放しになっていたのである。

そのかわり、盆踊りのときは、小舎がけの活動写真や田舎芝居がやってきた。私は、それをふりかけると誰でも不動金縛りになるという粉があって、それで金満家に復讐するという芝居を見ている。主人も奥方も家令も、それまで威張っていた令嬢も、妙な恰好のままで動けなくなるという最後の幕が変にエロティックだった。また、そのころ、私の唯一の楽しみは『少年倶楽部』の発売日だった。さらに、そろそろ、ゴムマリでキャッチボールの出来る年齢にもなっていた。

川崎市に引越した直後であったが、暴力団に襲われたことがある。その頃は、昼間でも雨戸をしめたままにしてあったが、三人か四人の男が、雨戸をガンガン叩いて呶鳴る。母と私とは家のなかで、音のしないほうへ逃げ廻った。金貸しの雇った暴力団が、居所を嗅ぎつけたのである。彼等は、二、三時間、そうやって帰っていった。母が、夜でも、食事がすむとすぐに電灯を消してしまうのはそのためだった。

同胞五人のうち、本当の怖しいような貧乏を知っているのは私だけであると言うのは、このためである。本当の貧乏のとき、兄はいなかったし、妹や弟は、ものごころのつく前か生まれたばかりであったはずである。

父が帰ってきた。刑期が終ったのか、それとも高利貸しとの間に話しあいがついたのか、それはわからない。

幼くして死んでしまった末の妹は、川崎市柳町二百八十五番地で、昭和十年二月に生まれている。

この家にいたとき、父は、庭に涼み台のような物干しのようなものを、大工の手を借りずに造った。このように、父には、器用で勤勉な一面があったのである。洗面器を使って、チーズを作ったこともある。また、私は、父が英語の勉強をしていたことも知っている。父は、よく、筆で、誰かに愛されていると思っているあいだは俺は強い、と書いていた。これらのことからすると、やはり、父のような男は、ヒマをもてあましていたのだろう。

この時期、母は胃病のために痩せほそり、浅黒い顔がさらに黒くなっていた。父が重症の糖尿病を宣告されたのも、この頃である。

昭和六年満洲事変、昭和七年上海事変が勃発した。軍需工業が次第に活況を呈するようになる。

昭和十年、父の知人の陸軍大佐が川崎市を訪れ、戦争がはじまるよ、大きいのが……と言った。この年、父は新潟鉄工所に就職している。ここでも、そのまま残れば、重役になっていただろう。

この年の暮に、私たちは、東京の麻布に引越した。高見順の家のすぐそばで、黄色い塀のある、なかなかの家である。私の学年で言うと、小学校三年二学期の終りだった。

昭和十二年七月、日華事変勃発。父は新潟鉄工所を退職して、鶴見にあった大きな鉄工所（法専組と言った）の東京支店長になり、丸の内に事務所を構えた。そこをやめて、町工場である関製作所の社長になったのが昭和十六年である。

兄が、ふたたび、祖母とともに帰ってきたのが昭和十一年であり、私は小学校四年生、兄は五年生だった。

兄は、私に会うなり、いきなり、この家の竈《かま》の下の灰まで俺のものだぞ、と言った。そう言うように、祖母か、父方の親類の誰かに言われてきたのだろう。はじめに一発、がんとくらわせてやれと言われたのだろう。兄は緊張していた。私は驚いたけれど、それが滑稽でもあった。それに、竈の下の灰までと言われたってわけがわからないし、実感が湧かなかったのである。私のところは、それが母の方針であったし、料理に関心がないというせいもあって、軍需成金になって芸人が家にいりびたるようになるまでは、食事は粗末なものだった。決して子供に贅沢はさせなかった。たとえば、卵が一人に一箇あたるということはなかった。味噌汁のなかに卵をいれるとしても、大家族に対して三、四箇であって、それをかきまぜてしまう。こういったことが、兄には、ことごとく不満であったようだ。

「ぼくなんか、水蜜なんか、一人で一箇喰べられたんだ」

それは兄の言う通りだった。母は、五人の同胞に対して、水蜜三箇ぐらいを薄く切って食べさせるのである。それも、めったに、水蜜などは子供には喰べさせない。バナナも喰べさせない。せいぜい、リンゴか西瓜というところである。

「そうじゃないんだ。水蜜なんか、一人に一箇じゃなくて、一箱全部、ぼくのものだったんだ」

大人のなかの一人の子供で育ってきたのだから、そういうことになるのだろうけれど、兄は虚勢を張っていた。

私はこの兄が特に好きというのではなかったが、決して嫌いではなかった。兄は善人だった。気のちいさいところがあり、歯医者へ行かれないような少年だった。兄は、少しずつ、母にも、私のところの家風にも馴染んでいった。家風としては、こっちのほうが愉快なのにきまっている。ユーモアを解するようにもなっていった。兄と私とは仲が良かった。

兄は、はじめのうちは、私のことを、

「瞳さん……」

と呼んでいた。

私は、それだけは止めてくれよと言った。兄は、そう言われて、まごついたらしい。そのうちに、こんどは、わざと大声で呼びつけで、

「ヒトミ……。おい、ヒトミ」

と、呶鳴るようにして言うようになった。私は、まったく、兄は気の毒だったと思う。こういうことは、遠慮の裏がえしである。祖母は、兄のことは呼びつけで言い、私のことは最後までサンづけで呼んでいた。

先日、中学時代の日記が出てきて、それを見ていると、

「兄と将棋、一勝一敗」

「兄と将棋を指して、二勝一敗……」

という箇所が目についた。これはおかしい。私は中学の三年生のときは、いまの制度なら有段者の実力があったはずで、兄に負けるわけがないのである。これは、わざと負けたのか、あるいは、専門用語で言うところの、ユルメルということをやったのにちがいない。私のほうにも、そういう遠慮があったのであり、この兄になら負けてやってもいいと思ったのだろう。それで、多分、思春期の少年にはよくあることであるが、日記を机の上にひろげておいて、兄の目につくようにしたのだと思う。わざと負けたのではない、充分に口惜しがっているということをわからせるように……。それで、当人は、感傷的な気分に浸るのである。

兄が中学の入学試験を受ける前日、私は兄を元気づけるために、これははっきりとわざと負けてやったことを記憶している。そのくらいに私は将棋が強かったのであり、自信があったの

である。また、その程度には兄を愛していたと言えると思う。私は、兄に、一発で志望校に合格してもらいたいと思っていた。

少くとも、小学校までは、私のほうが学校の成績が良かった。私のクラスには、前に書いたように、一中、一高、東大と進んだ、ずば抜けて出来る生徒がいたために、私の席次は二番か三番であったのだけれど、兄は、同じ小学校で十五番か二十番というところではなかったかと思う。麻布区内の小学校は、わりあいに程度が高かったのであるけれど、兄の成績では、二流校への合格もおぼつかない。

また、私は、三年生のときから、正式の野球部員だった。この小学校の野球部は、東京市の大会で優勝したし、部員の一人は後にプロ野球の名投手になるくらいだから、兄の所属する学年のクラブ・チームが歯が立つわけがなかった。野球部全員が学校での花形的存在だった。この野球部は、奇妙なことに、私たちの学年の男組だけで結成されていた。五年生、六年生の連合軍でも、四年生の私たちのチームに勝てない。訓練が違うのである。彼等は、野球で監督に殴られるということを経験していないのである。むろん、スライディングのやれる生徒はいない。兄は、私より体力では勝れていたが、フリー・バッティングでも遠投でも、とうてい太刀打ちができなかった。

麻雀もそうであって、こちらは冷血動物だから、勝負や計算には、こすからいところがあった。

ところが、兄は、将棋はともかく、野球でも麻雀でも、俺のほうがうまいと言い張るのである。私は、そんなことはどうでもいいのであって、兄の言うままにしておいた。あきらかに、私は優位に立っていた。

さらに、兄は、私の名を呼びつけにするように言ってから後は、さかんに、私の名を嘲笑するようになった。女名前であるのだから、これは絶好の材料になった。私は笑って耐えていた。というよりも、問題にしなかった。

そういうと、いかにも私がイイコぶっているように思われるかもしれないが、私が兄の立場にいたら、当然そんなふうになるだろうと思っていた。兄は遠慮をしていたし、ひがんでもいたのである。隙あらば、やっつけてやろうと思っていたのだろう。そうなるのも仕方のない情勢だった。

私は兄を愛していた。そんなことがあっても、ずっと仲の良い兄弟でいた。私は、兄は気がちいさいだけで、根は底抜けの善人であることを承知していた。私は、この兄に、どうにかして成功してもらいたいと思っていた。そうしたら、自分は厄介者になろうと思っていた。兄が父の跡をついで経営者になり、自分は旋盤工でいいと思っていた。そういうあたりが母の気にいらない点だった。また、事実、父の経歴から言っても、私は子供のときは理工科に進むものと決めていた。学校を出たら職工でいいと思っていた。

私は兄を愛していたけれど、困ると思うこともあった。

それは、夜中に、隣に寝ている私をゆり起こして、

「ぼくのお母さんは、別にいるんだ。お母さんは、ぼくの本当のお母さんじゃないんだ」

と言って涙ぐんだりすることだった。兄は子供としては寝つきの悪いほうの質だった。これが私にはうるさくて仕方がない。薄情に言えば、それは私には関係のないことだった。——いったい、どうすればいいんだ。だからと言って、どうしたらいいんだ。

二人とも中学生になったとき、

「ぼくのお母さんは生きているんだ。会いたいなあ」

と言ったりする。

して見ると、兄は、祖母にも母にも、本当の母は死んだと教えられてきたのだと思われる。それをまた親類の誰かに何かを言われたのだろう。

兄には人懐こいところがあった。悪く言えば甘ったれである。戦後のことになるが、父方の祖父の郷里である佐賀県塩田町に行ったことのあるのは、私の家では兄一人である。そこでは、現在でも、父の従弟である同じ名の山口正雄が生存している。兄がそこを訪ねたのは当然だとも言えるが、この兄は母方の、つまり、自分とは血のつながりのない親類の家をもしばしば訪

問している。神戸時代の勇太郎の家でも長逗留しているし、鎌倉の叔母の家をもっとも多く訪ねたのも兄である。縁戚関係を大事にするとも言えるし、それだけ淋しがり屋であったとも言えると思う。それに、兄は、私と違って気さくな男であるから、行けば誰にでも可愛がられた。私は、ずっと、縁戚関係はわずらわしいだけのものだと思っていた。それに、私は、白眼視されることが多かった。どうやら、私のために山口の家はめちゃめちゃになったという倒錯した考えも一部にはあったようである。母が私を孕《はら》むことがなかったならば、というような考え方である。

「うちのオヤジは悪いやつなんだ」

兄は、だんだん、母のほうに同情的になっていった。父に前科があると私に告げたのも兄である。私は、それはそうだとしても事業に失敗したための止むを得ぬ経済犯であるにすぎないと思っていたのであるが……。

こんなことがあった。

麻布の檜舞台のある家でのことであるが、舞台の横にある壁が朱塗りの便所に落書があった。正面の坐ったときの顔の位置に正という字が、折れ釘かなにかで彫りつけたようになっている。その犯人がわからない。

父は、子供の一人一人を、便所に坐らせて、手の位置をたしかめた。不幸なことに、この正という字が、達筆で書かれていた。兄は習字は実に上手だった。立派な字を書く。手の位置と達筆ということが証拠になって、兄が白状した。

そのときの父の叱りようが、激しいというのを通り越して、凄惨であり、残忍ですらあった。兄に往復ビンタを喰わせ、蹴り倒し、泣いているのを土下座させて何度も謝らせた。子供の、それくらいの悪戯に対しては、過酷な処置だった。

「嘘をつくのがいけない」

と、父は言った。しかし、父には、平生から鬱屈するものがあったのだろう。父の、祖母に対する気づかい、母への気づかい、兄に関する愛憎、そういったものが一挙に爆発したのではあるまいか。そうとしか考えられない。

祖母にとっては、兄と私とを較べるとき、毎日毎日が歯噛みしたいような思いだったろうと思う。はっきり言って、私に対しては、まことに冷い祖母だった。無理もないが、私に優しくしてくれたことは一度もなかった。ただただ、兄が可愛くて不憫《ふびん》なのである。私に対しては、厭味たっぷりな、奥歯にもののはさまったという感じの物言いしかしなかった。

麻布にいて、別棟が建ってからは、二階に子供たちが寝て、祖母は階下の六畳間に寝ていた。便所へ行くときは、祖母の部屋を通らないと行かれない。

中学の三年生か四年生のときだったけれど、明け方、小便に行った。前の晩に水物を飲みすぎたせいらしく、また、私は、いくぶん寝呆けてもいたらしい。

朝になって、祖母は、

「瞳さん、寝呆けちゃって、オチンチンをこんなにおったてちゃって……」

と私に言った。祖母が笑いながらものを言ったのはこのときが初めてである。実に嬉しそうだった。小便を我慢していた朝の中学生だから、祖母の指摘は事実だったと思う。パンツが、テントを張るという状態になっていたのだろう。

それはいいとして、祖母は、朝食のときも夕食のときも、何度もそれを言った。鬼の首でも取ったというような言い方だった。私は、同席している若い女中たちの手前、恥ずかしくて仕方がなかった。

「もう、やめてください」

私は、ついに、夕食の最中に、そう言ってしまった。とたんに祖母は不機嫌になった。祖母としては、非常に滑稽な、みんなが面白がるような話題であり、爆笑を期待していたのだろう。

私が不愉快に思ったのは、自分が嘲笑されたということもあったけれど、祖母の実に品のない笑い方と話し方にあった。母は、決してそんなことは言わない。少しでも性にかかわる話は絶対にしたことがない。私はそういう教育を受けて育ってきたのだった。

私は、当時は、中学生としては相当な蔵書家になっていた。従って、二階の部屋にも、階段の踊り場のところにも、何度か、自分で棚を造った。すると、祖母は、寝られないと言って、怒りだすのである。

「これからこれへ、こう……」

祖母はそう言うのが癖で、頭を指さし、頭にがんがん響くと言う。そのことも、何度も何度も、みんなの前で言った。

「まあいいわ、この人は勉強家だから」

それも皮肉たっぷりの言い方だった。

私は本当に兄の立場は気の毒なものであり、気づまりであったと思う。

兄には、私にないところの俠気があった。

「いいです。あたしが引き受けましょう」

と言うようなことが何度かあった。

戦時中、軽井沢から小諸のほうへ買いだしに行って、警察に掴ってしまったことがある。冬のことで、留置場の壁は凍っていたという。私は、兄には間もなく召集令状が来るのですからと言って貰いさげに行った（父母は東京にいた）のであるけれど、そもそも、危険な役目を一人で買ってでたのは兄であり、長く留置場におかれるようになったのは、闇米や闇の砂糖を買って何が悪い、みんなやっているじゃないかと言って警察の心証を害したようだった。

困ったのは法事のときだった。焼香順ということがある。兄は、いつでも、私のほうを窺うようにしていた。まだ遠慮が残っていた。そのへんが、兄の善人の証拠だと思う。また、私自身、変なことを言うようであるが、どっちが本当の年長者なのかわからないというようなところがあった。

母が死んだとき、私のところの経済は、私の安月給でまかなっていた。こういうときは、いつでも兄は姿を消しているのである。

父の死のときもそうだった。長い入院生活の面倒を見たのは、私と女房である。父は、退院すると、他の家には行きたがらなかった。だから、葬式のときに、兄が私を立てて、こちらを窺うようにするのは無理からぬことでもあった。この立場は辛かったと思う。菩提寺の住職が「この家の話わからずガスストーブ」と詠んだのも、このへんのところを指している。

兄は、商売のことでは、ずっと不運が続いていた。繊維関係のことで、私にはさっぱりわからないが、たびたび勤務会社が倒産したり、友人と組んではじめた会社がうまくゆかなかったり、会社が順調に伸びて明るい顔つきになったかと思うと石油ショックのために駄目になったりしていた。兄が気丈でいられるのは嫂の性根がしっかりしているせいではないかと考えることがある。

この兄を、私は、一度だけ、呶鳴りつけてしまったことがある。

母の告別式は一月四日に行われたのであるが、その夜、私は、掘炬燵《ほりごたつ》で茶漬を食べていた。

それは、母の倒れた場所でもあった。

黒服を着た兄がやってきて、立ったまま、例の気さくな調子で、

「おい、瞳、玄関の螢光灯が暗いねえ、取りかえたほうがいいんじゃないか」

と、言った。私は、黙ったまま、茶漬を食べていた。

「いかれちゃっているんじゃないの？」

兄が私の隣に坐った。私は答えない。

「ああそうか……」

兄は、どう思ったのか、私の顔をのぞきこむようにして、

「いいオフクロさんだったよなあ」

と、言った。私の怒りが爆発したのはその瞬間である。いまとなってみると、この善良な兄に、どうして怒ったのか、判然としない。

「バカヤロー。貴様なんか、だまっていろ」

私は兄に対して貴様呼ばわりしたことなどはないのである。そうして私は、茶漬の茶碗に顔

を突っこむようにして泣きだした。それまでは泣くようなことはなかったのである。

「貴様なんか……」

私は、父の莫大な借財を背負わなければならなかった。実際、玄関の螢光灯なんか、どうでもいいと思っていたのは確かである。どうして、そんな細かいことを言うのか、婆さん育ちめ、暗いと思ったら自分で買ってこいというぐらいの気持もあったかもしれない。

いま思えば、兄には済まないことをしたと思うけれど、私にだって、長年の間に鬱屈するものはあったのである。兄を含めて、父方の親類は、こっちに対して何をやってくれたのか。母は、その生涯にわたって頭をさげっぱなしであったし、出来るかぎりの義理を尽してきたというのに……。

昭和五十二年八月丑太郎の十三回忌の法要が横須賀の妙栄寺で営まれた。血縁ではない兄も参列した。兄には、そういう義理固いところもある。精進落としは、横須賀の、戦前は海軍で有名だった小松という料亭で行われた。丑太郎の息子の幹雄は、そこまで成長したのである。

兄と私とは、上座に据えられ、隣りあって坐ったのであるが、終始、無言でいた。まるで疎遠になってしまっている。兄は、糖尿病がよくないようで、そのくせ、氷をいれたウイスキイを、勢いよく飲んでいた。

そのうちに、会の終りに近く、兄が、

「でもまあ、面白かったよなあ……」

と言った。

私は、咄嗟には、何のことかわからなかった。

兄は、ときどき、意外にも、実にうまい言い廻しをすることがある。

たとえば、こちらのほうの法事のときに挨拶をするのは兄であるが、いきなり、

「いざとなれば、これだけの人が集まるということがわかりました」

と言ったりして、すでに子供達の数が半数にもなっている一座をゆっくりと見廻したりする。

笑い声がおこる。その間というか呼吸がいいのに感心する。

「……面白かったよ、俺には」

私は黙っていた。答えようがない。

「じゃあ……」

それだけ言って、兄は先きに帰っていった。

それは、ひとつは、波瀾万丈の家に育って、居心地の悪い、おかしな境遇に育って、父も母も変った人間で、それが面白かったという意味でもあるだろう。

それから、これは、私に対する、お前とはもう縁切りだという別れの挨拶でもあったと思う。

私は、兄に、面白かったよと言われて席を立たれる筋あいはないのである。いったい、兄は、

長男として、父に対して、私たち同胞に対して、何をしてくれたというのだろうか。冗談じゃあないと思う。

しかし、私は、兄と私のことを何度か小説にしている。そのうちの一篇は映画化されて、兄に扮した役者も登場している。さんざん虚仮《こけ》にしやがってと言われれば、私には一言もないのである。私はそういう稼業の男である。

「面白かったよ……」

というのは、善良な兄の、私に対する精一杯の皮肉だった。

この家の竈の下の灰まで俺のもんだと言った兄は、結局、父母からは何も貰えなかった。兄が悪人であったなら、もっと猾《ずる》く立ち廻れるような男であったなら、別の局面を迎えることができたはずである。

そんなことを考えながら、私は、一人、大広間の上座で取り残されていた。

26

鎌倉の叔母の君子（母の妹）は、明治三十八年一月に生まれた。豊太郎の次女である。明治四十四年、六歳のとき、仙台市の某家に養女に出された。その家は、大変な資産家であって、この叔母は、ここからまた、鎌倉の大きな旅館に嫁ぐことになる。その結婚式は盛大なものであり、鎌倉での語り草になっているという。私はそうとしか聞かされていず、そのくらいの知識しか持ちあわせていない。母と較べて、少くとも金銭的には非常に恵まれた人である。私はそう思っていた。だから、こちらの貧乏時代は、叔母のことを妬ましく思ったものである。

君子が絶世の美女であることを前に書いた。その娘時代の美しさといったらなかったという。私の母を小柄にして色白にしてと思っただけで、充分に想像が成り立つのである。母と較べると、顔立ちが整っているだけ、美人であったぶんだけ、険があったと私は思っている。凄いほどの美人と言うときの、凄さが顔にあらわれていた。しかし、これは難点ではない。

叔母は、あきらかに、自分が美人であることを意識していた。私は、これも良いことだと思っていた。旅館の女主人や料亭の内儀は、そうであったほうがいいと思う。だから、叔母は、晩年になっても、いや、その死にいたるまで厚化粧だった。つまりは商売人だった。汚いところを人には見せない。また、その厚化粧が人に厭な感じをあたえるどころか、充分に引き立った。美人なればこそだと思う。

その旅館は、叔母の美貌によって客がついたと言っていい。叔母は、商売人だからというのではなくて、料理がうまかった。特にお椀のアタリは絶品だった。母は、よく、お椀に口をつ

けて、

「おいしいわねえ、きみちゃん……」

と言ったものである。

叔母の味つけは、さっぱりとしていた。手軽な材料で、くどくなく、あっさりと仕上げる。そうでなくては、長逗留の客に飽きられてしまう。


母の料理は、ゾンザイであって、濃い目の味つけであり、なんでも甘っ辛くしてしまう。叔母のほうは、手際がよくて、さっぱりとしている。そうでなくては、五十人を越す泊り客の始末がつかない。母は惣菜料理であり、叔母は商売人の料理である。

叔母はよく眠る女だと書いた。叔母はその反対であって、午前四時には起床する。料理は炭火を使っていた。客のことがある。掃除と言ったって、とてつもなく広い家である。自分の化粧のことがある。それで、眠るのは午前一時過ぎになる。これは旅館業の主婦の宿命であるが、午後のある時間、帳場の隅などで、ごろっと横になるのが上手だった。三十分から一時間ばかり、そこで眠る。


私は、しばしば、君子に、叔母さんは美人だねえと言った。

「あら、そう……」

叔母は嬉しそうに笑って髪に手をやったり、鏡を見たりする。私はそういうときの叔母が好きだった。彼女は自信に満ちていた。叔母は、たとえば、娘たちが齢頃《としごろ》になっても、その若さに引け目を感ずるということはなかったようだ。自分のほうが綺麗だと思っていたのだろう。曾孫《ひまご》が生まれる齢になっても、お婆さんという感じはまるでなかった。

叔母は愛想がよかった。遊びにゆけば歓待してくれた。しかし、それが、本当の心からのものであるのか、商売人として身についてしまったものであるのか、私にはわからなかった。もっとも、客商売であって、甥にまで心から尽していたのでは体が保たない。

私は叔父には愛されたけれど、叔母に好かれたとは思っていない。叔母は、兄のような、気さくで直《ちょく》な人間のほうを好いていたようだった。それに、境遇からいっても、兄のほうが同情を受けやすい立場にあったとも言えるのである。

この叔母は、次女の一人息子を溺愛していた。彼の結婚式が三井クラブで行われたとき、叔母と私とは、一番前にならんで立って、新郎新婦が二階の階段からおりてくるのを待っていた。

ウェディング・マーチが鳴った。

「ほら、叔母さん、しっかり見ておきなさいよ」

叔母には声がなかった。叔母は、貧血を起こして、私に倒れかかってきた。私は、この叔母を抱きとめていいのか、どうしたらいいのかと思い、どぎまぎしていた。叔母は、その齢になっても、それくらいに美しかったし、魅力的だった。

私は、よく、友人に、母が美人というのはなまなましくて厭なもんだけれど、叔母が美人というのはいい気分のもんだよと話したことがある。

叔母の君子は、昭和四十八年十二月二十八日に死んだ。

その年の夏であったか、前年の夏であったか、私は鎌倉の家で、叔父と近所に住む人たちと麻雀の卓を囲んでいた。

すると、叔母が庭のほうからやってきた。下駄をはいていない。叔母は私に向って叫んだ。

「瞳なんか、私と麻雀をやってくれたことなんか一度もないんだ。……薄情な奴なんだ。お前は私を馬鹿にしているんだ。いままで、一度だって私を誘ってくれたことはなかったんだから……」

叔母は、また裸足で自分の部屋へ帰っていった。私はその見幕に驚いたが、そのころから、耄碌《もうろく》が始まっていたと考えている。しかし、叔母の言葉は、半分は正気であり、その言いぶんには本音が含まれているように思われることがあるのである。

父方の祖父の山口安太郎は、元治元年九月に、佐賀県藤津郡久間《くま》村で生まれた。海軍の職業軍人であり、長く横須賀に住み、釣を趣味としていた。典型的な佐賀県人の骨格をしていた。特に頭の形が、まぎれようのない佐賀の人である。祖父と母との折りあいは悪くはなかった。

母は、田舎者ではあっても、欲のない、さっぱりしていた祖父の人柄を好んでいた。

祖父は、昭和十一年七月三日、神奈川県三浦郡浦賀町大津で死亡と届けられているが、実際は麻布の私たちの家で死んだ。七十四歳である。この時、佐賀県藤津郡久間村にいる彼の弟の孫七が、孫の五歳の良平を連れて駈けつけている。佐賀から麻布の家に到着するまでに三日間を要したという。

安太郎の死の前日に、孫七は、安太郎を抱き起こして写真を撮った。安太郎は、わずかに目をひらいているが、その顔はデスマスクに近かった。それは郷里の人たちに、安太郎の最後の顔を見せるためだったのだろう。

このとき、五歳の良平は、私の父に、

「良平、糞したら手を洗えよ」

と言われて、びっくりした。意味がわからなかった。佐賀の家の便所には、手を洗う設備がなく、そもそも、そういう習慣がなかったのである。

安太郎の妻のナヲは、小田原の人で、祖父と同じ元治元年九月に生まれ、昭和二十五年五月十二日に八十七歳で死んだ。このとき、兄は、唯一の強力な味方を失ったのである。

安太郎の長女の定は、明治三十三年十月に横須賀市で生まれ、大正八年八月、土志田潔と結婚している。この土志田は横須賀市の写真館の経営者であったそうだ。私が知っているのは、再婚したあとの人であり、その人は大津で寿司屋をしていた。以後、交際が絶えている。

安太郎の次男の敏男（父の弟）は、明治三十九年九月に生まれた。この叔父は、慶応大学を卒業して、活動写真の弁士になった。たしか、芸名を正木亮（良か？）と言ったと思う。昔、私は徳川夢声に正木亮のことを質したが、夢声は知らないと言っていた。私は、チャップリンの『街の灯』は、目黒キネマで、この叔父の説明で見ている。

この叔父は、昭和十三年七月十八日、肺結核で死亡している。三十三歳だった。まことに面白い芸達者なインテリ青年だった。父に較べると、華奢《きやしや》で、弱々しい人だった。祖母の、敏男に対する愛が、そのあと、私の兄に向って集中すると考えてもいいように思う。

これが、私の血縁の者の概略《あらまし》である。

27

私は、ここまで、少しも自分を偽ることなく、事実を、ありのままに書いてきた。すべて、実際にあった出来事であり、自分の心理を分析するときにも、つとめて冷静に、第三者の目で見るようにしてきた。そうでないと、こういう種類の文章は、意味をなさなくなり、土台が崩れてしまう。

しかし、文章を書く都合上で、伏せておかなければならないこともあった。これは致し方のないことである。

文章上の都合で伏せておいたことの第一は、私が、母方の先祖の稼業について、うすうすは感づいていたことがあるということである。

このことの説明は極めて困難であるが、たとえば、こういうことがあった。丑太郎の長男の羽仏幹雄が、こう言った。

「ぼくは、父に、こう言われていました。うちの先祖は、旅館業であり、女郎屋であり、十手捕縄のヤクザ、つまり二足草鞋《わらじ》でもあったんですね。……こういうのは、ぼくは、映画だと、最後には必ず殺される役だと思っていました」

これを聞いたのは、つい最近のことである。このうち、旅館業というのは、私も母から聞かされてはいた。家のなかで凧があげられるような大きな旅館であって、国定忠治も山本長五郎も、あるいは宮様も泊りにきたことがあるといったふうに聞かされていた。しかし、はっきりと女郎屋だと言われたことはない。これは新事実である。

私は、これも、いつごろまでそう思っていたのかわからなくなっているけれど、こんなふうにも思っていた。

むかし、田舎の宿屋には飯盛女がいた。これは夜になると女郎になる。どこでも、必ず、そうなっていた。そこに女がいなくても、呼ぶことはできる。現在でも、九州の南端のほうへ行けば、そうなっている旅館がある。また、地方都市の大きな旅館へ行くと、専属の女郎を大勢抱えている旅館があった。彼女たちは別棟に寝泊りしている。こういうのを酌婦というのかどうか、私は知らない。おそらく、赤線廃止以前は、大きな旅館が一軒か二軒しかないという地方都市では、このことが盛大に行われていたのだろう。公然の秘密といったようなことではなかろうか。いまでは、こういう旅館では、酌婦はアパートに住んでいて、そこから通ってくる。交渉が成立して、彼女のアパートの部屋、もしくは別の旅館へ行くということがあるようだ。

私は、漠然と、そんなふうなものだろうと思っていた。……大きな旅館である。だから、江戸時代、明治の終り頃までは、当然、女がいた。特に、軍港以前の横須賀のような寂れた港町では、それが当りまえのことであったというように。明治になっても、その名残りがずっと続いていたのだろうというように。

幹雄は、また、こうも言った。

「横須賀から大滝町にかけての一帯は、うちの地所だったんだって……。自動車で通るときに、父がそう言いました。このへんも、このへんも、うちの地所だったたって、何度も言いました」

そのことも知らなかった。丑太郎は、芝居がかったオーバーな言い方をするが、全部が嘘だったとも思われない。相当以上の、あるいは、ある時期では横須賀随一の資産家であったかもしれない。

私は、そのへんのところを、うすうすは感づいていた。それを伏せて書いてきたのであるけれど、読者にもうすうすは感づいてもらえるような書き方をしてきたつもりである。

子供のときから、私は、台の物という言葉を知っていた。これは、実際は、非常に奇妙なことなのではあるまいか。たとえば『新潮国語辞典』には台の物は出ていない。だから、これは死語だと言ってもいいだろう。きわめて特殊な言葉である。それを誰に聞いたのか、いつ知ったのかということを憶えていない。これに類することで、子供のころ、私だけが一般的な言葉だと思っていて、その場にいる誰もがそのことを知らないということも何度かあった。私は、割合に平気で、御開帳とか、淋しい病気とか、登楼《あが》るお客とか、セコイやつとかという言葉を、内容もよく知らずに使ったものである。これが山の手の中学校では級友に通じなかった。

母や、丑太郎や、小久保ハルが、ひそひそ話で、あるいは不用意に、台の物という言葉を使ってしまうことがあったのだろう。

台の物は、これも漠然とではあるが、わかっていた。しかし、幼いときから何度か耳にしていた貸座敷という言葉がわからない。いまでは、はっきりと、貸座敷とは、遊女屋であり遊廓であることを承知している。実は、これも最近になって知ったことであるのだが……。

貸座敷というのは紛らわしい言葉である。私は、白状すると、つい最近まで、貸座敷というのは、出合茶屋、すなわち、男女の密会する部屋というように解釈していた。ラヴホテルである。旅館業であるならば、そういうことに利用されるのは当然のことである。これは、自分にとって都合のいいように解釈したいという気持が働いていたように思われる。……母は女郎屋の娘ではない、貸座敷の娘である。貸座敷というのは旅館業にとって免れ難い一種の副業であるといったように……。ただし、貸座敷という言葉を母が口にしたことはなかった。

この貸座敷という言葉よりも、もう少し頻度が多くなるが、父、母、丑太郎、保次郎、勇太郎が、藤松という言葉を口にすることがあった。これも、滅多には聞くことのない言葉なのであるが、このほうは、母は、割合に大っぴらに言う感じがあった。しかし、私の知るかぎり、誰も、藤松楼と言うことはなかった。

藤松というのは屋号である。私は、藤松旅館であると思い、ずっと、そう思いたがっているようなところがあった。父も母も、その他の親類の者も、藤松という言葉を発するときに、妙にその言葉の響きを懐かしむような感じがあった。……そうなのだと私は思う。藤松というのは、彼等にとって、大いなる誇りであり、同時に、生涯消すことのできない恥の部分であったのである。

前に書いたように、昭和五十二年八月、羽仏丑太郎の十三回忌が幹雄によって横須賀の妙栄寺で営まれたとき、私は、この母方の本家の墓をゆっくりと眺め、戒名など、読める部分を手帳に書きとめておいた。私は初めて母方の菩提寺を訪れたのである。母は私がそこへ行くことを許さなかったし、自分も行かなかった。

その墓地の石の囲いは、およそ一坪半になろうか。

向って左側の墓に、

真行院徳性日悟信士　昭和九年三月二十七日没　徳次郎　六十歳
真徳院妙亀日性信女　昭和十九年十月二十八日没　かめ　六十四歳
慈性院法勇日行信士　昭和四十六年六月二十七日没　勇太郎　六十五歳

と、刻まれている。これは、勇太郎とその両親の墓である。

中央の大きな墓には、

大法院宗修日行信士
　大乗院妙行日修信女

の二行が刻まれている。この墓の側面に、法　大正三年二月二十七日亡となっているので、大法院宗修日行信士は、天保十二年六月十三日に生まれた、母の祖父である羽仏藤造であることがわかる。これが、つまりは二足草鞋である。大乗院妙行日修信女は昭和三年九月十六日亡となっていて、これは、私のところの過去帳にある、母の祖母であるところの羽仏ヱイと合致する。彼女は嘉永四年二月一日の生まれであり、母方の唯一の傑物であったと知られている、おヱイおばあさんである。

右側に、ぐんと小さくなった一基の墓がある。

紅顔院妙裏日艶信女　明治三十二年八月三十日没

と刻まれているが、これが誰の墓であるかわからない。しかし、うすうすは感づいていたと言っても、この戒名を見るとき、私は慄然たらざるをえないのである。いったい、どこの誰が、紅顔院とか妙裏とか日艶というような、色っぽいとしか言いようのない戒名をつけるだろうか。

この紅顔院妙裏日艶信女の墓から手前に折れるようにして、三基の墓が建っている。このほうは、もっと小さい。辛うじて読めるだけの文字を拾ってみると、こうなっている。

妙超信女　明治二十八年八月二十三日亡

快楽恒然信士　明治二十七年二月□□亡

貞純信女　明治二十八年八月十九日亡

妙法妙相信女

これだけが二基の墓に刻まれていて、あとの一基の文字は全く読みとることができない。

しかし、快楽恒然信士とは何事であろうか。私は、流行語で言うならば、洒落が強《きつ》すぎるというように思った。

四字名前の戒名は、無宿者とか行き倒れの人につけるものだと聞いている。

ここからは、私の勝手な推測になるのだけれど、紅顔院妙裏日艶信女というのは、功績のあった御職女郎か、あるいは女中頭のような人であり、快楽恒然信士は、番頭か出入りの幇間か妓夫太郎であり、妙超信女、貞純信女、妙法妙相信女というのも女郎であったと思われる。これは想像であるのに過ぎないが、当らずといえども遠からずという気がしている。また、ここに葬られるかぎりは、故郷や縁者のない人たちであったのだろう。

これは、ずっと後になって判明したのであるが、遊廓のなかの人たちは、ほとんどが跡が絶えてしまっている。それを土地の人たちは祟《たた》りだと言っているが、私たちだけが跡がはっきりとしているのは、このように使用人を手厚く葬ったためだという。女郎が死ねば、夜、どこかへ捨てにゆくというのが普通であって、墓を建てるようなことはなかった。曾祖母の羽仏ヱイは、唯一例外のそういう人物だった。

この墓地は、妙栄寺の小高い所にあるのであるが、これとは別に、墓地に入る右手前の、いわば一等地に、もうひとつの七基か八基の墓の群がある。羽仏本家、羽布津（以前は羽布津であったという説がある）、松坂屋という大きな文字が見え、これらの墓は、もっと大きく、もっと立派である。私は、ここでも、主だったものを手帳に書き写してきた。

松坂屋　慶応二年十月十日建
仙寿院妙永日交信女
長寿院快楽日仙信士
芙蓉院妙粧日寿信士
智勇院崇建日徳信士　嘉永二酉四月八日亡
智徳院妙健日勇信女　明治七年十月二十一日亡

などがそれである。このうち、松坂屋というのは藤松以前の屋号であったのだろう。松坂屋仙造という男が、例の『天保水滸伝』の喧嘩で飯岡助五郎方に加わっていて、映画で中村錦之助が演じたことがあると聞いているが、これが、曾祖父の羽仏藤造の父の四代目専蔵であるか、その父の三代目専蔵であるかは、ほぼ間違いのないところである。飯岡助五郎は、横須賀に近い村の出身で、はじめは浦賀の蜆売《しじみう》りであった。彼が飯岡で勢いを得たのは、たびたびの水難で漁師がほとんど全滅した際に、横須賀の若い者を引き連れていってこれを救ったからである。飯岡には、助五郎の功績を讃える大きな碑が建っている。

私は、これらの戒名は、当時としては、またその稼業の者としては実に立派なものだと思っている。それにしても、またしても、長寿院快楽であり、芙蓉院妙粧である。何か少し、ふざけているような気味あいがなくもない。智勇院崇建日徳信士などは、いかにも勇み肌の感じがするのであるが……。

うすうす感づいてはいたのであるが、それが何時ごろからのことであるのか、どの程度に知っていたのか、誰に教えてもらったのかということになると、私自身、はなはだ漠然としているのである。

こういうことは、他人に理解してもらうのが困難な事柄に属すると思う。いつでも、暗黙の諒解とでも言うような空気が支配していた。知られるようになったら知られてもいい、知りたくなければ知らないほうがいいとでもいったような……。

ともかく、母は私にそのことを言わなかった。私も母に訊いたことはなかった。母が何かを隠しているという感じはわかっていた。訊くことは怖しいという感じがあった。訊くべきではないとも思っていた。ある時期まで、それは私にとってどうでもいいことであった。出生の秘密を探って、それが現在の私にとって何になるのだろうか。

母の死後、私は推測をふくめて、その周辺のことを何度か書いてきてはいる。それは、推測の域を出ないのであって、間違いが多いのである。あるときは、母を、単に、横須賀の資産家の娘と書いた。私が初めて書いた小説ではそうなっている。私は、実際には、何も知らないのと同じことだった。近い親類の者でも、私よりもっと何も知らない人間が多いはずである。

母は昔話をするのが嫌いだった。そうして、そういう性格であったとしても、そろそろ昔のことを懐かしんでもいいような年齢に達する前に死んでしまった。私からするならば、お母さん、もういいじゃないか、別にどうってことはないのだから本当のことを教えてくれよと言うべき機会を失ってしまったことになる。

たとえば、浦賀にある菩提寺に法事に行くときに、有名な料亭である小松の前を自動車で通るとき、母は、まあ懐かしいわと言ったりしたことはあるのである。すると、私は、では母方の家は、小松と同じような料亭であったのかと考えてしまう。小松も、家のなかで凧のあげられるような大きな店である。あるいは、小松の近くに住んでいたのかと思ってしまう。かりにそれが女郎屋であったとしても、それでは小松から仕出しをとっていたのかと思ったりしてしまう。いずれのときでも、母に直接に質《ただ》すのは何か憚られた。父も母も、何も言わないのだから。

かりに、私が隠し子であったとして、親にそのことを訊くことは憚られるだろう。こういう神経は当人でなければわからないはずである。

私には、知りたいという気持と、知りたくないという気持が常に交互していた。

28

私は母のことを知りたいと思うようになった。約一年前からのことである。それも、何か、おそるおそるという感じで、そう思った。本当のことを知りたい。同時に、母のことを書いてみたいと思うようになった。

私は、いつかは母のことを書かねばならぬとは思っていた。出版社の人の何人かに勧められたし、友人に、きみはどうしてお母さんのことを書かないのかと、叱られるような調子で言われることが何度かあった。

いつでも、私は、生返辞をしていた。……そうは思っているのですがと胸のうちで呟きながら。

その思いが次第に強くなり、止みがたい感情にまでふくれあがっていった。そのなかには、母のような女がいたことを世の中の人に知ってもらいたいという気持があった。

同時に、やはり、母が秘していたことを私が知ったところでそれが何になるという気持もあった。いったい、それでどうなるのだろうという一種の不安感もあった。

母のことを知る機会は、これまでにも何度かあったのである。

十五年ほど前、あなたの母上のことを何でも教えてあげますという手紙を呉れた人がいた。牛込に住んでいるマッサージ師で、七十歳に近い年齢だった。戦前までは横須賀市に住んでいたという。

そのときも、何か、私は、躊躇《ためら》っていた。知りたいという気持と知りたくないという気持があり、他人の口からそれを聞かされるのは厭だという説明の困難な感情もあった。そのときは、私は会社勤めもあって、多忙をきわめていた。小説家という、思ってもみなかった世界に飛びこんでしまって戸惑ってもいた。

そうこうするうちに、時は流れていった。同じ時期に、似たような趣旨のハガキも貰っている。それがどういう人であったかも忘れてしまった。二通の手紙は、大事にしてしまっておいたつもりなのだが、いま、どこを探しても見当らない。

私は、次第に、母を知ることは自分を知ることだという思いが強くなっていった。これは、決して、必ずしも、母の秘密を発《あば》くことではないと思った。いつかは、どうしたって、やらなければならないことだった。

私には、母のような女が、どういう筋道でもって出来あがっていったかということにも興味があった。

また、私はどうやって生まれたのかということを知りたいとも思った。父と母との恋愛は、どんなふうなものであったのだろうか。

祖母が言っていた、柏木田の出とか柏木田の女というのは、どういうことなのだろうか。母の負い目は、実際は何だったのだろうか。それで、どうやって、ああいう、さっぱりとした、陽気で物事に拘泥しない女になっていったのだろうか。母が多くの人たちに慕われたのはなぜだろうか。そのモトは何なのだろうか。

それは、結局は、私が自分を知ることの手懸りにならないだろうか。

いや、それよりも、私は、母の生まれた家が見たかった。母の生まれた場所に自分の足で立ってみたかった。それもまた、ひとつの止みがたい感情だった。

29

「そんなことを調べて、どうするんです」

と、彼は言った。

彼は、私の遠縁では長老格に当る男である。曾祖母の従弟の子だと聞いていた。いまは横浜に住んでいる。むかし、小説を書いていたことがあって、私は、はじめに、そういうところから当ってみることにした。

「そんなことがわかったとして、それが何になるんです」

私は、小説が書きたいのだと言った。

「知らなくてもいいことをほじくりだして、それを書いて、金儲けをしようっていうんですか」

彼は、二年前に、胃潰瘍の手術をしていた。急に痩せてきて、人相が変ってしまったことを知った。

「父を斬り、母を斬り……」

そんなことを呟くようにしていった。私は、初めて書いた小説で、父を罵倒していた。こんな奴は人間ではないと書いた。その頃、勤務先の部長から、山口くんもいいけれど、お父さんの悪口を書くことだけは止めてくれないか、と言われたことがある。

「父をぶった斬り、こんどはお母さんを斬ろうっていうんですか。……それで、最後には、自分は切腹する気なんですか」

彼は、ビールの小瓶一本が定量になっていると言っていた。そのあと、冷や酒を飲むといけない、冷や酒はうまいからいけないと言った。

「柏木田っていう地名は、いまはないんですよ。……さあ、あれは佐野町になるのか、不入斗町になるのか、それとも上町の三丁目あたりになるのか。なにしろ、あのへんは入り組んでいるからね。俺にもわからない」

彼は、ビールが無くなると冷蔵庫からワンカップ大関を持ってきた。

「柏木田っていうのは、吉原みたいなもんでね……。だから、その地名が残っていると、まずいんだね。たぶん、そうだと思うよ。はじめはね、遊廓は大滝町にあったんだ。……大滝町っていうのは、京浜急行の横須賀中央という駅に近いあたりで、まあ、一番の繁華街だよ。市役所や郵便局や、ああそうだ、さいか屋っていうデパートがあるだろう、あの近所なんだ。むかしは、そこらあたりまでが海だったんだよ。その海岸に遊廓が出来たんだ。……それが、たしか、明治二十年頃の大火で全焼するんだよ。ああ、遊廓全部が焼けてしまったんだ。藤松……？　藤松って言ったね、それも、むろん、焼けちゃった」

彼は、ゆっくりとワンカップ大関を飲んでいた。

「これだと、量がはっきりするからね。これが一番いい。……で、遊廓全体が移転することになったんだ。だから、海岸の村だった大滝町もかなり賑やかになってきたんだろう。そこじゃ、まずいんだろう。住民運動があったのかもしれない。まあ、吉原田圃と同じことさ。……柏木田っていう地名も、いかにもそんな感じがするだろう。山をきりひらいた新開地で、ほんとに田圃だったんだね。移転のときに問題があってね、ええ、汚職ですよ。つまり、柏木田に移転するっていうニュースを聞きこんだ役人が田圃を買い占めたんだ。これは、まあ、関係ないか」

彼は立ちあがって、二本目の酒を持ってきた。

「それで、その藤松だけれど、一年間のブランクがあって、柏木田へ移ったんだね。大きな家だった。柏木田には大門があってね、ああ、ちゃんと大門があるんだ。それに、見返りの柳もある。柳の木はいまでもあると思うよ。それで藤松は、大門を入って、すぐ右手、つまり、一番端なんだ。これがいけなかったんだね。なぜって、そういうもんじゃないか、遊廓なんていうのは。入ってすぐのところはよくありませんよ。きみの行く銀座の酒場だってそうじゃないか。表通りの一階なんていうのは駄目だ。地下一階とか、あるいは二階とかね……。それにね、大門を入って右手に交番があってね、ほら、海軍の軍人が多いから、喧嘩になるんだ。不入斗の練兵場に陸軍もいたからね。海軍と陸軍で喧嘩になる。だから、始終、憲兵がうろうろしている。で、交番があって、その隣というか裏というか、ここに藤松がある。こりゃあいけませんよ、はあはあはっ……」

すこし呂律《ろれつ》があやしくなってきたようだ。

「それで左前になっちゃった。もっともね、本当はそうじゃないんだ。第一の原因はね、安浦のほうにね、知っているだろう、海岸寄りのほうに、岡場所っていうか、チャブ屋っていうのか……銘酒屋かな、とにかく安く遊ばせるところが出来たんだ。藤松のほうは、なにしろ政府公認の遊廓だからね、そう安くはない。客を取られちまったんだね。それに、何といっても、軍港から遠いんだ。平坂っていう坂を越えなくちゃいけないからね。ああ、軍人だって、自動車に乗らないで歩いてゆくんだ。駈けてゆくんだろう。……遠いのよ。いま鳴る時計はナントカで、それに遅れりゃ重営倉って歌があるだろう。遠いのはまずいんだな」

彼の体が揺れてきた。大酒呑みで、むかしは倒れるまで飲み続けた。いまは、これでも、彼なりに要慎《ようじん》しているのだろう。

「震災？　まあ、震災で駄目になったって、誰でも言いたがるもんなんだよ。藤松は、軒が傾いたけれど、それほどの被害は受けなかった。震災の少し前から、いけなくなっていたんだね。それっていうのが、私の祖父の従姉のおヱイおばあさんね、きみの曾祖母か、この人が、商売が下手っていうか、やる気がなかったのね。その話は、いつかしてやるよ。とにかく偉い人でね、俺なんか怖かった。震災がなくても潰れていたと思うよ」

私がこれ以上ここにいると、彼の健康のためによくないと思われた。

「きみのお母さん？　え？　もちろん、藤松のその家で生まれたんだよ。柏木田のね。……そこで生まれて、そこで育ったんだ。……いや、別の場所じゃない。シイちゃんは、そこで生まれて、遊廓のなかで育ったんだ。俺、会ったことがあるもの」

私は、母は藤松で生まれたにしても、違う町で育って娘になったのだと思っていた。そう思いたがっていた。金がないわけではない。兄の丑太郎と一緒に別の町で、女中をつけて暮していたと考えたかった。

「だけどね、県立横須賀高女へ行ったろう。そのときは寄留したんだ。なぜってね、柏木田の人は高等教育は受けられなかったんだ。まあ、差別だね。そういう差別があったんだ。だから、誰でも、義務教育だけ。それで寄留するんだけれど、きみの言う別の町内っていうのは、その寄留先のことなんじゃないかね。シイちゃんは藤松にいましたよ、ちゃんと……」

私に、母が『吉原雀』を歌っているときの顔が浮かんできた。私は礼を言って、腰をあげた。彼の酒が三本になるのでは困る。

「……ああ、それからね、あんたのお母さんは鶴久保小学校じゃなくて豊島小学校だよ。みんな鶴久保なんだけれど、シイちゃんだけは豊島なんだ。……いいかい、間違えないようにね……」

30

横須賀市役所へ戸籍抄本を貰いにいった。梅雨に入ったばかりの暑い日だった。ところが、私の父母、祖父母、曾祖母というように、縦の関係ならば、原簿があるかぎりどこまでも写しを貰えるのであるが、横の関係となると、伯父の丑太郎、母の従弟の勇太郎の戸籍などは私には貰えないのである。丑太郎や勇太郎のことは、だいたいのところはわかっている。問題は岡泉であり小久保文司であり小久保ハルだった。この法律は一昨年の十二月に改正になったのだという。

多分、不動産の売買や縁談の際に悪用される怖れがあるからなのだろう。私は、わけを話して、そこから法務省に問合わせてもらったりしたのであるが、願いは叶えられなかった。閲覧も許されない。

係りの人の持っている戸籍抄本の束のなかに、小久保文司という名が見えていた。たしかに、彼は、横須賀の人間だった。彼は身寄りのない男である。養女にも死なれている。従って、もはや、彼の戸籍を見ることのできる人はいないのである。戸籍自体が宙に浮いてしまっていて、意味をなさない。私の調査は、いきなり、一頓挫をきたしたことになる。

私は、市役所の最上階にある資料室にあがっていった。

そこで、柏木田遊廓に関する資料は、横須賀警察署史発行委員会の編集による『創立百年記念・横須賀警察署史』だけしかないことを教えられた。さいわいなことに、これは、昭和五十二年の発行になっている。

私は、資料室長に、柏木田遊廓に精しい人を紹介してもらうことにした。室長は、その場で電話を掛けてくれた。私は柏木田の近くに住む有力者（顔役）という意味の依頼をしたのだった。

会ってくれるということだった。時計を見ると午後一時半である。私は、三時に伺うと言った。室長は、また、その電話で、三時ですと言った。

市役所のすぐ前にある警察署へ行った。署長が休暇をとっていて、代理の人に会った。発行されて間のない『横須賀警察署史』を売ってもらうのに、かなり手間どった。それは、限定出版になっていて、残部が少なくなっていたためだろう。代理の人が、自宅にいる署長に電話を掛けたりもしていた。

私が、資料室長に紹介された有力者の家に到着したのは午後三時であって、二分か三分ぐらいは遅れたかもしれない。室長の書いてくれた地図を頼りに行ってみると、それは県道に面した酒屋だった。

「……ごめんください」

私は出てきた細君らしい五十がらみの女性に、市役所で紹介のあった男であると名告《なの》り、名刺を差しだした。

その女性は、戸惑ったような顔をしたが、うつむいて、

「駄目なんです」

と、言った。

意外なことが起こった。私には、わけがわからない。

「さっき、市役所のほうで電話をしてもらって、三時というお約束で伺った者なんですが」

「……」

「いらっしゃらないんですか」

「いることはいるんですけれど……」

「どうかされたんですか」

「あのう、急にお腹が痛いって言いだしまして」

店の奥の障子に人影が見えた。その人は奥へ消えていった。

「お目にかかれませんか」

「寝ているんです。会えないって言っていました」

おかしいと思った。何だか変だった。

「では、今日でなくてもいいんです。また出直してきますから……。何日という約束をしていただけないでしょうか」

「駄目だって言っていました。そういう人には会えないって……」

「柏木田遊廓というのはどのへんにあったのでしょうか」

「さあ、私は嫁に来た者で、このへんのことは何も知らないんです」

「決してあやしい者ではないんです。私の母は、柏木田の藤松という店で生まれたんです。私はその息子です。母のことを知っている人に会いたいと思ってやってきたんです。ただそれだけのことなんです。五分でも十分でも、お話をうかがえないでしょうか」

「……」

「柏木田の場所だけでも教えてください。この近くなんでしょう」

その女性は、もう何も言わないようになった。一人の客に品物を渡し、勘定を受けとると、

「うちでは何もわかりませんから」

と言いながら、奥へ引込んでしまった。

私は薄気味の悪いものを感じた。何か不気味である。急に疲れを感じた。私の家からだと、ここまで、電車を乗りついで、三時間近くを要するのである。暑さが余計にひどくなってきた

ように思われた。

私は迂闊《うかつ》だった。

母が遊廓の出身者だとするならば、もし、母のことを調べるときがきても、その取材は容易だと思っていた。油断をしていた。

いま、四十歳以上の人で、吉原の名を知らない人はいないだろう。全国的に、誰もが名前だけは知っているはずである。

地方都市でも、その町の遊廓のあった場所と名は誰でもが知っている。その意味では、有名区域である。また、そこで遊んだ人の数は、数えきれないくらいに多いのである。だから、懐かしそうに話してくれるものとばかり思いこんでいた。ことによったら、藤松の間取りまで知っていて、女郎の名も憶えているような人がいるに違いないと思いこんでいた。まして、丑太郎にしても母にしてもその他の遠縁の者にしても、際立った美男美女なのである。どうしたって目立ってしまうような人たちである。

それと、遊廓であるかぎりは、文献が多いはずだと思っていた。それは、ひとつの文化である。研究者の数は多いにきまっている。犯罪その他、新聞種になることが多い。新聞でも、その方面の雑誌でも、ほかのことと違って、簡単に資料が入手できると思っていた。警察へ行けば、事件の詳細がわかり、そこで藤松の名が発見できるだろうと思っていた。私は母のことも知りたかったが、傑物と言われる母の祖母のヱイのことも知りたいと思っていたのである。

しかし、よく考えてみると、柏木田で遊んだのは、よその土地の人間である。海軍の軍人、陸軍の軍人、あるいは、港町であるから遠洋航海の船員たちが主だった客であり、これらの人たちは余所者《よそもの》である。

もちろん、この土地の人で柏木田で遊んだ人たちも多いに違いないが、その人たちは、自分の若いときのバカを話したがらない。まして、自分とは関係のない私に、そんなことを話す人はいない。

さらに、柏木田は、軍港の政府公認の遊廓であったとしても、言ってみれば、田圃のなかの草深い田舎町である。文献があるとか、研究者がいるに違いないと思ったのは、私の早計だった。

もうひとつ、どうやら、当時、横須賀市で発行されていた新聞の日刊紙はないようなのである。横須賀市は、田舎町とは言っても、それくらいに横浜と東京に近かったのである。かりに、日刊紙が発行されていたとしても、その入手は、ほとんど絶望的である。げんに、資料室長は、柏木田に関する資料は、『横須賀警察署史』しかないと言ったのである。

母を知っている人たち、母の親の同業者たち、この人たちも何も話をしてはくれないだろう。

ちょうど、母が私に何も話してはくれなかったのと同じように……。

私は、いきなり、壁に突き当ったように思った。

31

横須賀市内でもっとも古く、しかも公然と認められた遊廓は柏木田であった。明治二十一年十二月ころ大滝町（現在の三笠通り）の豊川稲荷付近に大火があって遊廓が消失したため、明治二十二年六月ごろ柏木田に移転したものである。

当時、この地域は柏木田という田圃であったが、平坂を上る途中に、横須賀刑務所があって、その服役者を使用し、付近の山を切り崩し柏木田田圃を埋立てたところから柏木田と名づけられたという。

開所当時は柏木田に十七軒建てられ営業していた。

『横須賀警察署史』に記載されているのは、この程度に過ぎなかった。

同書には、「特殊風俗業態（柏木田カフエー街）分布図」という地図が載せられているが、どうやらこれは戦後のものであるらしく、リリー、菊美、バージン、大玉、花月、大美、末広、福住、入船、福助などという、それらしき名が散見されるだけである。
もう少し、同書から関係記事を拾ってみることにする。

柏木田は、明治の初年からの遊廓だった。銘酒屋の由来は、娼妓が男客に酒を飲ませてもてなし、密かに売淫させるのに対し、遊廓は当時の政府が正式に認めた公娼制度であった。従って、警察署においても半ば公然と認めているものの、銘酒屋に対しての目は厳しく、
○、建物は四十五坪以内とする。
○、娼妓は一軒について四名以内とする。
○、部屋数は四部屋以内とする。
○、直接に娼妓が目に触れないよう、店前を板塀で囲いをする。
などの制限をした。
娼妓については、
○、年齢は、十八歳以上であること。
○、娼妓は、軒下から道路に出てはならない。
○、娼妓の芸名、本籍、氏名、年齢、親の承諾書を添えて警察署に届出て登録すること。

などとなっていた。しかし、公娼制度であった遊廓については、建物の広さや娼妓の雇用数などは制限がなかったようである。

遊廓には、普通部屋と本部屋との区別があった。普通部屋とは、娼妓が男客を相手に遊ぶだけの部屋、本部屋とはタンス・茶ダンス・鏡台・火鉢などがおいてあって、いかにも家庭的な雰囲気に創造された部屋であった。

娼妓は秋田県、青森県、山形県、福島県などの東北地方や千葉県、埼玉県、茨城県、長野県などの農家出身者が多かった。父親が酒におぼれ生業につかずぶらぶらしているための借金、あるいは農作物の不作続きなどによる貧農などの理由で、借金を返済するためのいわゆる身売りであって、これらの娼妓達の殆んどは、生計の尊い「ギセイ者」だったのである。そして、五年で二百円の年期奉公という制度のもとに恥ずかしい労働を強いられたのであった。

借金の返済は、四分六分制の形で行われ、玉代については後に説明するが、六割を銘酒屋、遊廓の経営者が、四割は娼妓のもとに戻る仕組であって、この制度は現在の密売春の間にも残っている。

横須賀市内における銘酒屋、遊廓の状況は、

安浦町三丁目の銘酒屋　八十八軒

皆ヶ作銘酒屋　四十五軒

柏木田の遊廓　　十七軒

であった。

（中略）

銘酒屋、遊廓に対する地域住民の反響は、一般的には良好だったと言えよう。その理由は、各地域ごとに点在していた銘酒屋等が一定の地域にまとまったこと、徴税の対象がはっきり摑めたこと、風紀問題や風俗犯罪について重点的に警察取り締まりが行われる。更に往来路が頻繁となるので町の将来の発展性にもつながるなどの理由によるものであった。

娼妓の生活

(一) 玉代

男客が娼妓の相手になって、遊興飲食し、または性交する料金を、この社会では玉代と言っている。大正十二年当時の銘酒屋の玉代は、

遊び　五十銭
時間　一円
泊り　二円から三円

であった。玉とは「あの妓はよい玉」と言うように、妓のことを意味するもので、当時米一升の値段は四十銭だった。その後、物価の変動に伴ってあがり昭和十五年ごろには泊り五

円で、柏木田は公娼制度の関係もあって安浦、皆ヶ作の銘酒屋に比べて高かった。

㈡　つとめ

うす暗くなる夕方から、深夜午前二時ころまでであった。夜の長い冬と短い夏とは、多少の開きがあった。当初は、格子越しに表に向って椅子に腰かけて坐り、客の来るのを待っていたが、坐る順番などもあって、一ヵ月の稼ぎ高により多い者の順に上席に坐ることになっていた。

この制度は、特に遊廓において厳しく守られていたようであるが、馴染みの客などが来たときは別に配慮されていたようである。

㈢　請願巡査

大正十二年ころまで、柏木田遊廓大門右側に横須賀警察署が管轄した柏木田交番があった。この交番に勤務する警察官は、請願巡査であって、柏木田遊廓の座敷組合が月給を支払っていたという。その任務は、娼妓に遊廓から逃げられたり、無断外出されないよう監視するなどを主たる仕事とする内容であった。民主警察が徹底している現在では、全く想像もできないことである。

㈣　外出

柏木田遊廓の娼妓達の外出については、厳しい制約があった。

外出するときは、遊廓における娼妓の世話役にあたる「おばさん」が監視役としてつき、必ず交番に届出て、木札の許可証を貰って外出した。外出の状況については、交番で把握されていた。また、稼ぎ高の多かった娼妓は、見栄を張るものもあって、柏木田遊廓街を僅か五十メートル歩くのに、人力車を利用する妓もあったという。

㈤　恋

娼妓は、客に貞操を売っても、客に恋することは禁止され、経営者などからもそのように強くしつけられていた。

その理由は、借金返済のための身売りであるということから、自由を束縛されたことによるものであった。このため、恋する人と一緒になれず、失恋のすえ思い余って服毒自殺した妓もあったと言われている。

32

市役所の資料室長に聞いて、だいたいの場所の見当はついていた。ただし、彼も、それが不入斗町一丁目になるのか、佐野町二丁目になるのか、上町三丁目になるのか、はっきりとは言わなかった。そのどれかであるには違いない。彼は地図を指さして、だいたい、このへんですと言った。

もうひとつの目当は鶴久保小学校だった。母も丑太郎も小久保ハルも、ときどき、鶴久保小学校の名を口にしていた。

「へぇえ、静子さんは、鶴久保でなくて豊島なの……」

といったようなことである。鶴久保小学校の名は、私の耳に馴染んでいた。

ずっと以前、銀座の酒場に若い外国人女性が勤めていて、横須賀線で通っていると言ったことがある。彼女は日本語しか話せない。いわゆる占領下の落しダネという女性である。

「それで、どこまで帰るの?」

「衣笠……。京浜急行なら横須賀中央」

「じゃ、横須賀だね。横須賀のどこ?」

「鶴久保小学校のそば……」

私は、なんだか滑稽な感じがして、グラスを落としそうになった。その程度には知っていたのである。彼女のほうも、私が吹きだしてしまったので驚いていた。

私が、勇太郎の七回忌で初めて妙栄寺へ行ったときは、横須賀駅でタクシーに乗って、鶴久保小学校まで行ってくださいと言った。そこを左折するのであるが、そのあたりで聞けばわかると教えられていたのである。

私は、鶴久保小学校の前の歩道橋の手前でタクシーを降りて、角の文房具屋で妙栄寺の所在を尋ねたのであるが、そのとき、柳の木を見たような記憶があったのである。写真館があって、その横に、大きな柳の木があった。あれが見返り柳ではなかろうか。

それならば、なぜ、七回忌のときに妙栄寺の住職に訊いてみないのかと言われるかもしれない。このへんが、他人には理解のゆかぬところだろうと思う。

「柏木田遊廓というのは、どの辺ですか」

私は、そう訊くことをよくしないのである。法事の席だから、子供もいるし、高校生もいる。それよりも、そのことを知っていて秘している親類の者がいるかもしれない。私のように、うすうすは感づいていても、それを認めたくない気持の強い人もいるに違いない。わざわざ、そのことを掘りおこす必要はあるまい、頬かぶりをしよう、口を拭っておこうと思っているかもしれない。そうして、大多数の人は、本当に、何も知らないのである。せいぜいが、うちの先祖は、『天保水滸伝』で笹川方に殴りこみをかけたヤクザだったという程度で、それをやや誇らしげに思っているのかもしれない。

人は、また、では、なぜ、柏木田の有力者であったという酒屋の主人を訪ねたときに、その足で妙栄寺へ廻らなかったのかと思うだろう。このへんのことになると、さらに微妙になる。

私は、できるならば、母のことは、他人の手を借りずに、自分で調べてみたいと思っていた。それに、そのときは、ひどく疲れてもいた。

その日も、暑かった。家を十一時に出て、午後の二時過ぎに着いたのだから、いちばん暑いときを選んでしまったことになる。

私は、勇太郎の法事のときと同じように、鶴久保小学校のそばの歩道橋の手前でタクシーを降りた。角に文房具屋があり、その隣にソバ屋があった。私は、小学校があるんだから文房具屋があるんだなと思いながら、そこを左に曲った。文房具屋の裏に土蔵があり、道の右側に大きな柳の木があった。記憶に誤りがなかった。樹齢百年は越えていると思われた。一抱えでは無理だろうと思われるくらいに幹が太い。

それが見返り柳だとするならば、柏木田遊廓は、すぐそのあたりであるに違いない。しかし、私は、いきなりはそこへ行かずに、歩道橋にあがってみた。柳は、歩道橋のもっとも高いところよりもさらに高く、濃い緑の葉を垂らしていた。そこからは柏木田は見えなかった。

私は歩道橋を降り、柳を右に見て、ゆっくりと歩いていった。柳の木の横に写真館があり、その先きがマーケットになっている。そこが、柏木田カフエー街分布図にあるカフエー組合事務所の位置だろうと思いながら左に目を転じたとき、忽然として柏木田遊廓が出現したのである。

私は角の文房具屋から、ものの二十メートルほどしか歩いていない。ということは、横須賀駅から中央繁華街を通り、平坂を抜け、衣笠駅に達するところの、おそらくは県道だと思われる横須賀での最も広い、最も重要な道路のすぐ脇だということになる。

その県道に、家二軒分を置いて並行するところの大通りが私の眼前に出現したのだった。文房具屋からマーケットに達する二十メートルばかりの道は、自動車一台がやっと通れるくらいの細い道路である。しかし、いま、私の目の前にある通りは、ひとめ、幅員十七、八メートルはあると思われた。両側に自動車が駐車していて、その自動車と自動車との間隔が、優に十メートルはあると思われた。私はそこを横に歩いてみた。私の歩幅でもって十九歩だった。

私は、前方に目を転じた。その異常に広い道路は、これも、ひとめ、百七、八十メートルで終っている。私は、また、ゆっくりと歩いていった。マーケットから、広い道の終るところまで、三百十五歩だった。私が道の真中をゆっくりと歩くことができたのは、自動車がまったく通らないからである。まれにこの道に入ってくる自動車は、すべて、駐車するためのものであった。ここは、自動車が走ることのない、ほとんど通り抜けるのが不可能にちかい、異常に広い道だった。

そうして、その道の終りに、倒れかかっているコンクリート製の二本の柱を発見した。高さは私の身長の一倍半であろうか。道幅が広いので門ではなくて塔のように見えるが、それが柏木田遊廓の大門だった。

私は、その大通りを何度も往復し、写真を撮った。福助ホテル、スナック大美、大坂屋不動産、アパート菊美といったような、いかにも関係のありそうな家を見たが、もはや、遊廓の面影は跡かたもない。藤松が震災で倒産したとしても、それから五十五年を経過しているのである。

私は、さきほどから、私のことをいぶかしそうな目で追っている青年がいることに気がついていた。何度目かの往復で目が合ったときに、青年が声をかけた。

「山口瞳さんじゃないですか……」

TVCFに出演してから、ときどき、こういうことがある。うるさい奴にみつかったと、一瞬、そう思ったが、思い直した。私は青年に近づいていった。

「そうですよ」

「なにをしているんですか」

妙なところを写真に収めているので、奇異に感じたのだろう。

私たちは、ソバ屋へ入って、サイダーを飲んだ。私は、わけを話した。

その青年を、かりに、S青年と呼ぶことにしよう。新婚そうそうで、まだ三十歳にはなっていないと言った。彼は郷土史に興味をもっているという。協力を約束してくれた。私は、後に、彼にどれだけ助けられたかわからない。幸運だった。

大門のあたりを撮影しているときに、見えなくなったS青年が戻ってきた。

「ここが藤松です」

彼は、藤松を、フジマッチュに近く発音した。県道に面した篠原写真館で聞いてきたと言った。篠原写真館の息子と彼とは、青年会での仲よしであるそうだ。

「この三軒分が藤松だそうです」

大門から数えて、ホンダオートバイの販売店、仕舞屋《しもたや》、江戸屋という染物店、この三軒分が藤松だということであった。私は、そこをまた歩いてみた。私の歩幅で、四十歩だった。間口十間というが、それよりも広く、だいたい、店の幅が、三十六メートルぐらいになるだろうか。

私は、ついに、やっと、藤松の、母が生まれて育った地点に立ったのだった。

そのときの私の気持は、すべての証拠をつきつけられ、現場検証の場に連れてこられた犯罪者だと言っていいような気がする。私は、うすうすは知っていた。次第にそれがまぎれようもない事実だと知らされてもきた。しかし、その期に及んでも、私には信じたくないような気持があった。

いまや、それは、どうすることもできない。私は、いま、母の生まれたその場所に立っているのだった。それは、間違いなく、柏木田遊廓の大門を入った右手のその場所だった。母は、ここで生まれ、ここで育ち、ここで少女になり、ここで娘になったのである。そうして、母は、五十六歳で死ぬまで、そのことを私には言わなかったのである。言わなかったばかりでなく、母は、ついに、その場所を訪れることはなかったのである。私は、いま、そこに立っていた。

遊廓のそばの写真館というのは、私の、ひとつの狙い目でもあった。女郎の顔写真を撮ったことがあるのではなかろうか。あるいは、母や丑太郎の写真の原板が残っているかもしれない。

篠原写真館は、見返り柳の脇にある写真館ではなかった。大門に近く、別のところにあった。出てきた主人は、藤松のことを知っていた。しかし、私の求めている写真はなかった。

「藤松に、羽仏静子というお転婆娘がいたことをご存じありませんか」

「静子さん？」

「シーちゃんと言っていたようです」

「さあ……。目の大きな娘さんがいらしたようですが」

「それなんですが」

「ううん……」

彼は考えこんでしまったが、思いだせないようだった。

店の奥から二枚の写真を持ってきた。それは、柏木田遊廓における葬式の写真だった。一枚は、棺をかついでいる人たちの写真だった。そのあとに長い列が続いている。火葬場に向って出発するところであるようだ。それが柏木田の大通りであって、背後に一軒の大きな廓が見える。もう一枚は、花輪の列であるが、これが万燈のような形になっている。鳶職が四人いて、二人が提灯を持っている。文字としては、右から、女中一同、椎名胤一、□□栄太郎、草川勇一、というのが辛うじて読みとれるだけである。

残っている写真はこれだけであるという。

「丑太郎というのをご存じありませんか」

「ああ、ウッちゃんね。野球のうまい人でした」

「そうです。そのウッちゃんです。ウッちゃんの妹が静子なんですが」

「さあ、わかりませんね」

丑太郎は、やはり、有名人だった。

「やっぱり、目の大きな人でした」

篠原写真館の主人は、また考えこむようにしていた。

「私の伯父になるのです」

主人は、俯《うつむ》いて、しきりに何かを思い出そうとしているように見える。ひどく無口な人であるようだ。

その彼が、急に、顔をあげて、私を指さして言った。

「ああ、そうだ、あんたにそっくりですよ。どうも変だと思っていた。……そういう顔ですよ、目が大きくて。そういう顔なんですよ」

主人は懐かしそうに私を直視した。

33

母はコーヒーが好きだった。

川崎にいたころ、その頃は珍しかったパーコレイターを持っていた。火にかけると、ぶくぶくと泡が出てきて、ガラスの蓋のところから色あいを見るという式のものである。いまは、もう、古道具屋でも見かけなくなったが、戦前では、その後、かなり流行したのではあるまいか。性能が良いとは思われなくて、母はよく失敗していた。母は子供にはコーヒーを飲ませなかったから、味はわからない。このパーコレイターと、父が洗面器でチーズを造ったのとが同じ時期であるように思われる。母のコーヒーと父のチーズとが、同じハイカラ趣味で照応しているような気がする。

母は、コーヒーの粉を噛んでいることがあった。そのくらいに、コーヒーが好きだった。

私は、六、七年前に、麻布に近い三田にアパートを借りた。初めのころは、週の半分をそこで過ごした。

近くのコーヒー豆の専門店へコーヒーを買いに行った。私には、母のようなコーヒー趣味はない。それで、ただ、コーヒーの粉を四百グラムくださいと言った。

主人は、紙袋にいれたものを持ってきて、笑いながら言った。

「これは、あなたのお母様のブレンドです」

主人は私のことを知っていた。母は、そこまでコーヒーを買いにきていたのである。それはブルーマウンテンとかキリマンジャロとかモカとかブラジルとかという、名の通った豆ではなかった。

「あんなにコーヒーの好きな人は、ほかには知りません。必ず、匂いを嗅いで、少し粉をつまんで、食べてみるのです」

「食べるのは知っていました」

「これはね、よほどの通じゃないと、こんなコーヒーは飲みません。しかも、決して高いものじゃないんです」

アパートの部屋へ帰って、そのコーヒーを淹《い》れて飲むと、かなり苦味の勝ったものであった。

それ以上のことは私にはわからない。

戦後に、また麻布に戻ったときの家は、二の橋と三の橋の間で、都電の通りに面していて、そこで電車が大きくカーブする角地にあったことを前に書いた。私の息子の正介はそこで生まれた。

深夜、必ず、屋台の支那ソバ屋がそこを通るのだけれど、そこが商売がしやすいようで、屋台をとめてしまうのである。

正介は、そのチャルメラの音をこわがった。どんなに熟睡していても、どんなに遠くから聞こえてきても、びくっと体を震わせて、それこそ、火のついたように泣きだすのである。いくら言い聞かせても無駄だった。

正介が一歳半ぐらいのときだった。深夜、母が私たちの部屋に入ってきた。チャルメラの音が遠くから聞こえてきていて、正介は、おびえて泣きだしていた。母も女房も、チャルメラのことをピロロと言っていた。

「ピロロなんて、ちっともこわくないんですよ。あれは、支那ソバ屋のおじさんが、笛を吹いているんですよ」

正介は泣きやまない。

すると、母は、正介を抱いて、寝間着のままで外へ出ていった。

母は、実際に、正介に屋台の支那ソバ屋を見せたのである。

「ほら、よく見てごらんなさい。このおじさんがこの笛を吹いているんですよ。このおじさんは、これで支那ソバを売って商売をしているんですよ」

まったく乱暴な母だと思った。正介は、母にしがみついて、それでも、屋台とおじさんを、しっかりと見たのである。

その翌日から、正介は泣かないようになった。チャルメラが聞こえてきても、眠ったままでいた。

「わたし、勉強になったわ。これが教育なのね」

女房は、また母に驚かされた。

やはり、その頃のことである。

近所の質屋は、どこも、母には、あまり金を貸さないようになった。母の交渉がうますぎるので、敬遠するようになったのかもしれない。母としても、近所ではみっともないという考えもあったのだろう。

大井町のほうで、よく貸してくれる質屋があるという話を聞いた。質屋は、貧乏な人たちの多い地域のほうが繁昌するのが当然で、そういう店のほうが品物を高く取ってくれるのである。

たとえば、日傭い労働者の多いところでは、長靴や鍋釜などを高く取ってくれる。長靴は商売に必要であり、鍋釜は翌日には請けだすにきまっているからである。

母は、大荷物をこしらえて大井町へ出かけていった。自分では持ちきれないので、女房がついていった。

大井町の教えられた質屋の前に立ったとき、母は、女房に、

「あなたはここで待っていなさい」

と言って質屋の暖簾《のれん》をくぐっていった。交渉をすませて、金を持ってきた母が、こう言った。

「荷物を持ってもらうのはいいけれど、質屋のなかへ連れていったんでは、あなたの実家のお母さんに申しわけありませんからね」

母は言葉に関しては非常にやかましかったと書いたが、そのとき書き忘れたことがある。ガとガ゚という鼻濁音の使いわけについては、ことのほか、うるさかった。

歌手が「ながさきの鐘は鳴る」と歌ったとすると、ラジオやテレビに向って大声を発して怒った。母からすると、歌手というのは、発音や発声についての規範となる人でなければならないという考えがあったようである。

母が、家の者に長唄を習わせたのはそのためである。長唄では、鼻濁音の使いわけが正しく

行われている。

日本には日本の言葉があり、日本の言葉には、アクセント、イントネーション、鼻濁音についての規範があるべきだというのが持論だった。それでいながら、母は方言を愛していた。鎌倉にいたときは、余所者や別荘の人たちよりも、土地の人と交際することを好んだ。漁師、仕事師、魚屋、八百屋、下駄屋などを呼んできて、麻雀をやったり花札で遊んだりした。母は、面白い言い廻しや、その土地の地口を聞くと、顔を赤くして笑いころげた。母は、あきらかに方言を愛していたし、勉強するふうさえあった。

私は、母のことをどんな女であるか一言で言えと言われるならば、私の解答は、次のことにつきるのである。

私は、この母を母としたい。そうして、うんと長生きをしてもらいたかった。

34

曾祖母ヱイの従弟の子にあたる老人から聞いた、明治二十年ごろの大滝町の大火というのも、ひとつの手懸りになった。遊廓が一軒残らず焼けた火事であるのだから、東京の新聞にも記事が出ているに違いない。

私は、朝日サービスセンターで、その記事を発見することができた。それは明治二十一年のことであって、十二月四日付の朝日新聞の一面に、それが出ていた。

●横須賀の火事。　昨日午前九時三十分横須賀大滝町洋酒店より出火忽ち燃上りて同町貸座敷大坂楼に移り見る〳〵四方に蔓りてさしも稠密なる人家及貸座敷総《すべ》て十九戸一切烏有に帰したり戸数幾百なるや未だ分らず原因も判然せずと同地より飛報ありたり。

たしかに、大火はあったのである。しかし、このなかに藤松の名を見ることはできなかった。貸座敷総て十九戸。このなかに藤松が含まれていることは間違いがない。

私は、母のことが知りたかった。自分の出生のことも知っておきたい。それと同時に、母の祖母のヱイのことも知りたかった。

私は、かねがね、ヱイが藤松を潰してしまったと考えていたのである。むろん、それは、空想上のことである。私は頭のなかで、彼女を美化していた。ヱイは傑物である。彼女は、ひそかに、家の滅亡を準備していたのではあるまいか。

女郎屋が繁昌するということは、それだけ客がつき、女郎が余計に働かされるということである。女郎がふえるのは、不幸な女性が増加することである。私の頭のなかの空想上のヱイは、それに耐えられる女ではなかった。ヱイは、どうやって自分の家を滅したのか。

大滝町の大火のことを調べているとき、たまたま、次のような記事を発見した。同じ朝日新聞であって、明治二十一年十月三十一日の日付になっているから、大火になる日の一ヵ月と少し以前ということになる。

●聞捨にならぬ一条。　横須賀大滝町の貸座敷何々楼の主は安達原の婆が手に育ちやしけん残忍苛酷の振舞ある最と烏滸の曲者なりとか噂に拠れば抱娼妓のお茶挽く者あればうぬ等の畜生のと面辱《まのあたりはづか》しめて三度の糧《かて》も碌に与へず昼の座敷も静なれば夜の労《つか》れも休めんと瞼《ひ》を合す間《ひま》もなく起よ〳〵と呼覚して古衣を解《と》かせ又洗《そそ》がせ果は煙草盆を掃除せよ我肩を按摩せよと召使同様に取扱ひ其酷《むご》たらしきこと目も当られず偶《たま》ま気に入《い》ぬことあれば即座に前借を返すか他へ住替へよと無理難題の末幾干《いくらか》の金をせしめ且娼妓の実印は出稼の最初より取揚て一切本人へは渡さず勘定書類には主が勝手に捺印《なついん》し又娼妓の親戚より手紙が届くとも主自儘《あるじじまま》に開封して其文言《もんごん》の大意だけを言伝へ決して本人に見せたことなく斯くて主の不法を彼是云《いへ》ば直《すぐ》に縛上て暗き部屋の片隅に繋《つな》ぐ等鬼よりも恐しき仕向けありとの事なり虐待も亦近来の流行《はやり》ものか。

ここには、具体的な店名、人名が出てこない。これは三面記事であって、だから、事件がなくて、埋草のようにして書かれたものだろうと思う。こういう噂があったのか、あるいは、店の名を出しては具合の悪いことがあったのかもしれない。

昔の新聞を調べることも、私にとっては怖しいことであった。何々楼が藤松ではないという証拠はないのである。

そうでなくても、遊廓は新聞社に狙われやすいのである。遊廓を攻撃しておけば新聞社の大義名分が立つのである。

私は、自分の母方の先祖の稼業が貸座敷であることを少しも恥としてはいない。問題は、経営者の女郎の扱い方にあるのである。もし、藤松が何々楼のようであったならば、私の空想は一挙に崩れてしまう。いかに先祖のことであっても、私はこれを恥としないわけにはいかない。藤松に関係する記事を調べているときに、私は、常に祈るような気持があった。いつでも、生唾をのみこむようにして頁を繰っていた。

35

羽仏ヱイは、私の曾祖母であり、母の祖母である。彼女は嘉永四年二月一日に生まれ、関東大震災の五年後の昭和三年九月十六日に死んだ。七十八歳である。

ヱイについての伝説がいくつか残っている。

ヱイが銀座の資生堂で食事をして二階から降りてくると、ボーイが駈けよって、御後室様、お手をどうぞと言って手を引いたという。それくらいに威厳があった。ボーイは、ヱイが何者であるかを知らなかった。そのときのヱイの態度には少しも悪びれるところがなかったという。

村雲尼公が藤松を訪ねたことがある。この尼僧は皇室の出であった。母が、うちの旅館（そのときはそう言った）には宮様が泊ったことがあると言ったのは、この人のことかもしれない。そのときのヱイの尼公に対する扱いが実に立派であったという。ヱイは被布を着て応対したが、言葉づかいに誤りがなかった。柏木田の人たちで、こんなことの出来る人はいなかった。

大明寺というのは、三浦半島の日蓮宗の総本山に当る寺であるが、この寺の僧正で、立正大学の総長になった人がヱイの気っ風に惚れこんでいた。常々、こんなに偉い人はないと語っていたという。

ヱイは、こういう人たちとの応対が出来たが、使用人や出入りの商人の扱いも見事だった。そのときは、彼女は伝法な口をきいた。

藤松が倒産して、裏長屋に住んでいたとき、放蕩者の丑太郎が自動車で帰ってくると、ヱイは飛びだしていって運転手に祝儀を渡したという。

ヱイは、父専蔵の養女であるが、この町の藤造という男を婿に貰った。藤造も遊廓の出であるかどうかを知らない。たぶんそうだろうという気がする。

藤造は相続人であるが、これも放蕩者であって、十五歳のときに家を飛びだして、全国各地で遊び暮していた。横根が出来ていたが、四国へ渡るとき、海中で自分で手術をしたという。彼が放浪生活から戻ってくると、妹に婿養子がきていた。つまり、藤造は余計者であり、態《てい》よく家を追い出されたのだろう。旅館や遊廓では、男には何ほどの値打ちもなかったのである。ヱイの婿になった藤造は、帳場に坐っても何の役にも立たぬ男で、依頼心ばかりが強く頼りにならない。

明治九年に長男豊太郎が生まれたが、これが、前に書いたように、廃人に近い男である。これでは、ヱイが店を切り廻すよりほかにない。

私は、また、ワンカップ大関の遠縁の老人を訪ねることになった。

「おヱイおばあさんが実力者であって、ずっと店をやっていたということは間違いがないんでしょう」

「まあ、そういうことになるね。しかし、カメさんに跡をつがせようという気はあったらしいね」

「豊太郎の妹ですね」

「そうそう。これが徳次郎を婿に貰ってね。二人に店をまかせようと思ったらしいね。そこで生まれたのが勇太郎さ」

「ちょっと待ってください……。そうすると、カメさんは、ずっと藤松にいたんですか」

「そうだよ。豊太郎があんな調子だからね」

「それは知らなかったなあ。……じゃあ、勇太郎は藤松の家で母と一緒に育ったんですね」

「そうですよ」

私は、勇太郎が、時に母の弟だと言い、時には従弟だと言った筋道が見えてきた。そう言うときの、勇太郎のニヤッと笑う顔を思いだした。おそらく、彼自身、ある年齢に達するまでは弟だと思いこんでいたのだろう。

私には、この唯一の頼りにしていた勇太郎が、自分の生家を遂に明かさなかった意味が見えてきた。

「で、カメさんはどうだったんですか」

「これが遊び好きで、派手好きで……」

「駄目ですか」

「まるで駄目だった……」

「徳次郎は？」

「頭が悪い。計算というものが出来ない。弟のほうが、ずっとよかった。ただし、弟は、阿漕《あこぎ》なことをずいぶんやったらしい」

「弟っていうと……？」

「なんだ、それも知らないのか」

「知りませんよ、誰も教えてくれないんですから」

「大玉楼だよ」

「え？」

「徳次郎の弟が大玉楼の跡をついで、徳次郎が藤松の婿養子になったんだ」

私は、しばらくは声が出なかった。漠然と、一族という言葉が浮かんできた。ヱイからすると、夫は放蕩者で、長男は廃人同様で、長女は遊び好きの派手好きで、婿養子は低能の役立たずで、孫の丑太郎は十五歳で情婦のいるような遊び人で……ということになる。丑太郎の妹

（私の母）は妻子ある男と駈落ちをしてしまった。……私は、頭が混乱してきた。

「大玉楼のほうは繁昌したんですか」

「そうなんだ。女郎屋っていうのは、女郎には飯を喰わせないっていうのが普通でね。台の物って知ってるかい」

「知っています」

「女郎は客の台の物を喰うんだね。だから、客のつかない女郎には何も食べさせない。客があってもね、酒一本に魚一匹なんていう客じゃあ、腹が減ってしょうがない。……この、女郎に喰わせないっていうのは、ひとつの仕来《しきた》りでね、大玉楼が特にいけないっていうんでもない」

私の頭に、朝日新聞の、何々楼の主は安達原の婆が手に育ちやしけん、という活字が浮かんで消えた。何々楼とは大玉楼のことではあるまいか。

「藤松のほうは……」

「俺だってまだ中学生になったばかりの頃だからね、現場を見たわけじゃないし……。だけど、おヱイさんは、三度三度、女郎にも家の者と同じ食事をさせたっていう話だね」

「そう思いたいな」

「それよりね、大玉楼のほうは、商売熱心というか、コマメでね。全国を歩いて、娘を買ってきたんだ。それに較べると、藤松のほうは、女郎の補充をしない。……だから、だんだんに、婆さんばっかりになっちゃった」

「銀座にもそういう酒場がありますよ。冬になると女給がセーターを着ているような」

「婆さんばっかりで、交番の裏じゃ、駄目だ」

「おヱイさんは、娘を買わなかったんですか」

「やっぱり全国を飛び廻らなくちゃね。新潟の女が色が白くてポチャポチャしていて、一番よかったって言っていたね。藤松は、藤造に豊太郎に徳次郎だろう。まるで駄目なんだ。藤造や徳次郎に金を渡してごらんなさいよ。それっきり帰ってこやしない。……たしかねえ、女郎の年期は六年で、二十五円で買ってくるっていう話だったけれど」

「藤松には村雲尼公が訪ねてきたことがあるって聞いたんだけれど……」

「そんな話を聞いたねえ。何か字を書いてもらったって……」

「そのとき、おヱイおばあさんは被布を着ちゃって、とても立派だったそうですよ」

「そうなんだ。……そうなんだけど、俺なんか遊びにゆくと、そのへんにある竹の箸を十本ぐらいチャチャッと洗ってね、コップにさかさに立てて、それを俺の前に置いて、さあ、おあがりって……。それから、土瓶のなかに箸をいれて、かきまわして、このお茶まだ出るよって……。そんなことをする人だったね。それは、俺、厭だったなあ。そういうゾンザイなところもある人だった」

そのとき、私は母の料理を思いだした。

36

明治二十一年十二月三日の大滝町の大火についでの手懸りは、大正十二年九月一日の関東大震災における関係記事である。

私には、まだ、この時になっても、藤松という名を活字で見たいという思いがあった。活字で見るまでは本当には信ずることができないという気持は、永年にわたる商売上の癖であるような気もする。

私は、横須賀市刊行会編纂による『横須賀市震災誌・附復興誌』という書物を見る機会があった。そのなかの、料亭、待合、芸妓屋、遊妓の項は、次のようになっている。

本市の重なる料亭、待合芸妓屋は主として繁華の中心たる大滝町若松町辺に散在せしを以て、之等両町の被害の中心地点たる以上殆ど全滅の悲運に遭遇したり、今其重なるものを摘記せば大滝町吾妻館、常盤楼、魚勝、開陽軒、明ぼのは軒を並べて全焼全滅し、田戸の老舗小松は火災を免れたるも、殆ど収拾すべからざる迄に倒潰し、独り田戸の埋立に当時新築せる万千楼は僅かに倒潰の危を免れたる位にして爾余の中厦小楼は、殆ど全滅に近し、待合は浜田屋、笹岡、千代田、香取、花本、蔦家、菊家、米浦、みど里、松よし、㐂楽、三河亭、翁等は全焼し、僅かに千歳、弥生外一二の焼失を免れたるものあるも其被害の程度に至りては、殆ど焼けたるに等し、芸妓屋に至りては、花屋、春柳、花本、春本、分大和、叶家、玉岡、高砂屋、月廼屋、鶴玉岡、大和家、二葉家、ふじ本、富見本、栄新花、成田家、菊よし、豊家、新千葉本、新若柳、新花家、新花月、新吾妻、新春柳、寿々本等殆ど全滅となり其損害の程度調査の手を尽し難し。

又本市唯一の遊廓たる柏木田は遠く上町にありたるの故を以て類焼の難を免れたるも、其職業の行態上家屋の構造大なるを以て何れも皆大小の損害を被らざるなく、就中、大美楼、蓬萊楼、吉叶楼、福住楼、角海老楼は全滅し、大坂楼、金村楼は半壊せり、大美楼は建坪三百六十坪損害見積二万円、蓬萊楼は百四十坪損害一万円、吉叶楼七十坪損害三千五十円、角海老楼は百五十坪損害一万円、福住楼百二十坪一万円、大坂楼一万円、金村楼一万五千円なりと云ふ、前述の如く当所は火災を免れたるも、多数の娼妓を擁し、而かも当日は健康診断日にして数百名の娼妓事務所に集合し、殆ど全部裸体となり居たる刹那此震動に遇ひ、アッと云ふ間に衣類を纏ふ隙もなく素裸体のまゝ前に手を充て逃げ狂ふ態、悲喜劇と云はんか気の毒と云はんか、地震ならでは見る能はざるの光景を出現したり。

又本市私娼窟たる観念寺も焦土と化したるが為めに玆に散在せし銘酒屋百余軒も全滅に帰し、流石に昼夜を分たぬ嫖客の往来跡を絶ち、後に安浦三丁目に其居を移すに至れり。（後略）

このなかで、大美楼は建坪三百六十坪損害見積二万円というところで驚かないわけにはいかなかった。大廈高楼が眼前にあらわれる思いがした。藤松は大美楼よりも小さいわけがない。

また、当時の二万円という金が巨額であることは誰にでもわかると思う。

藤松は、震災で倒産したのではないと言われている。そのまえから危くなっていたという。

震災では、軒が傾くという程度の被害であったという。しかし、明治の大火と大正の震災で、やはり、大きな被害を蒙ったのは間違いがない。

ここにも、活字での藤松はなかった。

37

何度も何度も柏木田へ行った。その回数は十回を越えている。

曇っている日はあったが、雨の日はなかった。暑い日ばかりだった。曇っている日も、高曇りで、蒸し暑かった。わずか百七、八十メートルという柏木田の大通りを何度往復したことだろうか。人は私のことを何だと思っただろうか。

いまとなっては、その印象は、ただ白茶けていて埃っぽいだけのもののように思われてくる。

「いったい、こんなことを調べて何になるのだろうか」

自分でもそう思い、人にも言われた言葉が、絶えず、頭のなかで鳴っているような気がした。

「母の隠していたことを、周りの人たちが隠していたことを掘り起こして、それが何になるのだろうか」

私は、絶えず怯えていたのである。もし、藤松楼の長女、妻子ある男と出奔……というような新聞記事が出てきたらどうなるのか。遊廓は、そうでなくても狙われやすいのである。あるいは、悪虐非道の藤松楼経営者羽仏ヱイは……という記事を発見したとしたら、その衝撃はどんなものだろうか。

「いったい、俺は、何をやっているんだ」

私は、意味もなく、その衝撃に向って突き進んでいるような気がした。

誰かと一緒に調べるという性質の調査ではなかった。家族の誰かを連れて柏木田を訪れるというわけにもいかない。

私は、しばしば、三浦半島の先端の観音崎ホテルに泊った。そこからなら、自動車に乗れば二十分で柏木田へ行かれる。まだ、小学校が夏休みになる前で、海浜のホテルの一部屋に滞在することができた。そこから柏木田へ行って歩き廻り、米軍基地の前の、通称ドブイタ通りを歩くこともあった。

観音崎ホテルを推薦したのは、S青年である。私は、どんな旅館でもいいから、横須賀の中心地に泊りたかったのであるが、それは危険ですとS青年が言った。横須賀は、まだ、そんな町だった。

柏木田の大通りには、何軒かの、小料理屋だか酒場だか赤提灯だか見当のつかない店があった。私は、そういう店で、連日のように呑んだくれていれば何かを摑めるような気もしていた。しかし、私はそれをやらなかった。つくづくと、体力と勇気がないなと思った。十年前までは平気でやれたことが、できなくなっていた。それに、こういう種類の調査は、下手だなと思うこともあった。

柏木田は、戦後も、一時は、たぶん朝鮮戦争までだと思われるけれど、米軍相手に賑わったのである。いまでも、オフ・リミットの酒場がある。あとは、トルコ風呂とラヴホテルとアパートの町である。S青年の家でも、パンパンに部屋を貸していた時期があったという。町全体に、一種独特の匂いがあった。私は、酒場に足を踏みいれようとしたことが何度かあった。しかし、扉のかわりのカーテンのなかをのぞくと、薄暗くて、店の人も客もいなかった。一度は、S青年に引き戻された。

柏木田という町名はなくなっているのに、不思議なことに、町会の寄りあい場所と思われる場所に、柏木田町内会という大きな木札がぶらさがっている。その隣に、同じく木札で、老人クラブ柏友会というのも見える。町の人に聞いてみると、誰もが、

「さあ、別に何でもありませんよ」

と言い、多くを語りたがらないようだった。

私は、すでに、柏木田遊廓のことに精しい、顔役だったという酒屋の主人に拒絶されていた。この町に、ずっと住みついている人はいないのだろうか。遊廓の経営者の生き残りはいないのだろうか。震災当時、いや、ヱイが死んだ昭和三年からすると、まだ五十年しか経っていない。これは、もう、五十年という遠い昔と言うべきなのだろうか。

「祟りなんですよ」

町の人が言った。

「たたり……?」

「絶えてしまうんです。この町の、柏木田遊廓の人は、一人も残っていません」

「どうしてですか」

「さあ、どうしてでしょうかね。なにしろね、女郎が病気をしますと、地下に座敷牢があって、そこへ入れて、なんにも食べさせずに、もちろん、医者にも見せないんです。体に蛆《うじ》が湧いてくるんです。それで、死んでしまうと、夜中に捨てに行くんですからね」

「どこでも、そうでしたか」

「地下の座敷牢は、どの店にもあったそうです。まあ、ミセシメってこともあるんでしょうけれど……。そんなふうですからね。子孫が無事でいるわけがないんです。祟りがありましてね。だから、どの家も、絶えてしまったんですね」

藤松のことも母のことも、その人は知らないと言った。

S青年が、県立横須賀高女で母と同級生だったというIさんという女性を探してくれた。

その人の家は、柏木田を見おろす高台にあった。横須賀は、崖と坂道の多い町である。

懐かしいような感じがする応接間に通された。Iさんは、いったん奥に入って、冷い紅茶とビスケットを持ってきた。書棚で見当がついていたが、ご主人は東洋史の学者であるという。このご主人は、横須賀中学で父の同級生であり、野球仲間でもあったという。私は、しめたという顔つきになったようだ。

「二年前に亡くなりました。主人が生きていれば、いろいろわかったでしょうけれど……」

私は、また機会を逸したことを悟らざるをえなかった。

目の前のI夫人は、母が生きていれば、この年齢になっているわけで、私は、こんな感じかなと思いながら、夫人の話を聞いた。

県立横須賀高女の本科は二組に分れておりましてね、はあ、南北二組なんです。あなたのお母様も私も南組でした。四年間、ずっと、ご一緒でした。

ですけれど、席が離れていたんです。私のほうが大きくて、羽仏静子さんは小さかったんですね。背の順でお席がきまっていたもんですから……。ですから、あまりお親しくしてはいなかったんです。どうしても、そうなってしまうんですね。

不良っぽいなんていうことはありませんでしたよ。ちょっと面白い方でしたけれど。……面白いっていうのは、イキイキしていたんですね。でも、私は、うちとけて遊ぶっていうことはありませんでしたね。そうですね、不良っぽいというより、文学少女みたいでしたよ。でも、テニスなんかは、とてもお上手でした。

学芸会では、英語劇のようなものを交替でやりましたが、静子さんが、特別に歌をお歌いになるとかピアノを弾かれるってことはありませんでしたね。

私ね、あなたが入っていらしたとき、びっくりしたんですよ。お兄様がいらしたのかと思って……。

（お兄様って、丑太郎のことですか）

そうです。私、ウッちゃんかと思いました。ウッちゃんがお子様を連れてこられたのかと思ったんです。こちらが、Sさんとおっしゃいますか、こちらがお子様で、あなたがウッちゃんかと思いました。

（実は、そこの写真屋さんでもそう言われたんですよ。そっくりだって……。篠原さんと言いましたっけ）

ええ、篠原写真館。まあ、そうですか。目がグリグリしていて、丑太郎さんと静子さんが、また、よく似ていらして……。お話をしていましたら、静子さんのイキイキしたお顔が目に浮かんできましたよ。とても可愛らしかったわ。顔が丸くて、目がくりくりっとしていて。毛糸のショールをうしろに羽織ったりなさって。

私ども、大正九年の卒業でしょう。そのころは見合い結婚ばかりで、恋愛っていうのは、ほとんどありませんでしたわ。私は、二十一歳で結婚しましたが、まあ、普通ですわね。……いいえ、静子さんが焦るなんてことはありませんでしたわ。まだお若かったし……。二十二歳の頃でしょう、山口さんとご一緒になったのは……。

（それは、でも、ひとつの事件だったんじゃないでしょうか。妻子ある男と一緒になったんですから）

ええ、ある日のこと、主人が家に帰ってくるなり、おい、シズ公が山口と結婚するんだってって、大声で叫んだんですよ。

（シズ公って言いましたか）

ええ、シズ公って言っていました。シズ公が結婚するって、私にわざわざ報告するんですよ。私は、山口さんを知らないのに、わざわざ……。ですから、主人にとっては大事件だったのかもしれませんわね。

（母とご主人は親しかったのですか）

さあ、それは存じません。主人は私より六つ齢上で、明治三十一年の生まれなんです。お父様と同じわけですね。それで横須賀中学の同級生で、一緒に野球をやっていたんです。もうちょっと前にいらっしゃれば、いろいろわかったんでしょうに、本当に惜しいことをしましたわ。

（横須賀中学の同級生は残っていませんか）

ええ、もう、みなさん、次々に亡くなって、主人はとても淋しがっていましたわ。ほんとに残念ですわ。あなたが来られたら、主人はびっくりしたでしょうね。主人なら、お母様とお父様のことがよくわかったでしょうに。それから、ウッちゃんのことも……。

（ここから柏木田遊廓が見えたんでしょう。どんなふうでした）

ええ、もう、ナカが盛んなときは、船が入ると、三味線や太鼓の音が聞こえてきましてね。

一晩中、賑やかだったんです。

いまの子供は遅くまで遊んでいますけれど、私たちの頃は、夜は早く帰らなければいけなかったんですね。電気がついたら帰るもんだと思っていました。昔は厳しゅうございましてね。

それで、中学生がナカを通ると、それだけで退学になったんでございますよ。とても厳しかったんですよ。女学生のほうは、そんなにやかましくなかったんですね。それでも、ナカの子供は学校にいれなかったんですね。

(母は藤松から学校に通っていたんですか)

それはそうですよ。ですから寄留なさっていたんでしょうね、きっと。住所だけ変えて……。

まあ、このへん、風紀は、とてもよくありませんでしたよ。

せっかくお見えになったのに、あいにくと主人が亡くなってしまいまして。

(小久保というのをご存じですか)

ええ、よく知っていますよ。おハルさんでしょう。この下に住んでいらっしゃいました。ご主人が文ちゃんで……。なんですか、養老院にいらしたとかで。

(そこで亡くなりました)

そうですか。ご立派な大きな方で……。反対におハルさんのほうは小さい方でね。ああ、そうですか、亡くなられましたか。

羽仏静子さんねえ、ええ、私が存じませんのに、主人がわざわざ教えてくれたんですよ、おい、シズ公が山口と結婚するって……。

まあ、そうですか、ほんとにおかわいそうでしたね、静子さん、五十代でお亡くなりになるなんて。存じませんでしたわ。私、クラス会にも出ないもんですから。本当にお気の毒に、まあ……。

38

神奈川新聞の社主であったH氏宅を訪ねた。神奈川新聞の母胎は横須賀日日新聞であり、彼はその創始者である。

震災までは、横須賀には、相模中央新聞と武相新報の二紙があった。これは、大正十三年に復刊になるが、その新聞を見ることは、ほとんど不可能であるという（後に、その一部を見ることができたが）。

私が見たかったのは、藤松倒産の記事である。現在では、大きな旅館や料亭が倒産すれば新聞記事になる。しかし、当時二十二歳であったH氏は、そういう記事は載らなかったと断言された。

H氏によれば、柏木田遊廓は、安浦に銘酒屋が出来てからは、ひとしなみに衰微していったという。

「十箇ついていた電灯が八箇になる、七箇になるといったふうで、なんだか薄暗くて、とても、ここで泊っていこうなんていう気にはなりませんでした」

安浦の、いわば、素人ふうがうけたのである。安浦の女は洋髪だった。柏木田は日本髪である。それに、形式がうるさい。これも時代の流れでしょうとH氏は言うのである。

「張り店に女を出すのが禁じられて、写真になったりしましてね、それで余計にいけなくなったんですね」

ヱイも母も、だんだんに遠くなってゆくように思われた。模糊《もこ》としてくる。

豊島小学校には、大正五年三月卒業という母の学籍簿が残っていた。

氏名　羽仏静子。

生年月日　明治三十六年十月十九日。

住所　公郷二四八六。

保護者氏名　羽仏豊太郎。

職業　貸座敷業。
児童トノ関係　父。

学年	学業成績													修了ノ年月日
	修身	国語	算術	歴史	地理	理科	図画	唱歌	体操	裁縫	英語	手工	操行	
第一学年	甲	甲	甲					甲	甲				乙	明治四十四年三月二十五日
第二学年	甲	甲	甲				乙	甲	甲				乙	明治四十五年三月二十七日
第三学年	甲	甲	甲				甲	甲	甲	乙			乙	大正二年三月二十五日
第四学年	甲	甲	甲				乙	甲	甲	乙			乙	大正三年三月二十五日
第五学年	甲	甲	甲	甲	甲	甲	甲	甲	乙	乙			乙	大正四年三月二十五日
第六学年	甲	甲	乙	乙	乙	甲	乙	甲	乙	乙			乙	大正五年三月二十五日

この他に出席・欠席欄、身体ノ状況欄があるが、第三学年のときに二十六日間欠席していること以外は変ったことはない。

母の成績は、まあ、こんなものだろうと思われる。参考までに記すと、海軍機関学校の数学教師の娘で荒川敏子という人は、全部が甲であった。この人は県立横須賀高女でも級長を続け、しかも大変な美人であったために、かえって友人ができなかったという。家庭的には不幸な人であったそうだ。（Iさんの話）

母の成績のうち、唱歌が全甲であるのはよくわかる。母は音程が確かで美声であった。同様にして、裁縫が全乙であるのも納得できる。母は面倒臭がりやで、ゾンザイだった。しかし、操行が全乙であるのは、父の職業の貸座敷業と重ねあわせると、妙に悲しくなってしまう。

訓練簿というものも残っていた。

第一学年
何事ニモ出過ギルコトアリ注意ヲ与フ。（十月十四日）
第二学年
快活ニシテ勉強セリ。余リオテンバナラザル様警戒ヲ要ス。（第一学期始）
隣席ノ児童ト話ヲナスコト度ミナレバ注意ヲ与フ。（十二月四日）
隣席児童田中敏子入学ノ際ヨク世話セシニ依リ其ノ親切ヲ褒メ置ク。（一月三十一日）

第三学年

快活ニシテ成績モヨロシケレド己ガ才ヲ誇ル傾向アルヲ以テ其非ヲ諭シ謙遜ノ心ヲ起サシムルコトニツトメヲレリ。(第一学期)

挙止軽躁ニシテ真面目ナラズ故ニ快活ニシテ而モ沈着優雅ニアルヤウ注意シ時々訓諭ス。(第二学期)

同上ノ注意ヲ与フルコト再三ナレ共其効見エズ。(三月八日)

第四学年

不真面目ニシテ沈着ナラズ、故ニ平生コノ児童ニハ正直、着実ノ大切ナルコトヲ教ヘ何事ヲナスニモ誠意ナカルベカラザルコトヲモ説キ浮薄ナル性情ヲタメンコトニツトメツヽアリ。(四月記ス)

本日ハ兼ネテ与ヘラレタル宿題ヲナシ来ラズシテ雑記帳ヲ忘レ来リシト云ヒシニヨリヨクヨク調ベシニ宿題ノ書カレザル雑記帳出デシニヨリ其不正直ナル言ヲ責メ己ヲ欺キ人ヲ欺クコトノ最卑劣ナルヲ説キ将来ヲ戒メタリ。(五月十六日)

事ヲナスニ丁寧綿密ナラズ只人ヨリ早ク出来シヲ喜ブトイフ有様ナルニヨリ如何ニ早クナシタリトテ其物ノ出来ヨロシカラザレバ矢張リ賞スルニ足ラザルモノナルヲ説キキカセ常ニ丁寧ニナサシムルコトニ意ヲ注ゲリ。(十月末)

本日ハ清書ヲ提出スル日ナルニヨリ書クニ先ダチテ今日コソハ心ヲコメテ書キ見ヨ必ズ上手ニ出来得ベケレバト諭シオキ書カシメタルニ其成績大ニ良好ナリシカバ大ニ賞シ甲上ヲ与ヘ以後モ必ズ熱心ヲ以テ事ニ当ルベシト諭シ奨励シタリ。（二、二二）

第五学年

多弁ニシテ出過ギモノナル故女子ハ口数少ク落チ付キテ余分ナ世話焼ナドセヌモノナルヲ諭ス。（六、三）

トラホーム全快セルニツキ席ヲ換ヘ品行方正ナル児童ト同席セシメヨク隣生ノ行ヲ見習ヒテツ、シムベキ様誡メタリ。（七、六）

口先上手ニシテ巧ミニ教師ノ目ヲ窃ミ人ヲ欺ク性アリ厳シク訓練シツ、アルモ未ダ効ヲ奏セズ。（十二月十五日）

綴方ニ上達ス。

快活ニシテ物事ヲ心配セヌ様ナリ沈着ナラズ何ヲナシテモ機敏ニシテ粗漏ナリ。（三月十二日）

第六学年

衛生　○　◎　◎

勤勉　△　△　△

勇気	○	◎	◎
質素	○	◎	◎
規律	△	○	○
忍耐	△	○	○
儀礼	△	○	○
従順	△	○	○
同情	○	○	○
公徳	○	○	○

快活ニシテ機敏。
注意長ク続カズ。

これは、女生徒にしては相当な問題児である。教師はよく見ているものだと思い、母の全性格がここにあらわれているようにも思った。時には、私は、自分が叱られているようにも思った。

教師の言うことを聞かず、何でもチャッチャッとやってのける小面憎い女の子であったのだろう。それに世話焼きだった。

母のような才能は、このような、快活ニシテ機敏でなければ成し遂げられないようなものであったのだと思う。それが、小学校の教師にとっては、いかにも扱いにくい種類のものであったと察せられる。

母の性格にもよるけれど、家庭の環境がわるすぎるのである。いつでも、店の客とは別に大勢の客が来る。ざわざわしている。

晩年の母は、父と別れて、私たち親子三人と静かに暮したいと言っていた。母には、ついに、その生涯において、安穏な生活が訪れることはなかった。

私は、母についての学校教師の評価は、これで充分だと思われた。担任は武井トメという女教師であるが、その渋面が見えてくるような気がした。それで、県立横須賀高女（現在は神奈川県立横須賀大津高等学校）へは行かなかった。

39

母の同胞である丑太郎、静子、君子、保次郎は、全員が改名している。

私は、母が、幼いときは千代であったことを知らなかった。それは曾祖父の羽仏藤造の戸籍抄本を取ってみて初めてわかったのである。孫の千代となっており、三歳のときに改称届が出されている。祖父の豊太郎を戸主とする戸籍抄本には、長女静子となっていて、改名のことは出ていない。これではわかるわけがないのである。

いったい、なぜ、母は、そんなことまで私に隠していたのだろうか。字画が悪いから改名させられたの、というぐらいのことを言ってくれてもよかったのではないかと思い、恨めしいような気がする。

「だからね、あんたのときは、ずいぶん考えたの。……瞳って、女みたいな名前だけど、これで字画はとってもいいのよ」

それくらいの会話なり説明があってしかるべきだと思う。……母には、どうも、秘密にしておくべきもの、背負わなければならないものが多すぎるように思う。どうして、それを私に教えて、気持を楽にしてしまわなかったのだろうか。

たぶん、母は、私が五十歳を越えたとき、たとえば、それは、今年あたり、私が五十一歳で母が七十四歳になるのであるが、その頃から、ぼつぼつ、昔話をしようと思っていたのではあるまいか。そうなる前に、母は、突然、死んでしまった。母が死んだとき、私は三十三歳だった。

私は、自分が、大正十五年一月十九日に生まれて、同年の十一月三日生まれと届出されたことを母の口から聞いたのではなかった。鎌倉の洋館での母と兄との諍いを立ち聞きして、初めて正確に知ったのである。母がそれを秘密にしている以上は、私は小説が書けなかった。私小説や、自伝めいたものは、それを抜きにして書けるわけがない。

叔母の君子は、本当は、きみだった。改名して君子になった。叔父は、私の知るかぎり、君子と呼んでいた。

それにしたって、

「女に、子の字をつけたほうがいいっていうことになってね、千代が静子、きみが君子になったの」

と言ってくれたってよさそうなものだと思う。かりに、私なら、自分が改名すれば、そのわけを息子に話すと思う。そうでなければ、気持が悪い。

丑太郎が文雄になったのは、ずっと後のことである。そのとき、丑太郎は、四十歳を過ぎていたはずである。

私は、不思議に思った。何か、ザラザラするような違和感があった。

なぜならば、私は、丑太郎という名前が決して嫌いではなかったからである。むしろ、人間は別にして、名前としては好きな名前のひとつだった。私自身が、いわば、とんでもない名前なので、そういう、男らしい、きっぱりとした昔風の名前に憧れるようなところがあった。

しかるに、文雄とは何事であろうか。私には、わけがわからない。私は、そのとき、子供だったから、親のつけた名前を自分でかえてしまうということにも抵抗感があった。私は、自分が、いかに変てこりんな名前であっても、かえようと思ったことは一度もなかった。

丑太郎は、親類中はもとより、横須賀で会った人たちのすべてがそう呼んでいたように、ウッちゃんの愛称で親しまれていた。ウッちゃんは、いわば有名人であり、ある意味での人気者だった。

どうして、この、通りのいい丑太郎を、文雄なんていう、軟弱な、厭らしい名にかえてしまったのだろうか。親のつけた名前なら、それはそれで仕方がないのであるが……。

私の父は正雄である。私には、こういう光景が目に浮かぶのである。

「こ、こ、こんどね、な、なァ、なァ、名前を、か、かえようと思ってね」

と、丑太郎が言う。

「どうしたんです」

と、父が首をかしげて丑太郎を見る。

「い、いや、その、な、なんでね……」

「どう変えたんです」

「ふ、ふ、文雄ってんですが」

「文雄……?」

「文化の文に、英雄の雄です。あ、あんたに少しでも、あ、あやかろうと思ってね」

そう言って、丑太郎は、卑屈に笑うのである。腹のなかでは、まるでそんなことを思ってもいないのに、丑太郎が、父に媚び諂《へつら》っている。父が厭な顔をする。……何度もそういう光景が浮かんできて、私は、そのたびに、あわてて打ち消したものである。

私が、しかし、丑太郎の本当の気持に気づいたのは、やはり、炎天の柏木田の大通りを歩いていたときのことだった。私は、一晩中、三味線や太鼓で賑わっていたという遊廓の感じを、頭のなかで摑もうとしていた。

張り店に女がならぶ。脂粉が匂う。鬢《びん》付け油が匂う。人がぞろぞろ歩く。水兵に、陸軍の砲兵に、船員に、酔客に……。嬌声。女の声。喧嘩。巡査。憲兵。うなるような、女の、商売上のよがり声。声。声。遣り手婆あの声。客引きの声。妓夫太郎の声。……妓夫太郎の……いや、待てよ、なんだか、おかしいな。

「妓夫太郎、妓夫太郎……牛太郎。……牛太郎、牛太郎……。丑太郎、丑太郎」

私は、そのときぐらい、丑太郎に済まないことをしたと思ったことはなかった。丑太郎は、いくら、ウッちゃんと呼ばれて親しまれても、心底から、自分の名前を嫌いぬいていたのである。小心者で、僻《ひが》みっぽい彼は、ウッちゃんと呼ばれるときに、言いようのない侮蔑感を感じていたのではあるまいか。……馬鹿にされている。そう思ったのではあるまいか。彼は、そこから逃れたかった。文雄と改名するのは、少年時代からの、ひとつの念願であったのである。

そう思って、ほぼ間違いがないと思われた。

保次郎は、義宏と改名している。彼は四歳のときに、浦賀の顕正寺に養子に出された。養父の名は義教である。だから、これは法名と言うべきかもしれないが、改名は改名である。

義教は、羽仏ヱイの弟である。彼も、乳母をつけて養子に出されたわけである。

このように、遊廓とお寺様とは縁が深いのである。博奕打ちも、寺銭という言葉があるように、寺とは縁が濃い。

貸座敷業は、子供を寺に貰ってもらうことが多かった。昔は徴兵のがれに養子に出すことが盛んに行われたが、貸座敷業の場合は罪ほろぼしであると人は言うのである。

40

最初に、横須賀市役所の資料室へ行き、そこで『横須賀警察署史』という書物があることを教えてもらった。その書物をゆずってもらう際に、柏木田遊廓の項は、横須賀新報の復刻版を参考にしたという話を聞いていた。横須賀新報復刻刊行会の編集になるもので、発行所の所在地を手帳に書いておいた。さいわいなことに、昭和五十年の刊行ということである。

この横須賀新報は、月二回（後に月三回）の発行であり、新聞よりは雑誌に近く、現在の週刊誌によく似ている。

こんど復刻されたのは、明治二十一年九月二十八日発行の第六号から、同二十二年五月二十五日発行の第二十六号までである。

横須賀新報は、横須賀における自由民権運動のひとつの動きを示すものであるが、柏木田遊廓とも大いに関係があるのである。

第二十一号から、編集長の井上三郎の名が消えているが、そのことを、横須賀自治研究所の加藤勇氏は、次のように書いておられる。

井上三郎は第二一号から編集人の地位を下りているが、「横須賀新報」をやめたのでないことが明らかにされている。

編集人をやめた理由には次のことが推測される。大滝町の火災のため、それまであった遊廓を柏木田に移転することになった。それを事前に知った数名が柏木田周辺を買占めて儲けたという記事が「横須賀新報」に掲載された。事件は関係者から告訴されて裁判となり、結

局、「横須賀新報」が記事を事実無根として取消す破目となり、その責任を取ったものとみられる。（「横須賀新報」の解説より）

ここにも出ているけれど、明治二十一年九月から二十二年五月までというのは、大滝町の大火のあった、ちょうどその時期に当り、私には願ってもないような資料になった。

私には、まだ、藤松もしくは藤松楼、あるいは羽仏ヱイという活字を自分の目で見ておきたいという気持があった。

もはや、母方の先祖が遊廓の経営者であったということは紛れようもない事実であることを認めないわけにはいかないが、それならば、せめて、女傑であったというヱイの善根を知りたかった。

いや、私の願いは裏目となるかもしれないのである。自由民権運動を推進する新聞が、遊廓の経営者のことを好意的に書くはずがない。きっと、苦い目にあって、数年来の夢のようなものを打ちくだかれることになるだろうというのが、私の本当の気持だった。

怖いものを見るという思いで、私は頁を繰っていた。

○妓夫《ぎふ》の退去。　大滝町松泉楼の女将軍（近藤鉄次郎の女房せい）は流石評判の百《し》れものだけに妓夫二階廻しに一切給料を与へず客一座に付金四銭の附掛《つけかけ》を以て給金の代りとなすの税法を発布せり（大層だ）さて将門将を出すの古語に漏れず妓夫どんも亦財嚢《さいふ》の空腹に堪へずやありけん数人の仲間と密《ひそ》かに増税を酒肴其他の小物にまで追課《ついか》し今は日々多きときは五円乃至《ないし》拾円の収入あるに及びければ妓夫どんたちも財嚢の煖《あた》たまるに連れ自ら奢美に流れ将《まさ》に浮れださんとせし所早くも女将軍が其陰謀（否）陰税を発覚せしも元《も》とを正《た》だせば政府（否）女将軍が不正の命令より胚胎《はいたい》し来《きた》りしものなれば詮方なく一時の窮策を按じ出し清どん民どんを始め二階廻し七人に突然退去を厳命されしとこは是れ貸座敷悪弊の一分子にしてまだ〳〵沢山ありますれば追々筆咎《ひっち》を加へることに致しませう。（第六号）

○罰金の無理往生。大滝町貸座敷紀の国楼林誠十郎方にては先頃造船所職工の勝さんとやらを無理に押しあげたれば勝さんは困り切り今日は用事があるから又来ようと出でんとすればそんなら是非とも薄雲《うすくも》（買ひ馴《なじ》みと見える）さんの玉《ぎょく》をつけて帰りなさいと中々承知せざる剛談がましき理不尽の趣《おもむき》を勝さんより当地警察署へ訴へ出れば貸座敷規則違犯に由り誠十郎は三円の罰金を申付けられたりそは誠に気味のよい事なれども爰《ここ》に憐れなるは薄雲の薄き身の世渡りに目を掛けず今度の罰金は薄雲のお客に関係したる事なれば貴様より差出すが至当なり抔《など》不当の主人《あるじ》が辞《ことば》に強ひられて悲しや薄雲は涙はら〳〵不平たら〳〵大切（でもある

まいが）の襦袢《じゆばん》やいもじまでも質に置き一時に立替たりと罰金の無理往生とは近頃残酷のお話し。（第六号）

○布袋腹《ほていばら》の娼妓。大滝町三富楼の娼妓長尾《ながを》（本名江川せん二十七）は江戸子《えどつこ》なれど柔和にして枯木に花の咲く程真実にせつせと客に振舞ふといつしか布袋やつと囃《はや》さる故此頃休業して情夫鑑定をお部屋へ申出でしよし。（第六号）

○暴は棒に敵し難し。水兵の拾八番と云ふではあるまいが是れも去る三日午前二時過水雷営の水兵木佐貫㐂助幷《ならび》に大和艦乗込の福島長之助は大滝町金村楼の大戸を破《わ》るが如く敲《たた》き立てるを巡行の査公が制すを聞かばこそ却《かへつ》て暴にも無暗矢鱈に打ちかゝる故余儀なく拘引の上軍法会議へご栄転とはイヤハヤ。（第七号）

○めづらしい娼妓。当地大滝町三富楼の娼妓小まん（十八）と云ふは容姿嬋娟《せんけん》とまではいくまいが可なりの女ゆゑ随分お客の多きそが中に高知県人にて目下筑波艦乗組なる前畑卯太郎といつしかにくからぬ中となり末は夫婦と約束を果してせしやいなやは知らざれど互に赤心《まごころ》うちあけてかたりあふ程なりし然るに前畑は前《さ》きに同所金村楼にて起りし騒ぎ（新報第七号に掲載せり）の関係人となり居たるところより先頃軍法会議の呼立《よびたて》となり訊問の末事実明瞭せざりしゆゑか留置《とめおき》中付られ既に一週間余り束縛不自由の身となれども流石土州人のことなれば勇気凜然毫《すこし》も萎靡《ゐび》の体《てい》なきは勿論素《もと》より晴天白日の身なれば遂に無罪放免となりて間もなく帰艦せりさても小まんは前畑が留置中ちゞに心をくだくとも将《は》た飛び立つやうに思へども互に一籠中《いちろうちゆう》の鳥にしあれば詮方なくも日を送りたゞ稲荷様を第一と其他種々の神々へ塩だちせし祈願の誠は空しからず前畑の放免をきゝ其喜び一方ならず互に嬉し涙を流しつゝ祝ひの酒をくみしとはても亦珍らしき娼妓かな。（第九号）

○娼妓の道往《みちゆき》。　大滝町貸座敷古谷まさ方同居娼妓久縫《ひさぬひ》（本名岡部さは）は去る二十五日暁き頃水雷営一等水兵森伊三郎に手をとられ恋路の暗に伏し潜むか又は水雷艇の速きよりも尚ほ遠ふ走りせしか今に踪跡《ゆくへ》不明なりと探偵《たづね》中。（第九号）

○偽水兵。　黒衣宛然《えんぜん》天晴れ軍人の服装にて己れこそは国家の干城なりと威勢よく市中を徘徊する人々を毎《つね》に見聞して之を羨やみせめて姿だけでも真似が為《し》て見たいと思ふ志ならまだしものことなれどこれは去る考へでもなく只妓楼に登りたい一心から偽水兵の支度してマンマトやり損《そこなつ》た野郎は大滝町妓夫の隊長小島定吉は兼て同町島崎楼の娼妓お何《なに》に足駄で首ツ丈《たけ》恋慕し居るもソコがソラ自分の商法が妓夫と来てゐるから公然直ぐに上るわけにもいかぬを以てかねて自分の家に下宿し居る金剛艦乗組の水兵某の軍服をソット一人免許で借り出し俄かに軍人の姿に身をやつし靴音高く今日こそは大願成就本望を遂げ得んものと島崎楼の魔垣《まがき》をキヨロ〳〵眼で素見《ひやか》し居るを怪しき奴と巡行の海軍警吏に認められ姓名を聞き正されると偽水兵の定吉はハイ私は比叡艦乗組員でござりますと白ばくれれば警吏は何貴様の帽子に金剛艦の記章が付て在るは偽りを云ふ太い奴めと叱《しつ》ちかられ直ぐ化けの皮を剝ぎ去られて実は斯く〳〵の次第と白状に及びしを以て直ちに拘引せられ本月四日横浜裁判所へ送られたり馬鹿ナ野郎もあればあるもの。（第十号）

○まだしものこと。　九月十二日夜当地大坂楼において情死云々の噂は其ころの一談柄《いちだんぺい》となりしが右は鳥取県八橋郡西岡村五十番地平民丸山友三（二十一）と申して横須賀屯営一等若火夫を勤めしものにて己れが火夫てふ職分とはいへ同楼の敵娼勢州《せいしう》（本名安田まつい）に頻りに焚付ストンをたかめて破裂の熱湯ではない一個の刃もて勢州をつきさし直ちに己れが喉《のど》を貫ぬきたるも死に切れず苦しみ居たるをみつけられ直様《すぐさま》海軍病院へおくられて治療中なりしよしは皆さんご存じありましたが去月二十八日同人の手傷全快に付一旦戸籍を地獄庁に送付すべきところ今回《このたび》更に軍法会議所にご転籍とはまだしものことでありませふ。（第十号）

○偽名はおよしよ。　大滝町貸座敷大坂楼にては主人始め揃ひも揃ひし分外の慾深店なりと振られて客のとばしりか其処までは記者が知り得ざれども人の評判なりしが先頃より同楼の娼妓小倉《こくら》へ馴染み繁《し》げ〳〵通ひ来る日本土木会社員東京府芝区新栄町五番地丹羽伊太郎（二十八）は本月十三日の夜も登楼したりしが其夜はまづお定《さだま》りの遊興をなし翌十四日も流連《いつづけ》し寝覚めから一杯やらかしたればソコがソラ評判の高き店なれば好《よ》き椋鳥《むくどり》が掛てお仕合せと謂たか堂《どう》だか此んな人より味《うま》く捲上ずば商売にならぬとでも思ふたか（果して然りいやな注《ちゆう》だ）誂への有無に拘はらずドシ〳〵酒肴を差出だす（此廓《このさと》の悪弊）も伊太郎は酒の回るに従ひ前後も知らず飲んだとも〳〵朝より僅かな間に拾三本呑み干したるにも拘はらず店にては丹羽さんへお燗のお替りトン〳〵〳〵（階子段《はしごだん》を上る音）と躁《さわ》ぎ居るも伊太郎はへゞレキの平助にて午后二時頃娼妓小倉に砂糖水を持て来いと命じたれば小倉は御意《ぎよい》に従ひ暫時《しばし》にして持ち来れば伊太郎は忽ち面色変り口も利かず砂糖水一杯を最期《まつご》の水に其儘打伏したれば小倉は驚き丹羽さん〳〵と叫べど呼べど一向に返事もなく変な様子ゆゑ小倉はあわてゝ店に走り出でわたいのお客は大変だから医者を買へお薬を呼べとゴッタ騒ぎの中に医者も来《きた》り薬も与へいろ〳〵医術を尽せども全く人事も去り果てゝお医者も匙を投げるの場合に至りしが同日午后五時頃伊太郎は果《はか》なく黄泉の客と転籍したるは憫《あは》れと謂ふも余りあり。　左《さ》て同様にては数十日間に死人の二人も（一人は娼妓勢州にして先頃円山智造《まるやまともざう》に傷付けられたるもの）内より出すは娼売柄《しやうばいがら》チト体面ナニサいんぎが悪るいとか世間幷《なみ》にも妙な所に口実《くじつ》を附け伊太郎を生きたるもの、如くして同楼より引取らしむる手順にて極々最《ごくごくも》一ツお負けに極秘密になし置きたりしも其処が夫れ犬猫の死んだのと違ひ忽ち町内へ知れしかば各楼主は夫《そ》れは飛んだご迷惑でもなんでもなしと皆々苦笑ひせざるものなしとかやそれはさておき玆《ここ》に多数《あまた》の遊蕩諸君に忠告すべきものあり何んぞや常に妓楼に上る遊客の十中八九は違警罪と知りながら宿泊帳に偽名を記することとなるが既に此《この》伊太郎も前より繁げ〳〵通ひたれども毎《いつ》も鈴木某抔《など》と口から出任せの姓名を云ひ居りしが不思議にも此日に限り本名住所職業等を打明かしたりと若《も》し此伊太郎も偽名にてありたらんには何《いづ》れも仮埋《かりう》めは免れがたき所なるべし依て世上幾多《あまた》の遊蕩野郎諸君は妓楼にて一朝変のありたる時仮埋めを厭《いと》はゞ本名を称すべし然《しか》せば違警罪を犯すなく仮埋めを免かる、一挙両全の妙計ならずやとの投書ありたれど記者は一切妓楼に登らざるを一大妙計と考へます。（第十一号）

○一円のお灸《きう》。　是れも大滝町貸座敷若葉楼出稼ぎ娼妓八重梅《やへうめ》（二十四）は兼て水雷営の水兵宮前直造が情人《いいひと》にして疾《と》く深く契りありしが直造も立派に八重梅を身受《みうけ》するの力もなく互に相肝胆を砕《くだ》き相談熟話の上亡命と覚悟を極め本月八日午前三時頃同楼より八重梅おぢや、アイとのきつ掛けにて両人手に手を取《とり》て長浦の或る家に身を寄せ居たりしが夫れより当《あて》もなく金沢地方へぶら〳〵出掛たる時乃《すなは》ち本月十二日本家の栄《えい》どんに認められ直ぐ連れ戻されたる上異見たら〳〵一円のお灸頂戴八重梅はんに限らずチトお臀《しり》を落付《おちつけ》てお勤めなさいみんな自分のためでありますよ。（第十一号）

○郡衙建築の寄附金。　は追ひ〳〵寄附するものある由にて既に大滝町貸座敷連中にても一千余円謹んで寄附したりと云ふご盛ん〳〵。（第十一号）

○戸叩き水兵。　ドン〳〵開けろ〳〵ドン〳〵〳〵コリヤ開けぬか馬鹿妓夫奴と怒鳴り散らかして大滝町の貸座敷を戸毎に騒ぎ廻るを岡泉の雇人嘉市が突然《いきなり》飛出し戸叩水兵ござんなれと忽ち取押へて巡査のご厄介となりしは去月二十八日午前三時過ぎのことなりき嗚呼《ああ》軍人諸君よ諸君は国家の干城にして身は護国の重任を帯び天晴れ名誉高き人々なるぞ苟《かりそめ》にも軽挙粗暴の行をなし局外市民に嗤笑せらるゝ挙動《ふるまひ》なきを記者は呉れ〳〵も望《のぞみ》ます。（第十二号）

私が最初に受けた、もっとも大きな衝撃が、この記事だった。私は、ここで、たちどまり、考えこんでしまった。事件そのものは、たいしたものではない。酔っぱらった水兵の悪戯程度のことである。むしろ、ここでは、正義派の、たぶん若い人であろうところの記者が、自分の言いたいことを言っているという感じがする(横須賀新報の記者は、なかなかに勇敢である)。

私の目は、岡泉の雇人嘉市というところに吸いよせられてしまった。岡泉楼となってはいない。しかし、この岡泉は、前後の関係から、遊廓の一軒であろうと思われる。ほぼ、それに間違いがないだろう。

岡泉……。岡泉とは、あの岡泉だろうか。岡泉兄弟は、私のところの法事には必ず顔を見せていた。何か事のあったとき、知らさなければならない一軒として、いつでも岡泉のことが私の頭のなかにあった。

あの、めったには見られない美男子である兄弟、だから目立ってしまって、いつでも女中が大騒ぎした岡泉兄弟は、もしかしたら、母の言っていたような親戚ではないのかもしれないという疑念が生じてきた。そこのところが、いつでも、アイマイだった。どういう関係かと訊くと、母は、ただ遠縁とだけ答えていた。

「ややっこしいのよ」

というような言い方もしていた。

初期の実業野球団の、小柄で俊敏な名三塁手と鳴らしていた、あの岡泉のシンちゃんは、血縁ではないのかもしれない。大阪や兵庫で試合があると宝塚の生徒が花束を持ってきたというシンちゃんは、スマートで口数の少い人だった。岡田時彦や高田浩吉に似ていて、私は、もっと美男子だと思っていた。そのうえに本式の野球の選手なのだから、私は、彼に憧れと畏敬とを同時に抱いていた。大きな目が少し茶色っぽくて、外国人のように澄んでいた。肌色が艶々していた。私が話しかけても、静かに笑っているだけの人だった。

サイちゃんもシンちゃんも、他人なのだろうか。他人なら、どうして私のところの法事にやってきたのだろうか。

母は私に嘘をついていた。隠していた。そうに違いない。岡泉というのは、ありそうでいて、案外に少い姓である。ともかく、私には、岡泉姓の知人は他には一人もいなかった。なぜ、サイちゃんもシンちゃんも、私に対して、遠縁の者という顔をしていたのだろうか。

私は、また、ワンカップ大関の老人に会いに行かなければならないなと思った。それが、ひどく億劫《おっくう》で、ひどく重ったいものに感ぜられた。みんなで、まだまだ、隠している……。

「そんなことがわかったところで、それが何になるんです」

と、彼も言ったのである。

私は、一時間ばかり、ぼんやりとしていたが、横須賀新報の続きを読むことにした。

○水兵さんの徒ら《いたづ》。過日来巡邏兵のお蔭又は横須賀新報の筆にかゝるを厭ふたか水兵さんは余程おとなしかつたに去る二十八日午后九時頃大滝町貸座敷新盛楼の前にて屯営の水兵某が仕込杖を携《たづさ》へ仲間喧嘩の口論より杖を抜き切らんとせしを彼方は徒手《むて》で刃を摑み血まみれの大立廻りで其筋の御厄介とは困つたお方。（第十二号）

○大滝町貸座敷転移代地の詮議。　去る三日本港大滝町出火の際十八戸の遊楼は悉皆類焼に罹《かか》りしが元来同遊廓は市街の中央に在りて民家の妨害少なからざるに付今度本県庁に於ては旧遊廓地跡へ貸座敷営業のため家屋の再築を禁止し新開地へ移転を命ぜられたり尤《もつと》も来《きたる》二十二年七月までは旧地へ仮宅を設置し営業することを特許ありたり。（第十三号）

これが明治二十一年十二月三日の大滝町の大火である。この代替地をめぐって、横須賀新報の筆誅がはじまり、果てしなき裁判沙汰となる。横須賀新報の復刻版は第二十六号までで、そのあと、四カ月後に相陽民報が発行されるが、どうやら横須賀新報は、遊廓移転問題が原因になって廃刊となったものと思われる（編集人である井上三郎と、次の編集人の牛田文太郎は入獄させられている）。

また、藤松の躓《つまず》きの第一は、この大火にあったことも間違いがない。

○誠に感心。　此娼売にして此仁者顕はるとは何だか七六《むつ》かしく思はるゝが至つてお安い種なれば同娼売者の手本にもと記者が老婆心に筆記《ひつか》くすること左の如し大滝町貸座敷（今は焼けて無《なけ》れども又直ぐに仮宅が出来る）藤松楼の魔垣内を去月三十日の夜余程酩酊の体《てい》にて一歩ハ高く一歩ハ低く徘徊しツヽ突然登楼したる客ハお定まりの酒肴を差出させしに客は一杯の酒も飲まずに其儘其座に寝転びたるを以て同楼の仲どんを初め妓夫先生に至るまで酔の十分なるを認め丁寧に床に臥《ね》さしめ置きしが敵方の栄山《えいざん》は同楼に於て随分腕に覚へのあるものなれば如才なく取扱ひしも客は眠りたるまゝ一日も醒《さま》さず偶《たま》ま栄山は他の回し客数名あるを以て時々受持ちの座敷に廻り又帰りて右の酔客を見しに何時《いつ》も寝たまゝ故不審に思ひ同夜も早や五時頃にもなるを以て栄山はソコが娼売柄キツト此客はお艦《ふね》の人ならんかと心付きし故若《も》しや帰艦の時間でも後《おく》れては済まぬと考へ昨夜より寝続けの酔客をゆり起しもし旦那〳〵と呼べど叫べど正体なく返辞もなきゆゑ栄山は大いに驚ろき速《すみやか》に店へ通じたれば皆々来りて之を見ればお客の顔色土の如く真青になつて僅かに呼吸し居るゆゑそれ医者よ薬よと大騒ぎをなし漸《やう》やく医者の診察にて全く亜爾個保児《あるこほる》の中毒と判然したりそれ此客は同楼へ登りてよりは一飲一食もなさゞれども何方《いづかた》にてかブラン或は泡盛を十分に暴飲したるに相違なく十二月一日午前六時三十分に至り遂に果敢《はか》なく死去せり然るに此客は何処の誰なるや登楼の初めより宿帳に姓名を記すべき間もなく寝入りしに付其誰とも分り兼けるがゆゑに皆々立合の上にて所持品を取調べしに封皮《じやうぶくろ》に金若干円入れて大塚末吉と記しありしが前に栄山が鑑定の如く全く海軍部内の人なるも何営何艦と判らざればハタット当惑に暮れたれど其儘に捨て置くべうもあらざりしを以て猶ほ夫れ〳〵取調ぶるに島崎楼の付けがありしゆゑ直ちに島崎に問合せしに此客ハ長浦水雷営の水兵大塚末吉（慶応元年六月十五日生）なることが明かに知るを得たれば藤松楼の主人は直に電報を以て水雷営へ通知す（此時未だ死せず）同営よりも当人引取りのため人々が来りしが間もなく死去したるを以て引取人は同楼へ相当の謝金を出し死人を引取り去らんとするに同楼の主人ハ固く之を辞し電報料は勿論医者の診察料薬代より夜具畳に至るまで悉皆自分にて負担し決して損害を要せずそれ〳〵検視済みの上引渡したれば水雷営より来る引取人数名も此娼売柄珍らしき楼主なりとて殊に感賞したりと云ふが同娼売を営み居るものチト此楼主の真似でもしたら好《よ》からふに……。（第十三号）

これが、私が、藤松楼という活字に接した最初である。おそらく、母も、この明治二十一年発行の横須賀新報を見ていないだろう。

私がこれを読んだのは、午前二時頃であったが、思わず、頭上で大きく手を打ち、殊勲打を打った高校野球選手のようなガッツ・ポーズを取った。

「……おい、酒だ」

と、叫びそうになったが、女房はすでに寝ている。書斎を出て、階下の台所へ行って、一升瓶を持ってきた。なんとも良い気分だった。もし、これを発見することがなかったら、私の行為は、ただ発《あば》くだけのことに終っていたことになる。

私が漠然と感じていたことは当っていた。

誠に感心。
此娼売にして此仁者顕はる
藤松楼の主人は直に電報を以て水雷営に通知す
引取人は同楼へ相当の謝金を出し死人を引取り去らんとするに同楼の主人ハ固く之を辞し電報料は勿論医者の診察料薬代より夜具畳に至るまで悉皆自分にて負担し決して損害を要せず水雷営より来る引取人数名も此娼売柄珍らしき楼主なりとて殊に感賞したり
チト此楼主の真似でもしたら好からふに

というあたりを、私は、酒を飲みながら、繰り返して読んだ。夜中に一人で笑っているというのもおかしいが、私は、自分の顔が笑顔になっていることに気づいていた。

私は、この後にも、いろいろの新聞を見ることになるが、楼主を褒める文章はきわめて少い。これは事実である。

私は、これは、かねてより、藤松楼の評判がよかったためだと解釈したい。こういう事件は、書きようによって、いくらでも変ってしまう。横須賀新報の硬骨漢の記者は、何かあったら、藤松楼を賞揚して他の楼主を叩くような記事が書きたかったのではあるまいか。

また、この事件のときの、羽仏ヱイの応対が見事だったのではないかとも思う。事に当っての捌きに間然するところがない。言葉が的確である。私は自分の母から推しはかって、ヱイがそんなふうであったろうと思う。

私は、さらに、こうも思う。こんなふうだから、店を潰してしまうのだ。ヱイにしても、私の母にしても……。

○聞捨てにはならぬ。と題して去十月二十五日東京朝日新聞に現はれたる八大滝町貸座敷何何楼を差したることは已に察せらる、所なるが此楼にして実に斯くの如き行為ありやとよくよく探知するに右新聞の報ずる如く相違なく事実あるいは全く信にして彼の有名なる高島炭坑の坑夫虐待よりは少しく緩なるか知らねども亦増《まさ》るものありと言ふべき程のこともあるよし・後略（第十三号）

これは、私が、大滝町の大火を報ずる朝日新聞を探しているときに、偶然発見した例の記事をうけたものである。

○加才ない女房。　大滝町貸座敷金村楼の女房お何は亭主が大阪もの、お何に現《うつつ》をぬかしどうかして女房にせんものと企て居る・後略（第十三号）

●出火ニ付テノ御礼。（広告・第十三号）
坂本楼類焼ノ節ハ御愛顧諸君早速御馳ケ付ケ下サレ御救護頂キ候段難有仕合ニ奉存候就テハ各様エ参館ノ上御礼可申上ノ処混雑ノ際尊名伺洩モ不少候付失礼ナガラ紙上ヲ以テ奉鳴謝候尚又営業上諸器械等ハ諸君ノ御尽力ニヨリ焼失不仕候ニ付新築落成迄ノ間山王町コンピラ山別寮ニ於テ営業仕候間是レ偏ニ愛顕諸君ノ御引立厚キヨリ速ニ就業モ致サレ候段楼主ハ素ヨリ娼妓仲どん遣手ノ婆アさん新造衆豆どん見世ノ立番妓夫どんお針ノ後家さん風呂場ノヂイチヤン共々打揃段々ノ御礼並ニ幾末広ク益々御愛顧ノ程奉希上候謹言。
コンピラ山　坂本楼一同敬白
明治二十一年十二月十日
御愛顧諸君様

女郎のことを営業上諸器械と言っているのが面白い。女郎が入院すると、新聞でも、器械故障のためというように書く。なにか、このあたりまでは、のんびりした良い時代であったような感じもあり、遊廓が社交場になっていることがわかる。恥ずべき職業という感覚は薄かったのではあるまいか。

○郡吏愚民を欺く。　深田村に住居しおります三宅勝武となん呼べる郡役所のお役人どんは頗る郡長小川茂周どんのご愛顧を蒙むる一方ならざるわけでもあるまいが去る十二日の夜ご自分の宅《うち》へ今回遊廓換地と定まりし不入斗《いりやまず》の地主或は田戸の百姓等を集め・中略・克《よ》く人が明治の官吏《やくにん》は泥棒だ抔《など》と酷く悪口を謂ひますが真逆《まさか》さうでもあるまいと今が今でも我れ〳〵は思ひ居りますなれば右の如き人物が世に現はれ出ますと万皿《まんざら》人の云ふことが虚喝《うそ》でもないか知らんテ……これが本統の官吏社会の面汚し。（第十四号）

○地所買込みの相談。　遊廓換地確定の二三日前或る人が本港戸長永島庄兵衛氏に向ひ今度遊廓換地は夫の柏木田と定まりし由に付貴殿と一所に其地所を買込み一儲けなさんと思考するが貴殿は如何んと相談したれば・後略（第十四号）

○犬の糞で敵《かたき》。　大滝町貸座敷の転地《かへち》が極つたところの渡戸柏木田は周囲みな山林ゆゑ殆ど

五六尺も埋立ざれば宅地にならざるを彼の三宅等の奸党《かんたう》が愚民を瞞着し秘密に先駈したる行為を悪《にく》み・後略（第十四号）

○あゝも欲しいものか。　前号の紙上を以て評論に雑報に聊《いささ》か筆誅を加へ置きたる彼の遊廓代地《かへち》を買込たる内の頭領の一人は郡役所にて学務のことを担任せらるゝお方なるよしなるが・後略（十四号）

○郡長は勧告書を送る。　目下本港に於て一問題となり居る夫《そ》の郡吏三宅勝宅のさい取り事件即ち遊廓敷地買込みの事柄は果して法律に反せざるや又道徳に負《そむ》かざるや・後略（第十六号）

○情死の夢。　扶桑艦乗組の水兵春口仙太郎（二十四）は昨年十二月十四日始めて山王町の仮宅貸座敷大坂楼に登り敵娼にしき（本名長岡はつ二十四）と云ふ婀娜《あだ》ものを買ひしが暗《や》み付にて本月八日迄二十五本の玉《ぎよく》を付くる如きの熱つ〳〵とはなれり・後略（第十六号）

○時ありてか鑑定を誤る。　新報社のツイご近所なる眼科専門の某医は去る二十年中大坂楼に出入し居られしがイッカ同楼の娼妓九重《ここのへ》（青木よし）と中よくなり遂に其年八九月中九重を身受することの談《はな》しが就《つき》か丶りし折柄懐合あしければ某医二名へ金員の才覚を依頼せしところ・中略・元この九重と云ふは横浜の或番館に居るもの丶洋妾《らしやめん》なりしが同館の馬丁《うまかた》某と私《ひそか》に契り夫婦約束までせしをイッカ館主が之を認め俄かに両人とも暇《いとま》にとなり爾来憂き日を送りしが素《もと》貯へのある身にしあらざれば忽ち糊口に悶支《さしつかへ》遂に大坂楼に身を販《ひさ》ぐこととなりたるなり・中略・彼の九重は稍《やや》先生のノロケを察しコ丶ゾと日頃の奥の手を出し昨年十一月上旬三百余円の物品を一も余さずマンマと攫《さら》ひドロンと消へて先きの馬丁某と手に手を執《とつ》て今はいづれに睦み居るや先生は天を仰ぎ憮然として地に俯《ふ》し乍《たちま》ち起ち乍ち座し或は怒り或は悲み・後略（第十七号）

○また出た。　当新報に於て有名なる松泉楼にては抱へ娼妓の橘《たちばな》（鈴木あか二十四）が去る二十年六月中より痔瘻に罹り夫れ〳〵治療を尽し稍《やや》快気に赴《おもむ》かんとする頃何故か是れまで治療を受けし当地或医者の手を離し橘がイヤガルをも肯《き》かず昨年三月中金沢の医者田中某方へ入室せしめ置きけるが田中は医術研究のためにや橘が患部を切断すること前後十五六回なるも更に効験《ききめ》なく打過ぎしが同年十一月初め田中より引取其后は医薬を廃しつ丶置きしかバ橘は痛みに耐へ兼《かね》シバ〳〵治療を受けんことを乞ひたれば主人は止むことを得ず十二月初めより当地の或医者に治療を依頼するに至りしが主人は医者に向ひ何卒《どうぞ》入費の掛らぬ様且つ金沢に居りし時と同様内服薬を与へられざる様いたしたしと無類の注文なせしかど去りとて右様の注文通りにては如何なる名医も匙を試みるの道なければ先づ相当の術を施《さ》されしが十二月下旬に至り患部も少しく快気に赴《おもむ》きたりしに同家にては何等の都合がありしものにや同二十九日突然《いきなり》橋を大滝町海岸所有の普請小屋に入れ置き自在ならざる患者をば医師の許まで通はせありしとの酷《むご》ひと云ふも愚《おろか》なり。（第十七号）

○泥中の蓮。ちと過称かも知れねど大滝町貸座敷は自分の営業は他に類なき程アクドイにも係《かか》はらず近所の正業者を随分込遣《こめや》るの風が沢山ある中に三業副取締中沢菊次郎（角蔦楼）は・後略（第十七号）

これは焼跡に仮小屋を建てた守田又七を立ち退かせるに際して、角蔦楼が大金を出したので、珍しく、金の世の中〳〵という妙な褒め方をしている。

○娯愉快《ごゆかい》すぢの上り高。昨二十一年中大滝町貸座敷十八戸にての収入上り高左の如し。前半期（一月より六月まで）金四万八千七百九円十九銭

後半期（六月より十二月まで）金四万六千二百三十円九十二銭

但し後半期にて前半期より減じたるは客年《かくねん》十二月三日の火災に罹りたる後数日間休業をなせしに因ると云へり。

○横須賀娼妓十佳撰　下山酔菊述

前略

第二　岡泉《おかいづみ》の辰野《たつの》は嬋娟《せんけん》にして威あり清涼の眼は「キリット」して威愛交々溢る若し此妓を劇を演せしむれば正に政岡的の役向必ず適せん。

中略

第四　花ならば桜の如く燦爛として騒客の目を奪ふが如くならずと雖も幽淡にして暗香を放つ蘭に似たるは大玉《おほたま》の宝来《ほうらい》なり齢は応に鶯谷を出で已に春を解するもの、如し閨房必らず春豊かならんか。

中略

第六　美貌の時に或は変じ易し何ぞ恃むに足らん幾多の才子を悩殺するは必ずしも楊妃太真の麗を要せず三寸の舌以て足れりとするが如きは藤松《ふぢまつ》の栄山《えいざん》なり。

後略（第十八号）

○情死《しんぢゆう》と自殺。　横須賀屯営水兵広常重三郎（二十六年）は大滝町松泉楼の娼妓和国《わこく》（諏訪レイ二十四年）と深く馴染居りしが何等の因果か去月一日午後七時頃両人《ふたり》は各小刀を以て咽喉数ケ所を突き苦み居る中店の者に認められ大騒ぎとなりしが双方とも深傷《ふかで》にして重三郎は海軍病院に和国は松泉楼にて療治中なりしが本月七日和国は遂に果敢なく閻魔庁に出稼の身となりたり又一つは富士山艦乗組水兵神川勇之進（二十五年）は去月二日大滝町貸座敷若葉楼へ登楼し娼妓花咲《はなさき》を相手に呑めよ歌へよと散々愉快を尽したるが其の娯散財高は大枚一円拾一銭の勘定の処例の文なしと来て行燈《あんどう》部屋に蟄居を申付られ身は居残りの客となりしを悔ひおりしが・後略（第二十一号）

○また出た〳〵。　三月二十三日午前十一時過ぎなりけん二十歳《はたち》位と見ゆる別品が長き黒髪を振り乱し眼一杯に涕《なみだ》を含み帯をも締めず跣足《すあし》の儘で警察署へ駈け込み来るは痴話喧嘩揚句の事ならんと思ふ間もなく大の男二王立《にわうだち》になり（二王立では走れぬ）追掛け来りキヨロ〳〵し乍ら別品の行方を捜す模様なればハテ変と能々《よくよく》聞けば女はまた出たで有名なる松泉楼の娼妓かしく（丸ちよ二十一年）にて先頃中三年の年限満ち廃業せしも前借金に対して少しく不足あるとかにて同楼に拘留の身となり居る内不足金は他に返済の方法を付け升《ます》からどふか

身体《からだ》を自由にさして下さんしと泣けど嘆けど聞入れず・後略（第二十二号）

○情死。　横須賀屯営水兵古田辰之助（二十七）は去る二十年十月頃より松崎楼娼妓小まん（山形りやう二十四年）と相馴染み末は夫婦と契りし甲斐も情けなや如何なる因果が廻はり来たのか三月二十七日午後十時頃登楼し御定まりの遊興を為し二人は床に就きたりしが二十八日午前四時三十分頃ズドンと聞ゆる銃声に・後略（第二十二号）

○六円の損害要償。　と云へば大層安い様に聞ゆれどもよく〳〵探《さぐつ》て見れば高いお咄し大和艦乗組水兵某（二十四）は去月二十日の夜大滝町貸座敷大坂楼に登り兼て馴染の娼妓福寿《ふくじゆ》（倉田いは二十二年）を相敵に一本一皿のアツサリ遊びを切り上げてイザ床へ廻りし後は相敵の福寿は三日月様のそれならで初更《よひ》にチラリと見た許り・後略（第二十二号）

○新撰娼妓十佳仙。

前略

其の八　洒々落々盃盤の上に満ち愉々快々衾裡に溢る、見れば二重の瞼《まぶた》肉温かに星の瞳光り鮮かなり、薄き朱唇《くちびる》は尋常《つねなみ》にして毎《つね》に無量の笑を含む、蝶々髷の花釵《かんざし》は可愛の色を籠《こ》めて薄命《ふしあはせ》の露をば宿さず、客に接すれば洒々落々、客の玩弄物《おもちゃ》とならずして却て客を玩弄視するは藤松《ふぢまつ》の小久《こひさ》なり、小久毎に閨房《ねや》に在《お》れば客の夢温かに〳〵。

後略（第二十三号）

○情死《しんぢゅう》はイヤ欠落《かけおち》。　松崎楼の娼妓松尾《まつお》（内田くわ二十一年）は金剛艦乗組水兵大西常吉（二十七年）とは昨春以来の馴染にて熱度一層高くなるより末は夫婦の約束位は確かにしたことならんが本月十三日の夜も常吉は例の通り登楼し御定まりの遊びをなしサア床入といふ所になると松尾に向ひ是れ迄は斯くも親しく遊び居りしが迚《とて》も此世で夫婦に成る訳には参らぬ故イツソ黄泉《あのよ》で添ひ遂げん如何にといふよりメスを取出し・後略（第二十三号）

○水兵の脅奪《ねだり》。　四月十日例の水兵五六名は大滝町新盛楼へ登楼し翌朝帰営の際某は靴が違ひしと言ひ出せしも昨夜登楼の節に下足札をつけおきたる故へ取違ふ訳はありませんと妓夫の言《ことば》をも聞き入れず・中略・中々引くべき様もなければ楼主も持てあまし遂に金二円五十銭を差出して和解す又松泉楼は三円福島楼は六円共に此手段《てだて》にて脅奪せられたりと云ふが信か。

（第二十四号）

○水兵の暴行。　和服を着けたる水兵体《てい》の男二名が這々《はふはふ》の体にて土足の儘見世《みせ》へ駈け込む後より二十七八名の水兵は獅子奮迅の勢を為し飛び来る様は先きの二名を取押へんと真驀暮《まつしぐら》に見世へ闖入《ちんにふ》しアワや生捕らんと思の外前後忽ち一団となり見世より部屋に建て付たる戸障子を手当り次第に打毀し意気揚々と引揚げたるは去る二十一日午後八時三十分頃貸座敷大坂楼にての騒動なりし・中略・翌二十二日夜は金村楼三富楼新盛楼松泉楼等へ二十名内外の水兵は暴込《あばれこみ》多少の器物を打毀たる由なるが何故か此程は暴行の水兵増殖し貸座敷にては安く営業もなし兼る有様にして水兵等は犯罪の跡を晦まさん為め何れも帽子の徽章を除き居る由・後略（第二十四号）

○娼妓将に洋行せんとす。　日本は広し人民は多しと雖も娼妓の洋行まで曾てあらずと四角張つて書く程にはあらざれども茲《ここ》に海外旅行を企だてたるは大滝町角蔦楼の娼妓色香（本名井上たね）とて本年僅かに十八年背高からず低からず十人並と云ふよりは少しく不足あるも顔の丸きと色の蒼白きとを以て長所となすと聞く色香は今や志を立てゝ遠く海外に航し該地《かのち》の風土民情娼況を視察せんとするの心掛ではなく予《かね》てより不断船中にある某と深く馴染居しが何時迄苦界にあるよりも私《わし》と共に洋行せよと勧誘《すす》められ和郎《おぬし》と共に行くならば幾万里の荒波も厭ひませぬ何卒一所に願ひ升との相談頓《とみ》に整ひ・中略・其儘打捨て置くべきにあらずと親類縁者は申に及ばず近所合壁《となり》や五人組まで打集り洋行差止めの儀を名古屋警察署へ出願せしかば直ちに当警察署へ照会となり色香は御係より懇々説諭を受け有がたく幾久敷肝胆に銘し実は一時の心得違より・後略（第二十六号）

これが、横須賀新報復刻版に出てくる、大滝町貸座敷に関係のある記事の全てである。（あまり意味のないものは除いた）

このなかで、藤松楼の名は、横須賀娼妓十佳撰、新撰娼妓十佳仙を別にすると、例の美談以外には見当らない。あまり事件のなかった妓楼であったように思われる。それとも、羽仏ヱイの睨みがきいていたのだろうか。「美貌の時に或は変じ易し……三寸の舌以て足れりとするが如きは藤松の栄山なり」（横須賀娼妓十佳撰）「客に接すれば洒々落々、客の玩弄物とならずして却て客を玩弄視するは藤松の小久なり」（新撰娼妓十佳仙）とあるように、どうも、藤松楼には美人がいなかったようだ。そこが、藤松楼は商売に不熱心で、全国から娘を集めてくるようなことをしなかったという話と符合するのである。三寸の舌以て足れりとするというあたりは、女郎もまたヱイ譲りの啖呵のきれる女であったように思われる。

横須賀新報は、残念ながら、大滝町の貸座敷が柏木田に移転する直前で終っている。明治二十一、二年のことがこれだけ詳しくわかって、肝腎の震災前後のことがわからないというのも皮肉な話である。

41

今年の三月二十日に発行された、横須賀市と横須賀市教育委員会の企画・編集による『市制施行七十周年記念・横須賀風物百選』という書物を読んでいるときに、次の箇所が目についた。

大滝は元山麓の沿岸にして、只茅屋《ぼうおく》二三ありしのみ。海に臨む断崖を隔てて若松に対し、潮去りたる時僅に歩行するを得。断崖の小径に曲りて若松に通ずることを得たりしが慶応三年海面を埋め遊廓を設く。こは造船所に傭聘したる仏国人のためなりしと謂ふ。後年更に塡めて其地域を拡張したり。（大正四年発行『横須賀統計書』より）

これは、県社会教育委員の徳永アサ氏の書かれた「中央商店街」という項からの孫引である。

また、横須賀商工会議所会頭の小佐野皆吉氏の書かれた「みなとまつり」の項には、次のような文章がある。

横須賀と港との結びつきは、深く、長いものがある。今から百数十年前に遡る慶応元年に、徳川幕府の横須賀製鉄所が設けられ、これが横須賀港の起源となった。

ここから察するに、羽仏丑太郎が、息子の幹雄に「うちの先祖は、旅館業であり、女郎屋であり、十手捕縄のヤクザ、つまり二足草鞋でもあった」と言ったのは正確だったと思われる。

つまり、羽仏家の先祖は、安浦のほうの、穏やかな海岸べりに旅館業を営んでいた。「潮去りたる時僅に歩行するを得」るのみで「茅屋二三ありしのみ」というところに旅館が建つわけがない。そうして「造船所に傭聘したる仏国人のため」もあって、大滝町に遊廓を設けることになった。それが慶応三年のことである。

政府の命令によって、国家のために遊廓をつくる。経営をまかせるのは旅館業者がいい。十手捕縄の藤松旅館が指名される。という筋道を考えても、それほど無理ではないだろう。その稼業を羽仏ヱイは嫌っていた。やむをえずに、厭々、営業していた。従って、関東大震災を待つまでもなく、漸次、衰微していった。そういうことがなければ、母があれほど苦しむこともなかったという図式も成立すると思う。……もっとも、羽仏藤造、もしくは専蔵が、十手捕縄の関係で遊廓の権利を得たということも考えられるのだけれど。

ここに、横須賀海軍工廠の技手であった木村作助という人が、大正年間に調査したという旧横須賀村の地図がある。その集落部分図に大滝も出ている（横須賀文化協会発行『横須賀市の地名変遷資料』所載）。これは、明治初年となっていて、すくなくとも明治十年より以前のものであるそうだ。大滝は、なるほど、崖の下で、海っぺりの集落である。近くに、山王社という神社、良長院という寺がある。その集落は、二列鍵の手になっていて、いかにも新開地らしく区割は整然としている。戸数は四十二戸、中央に近く大門という文字が見える。その内訳は次の通りである。

一（家屋の番号・以下同）、小浜新九郎。二、豆寅。三、不詳。四、今井市兵衛（荒物・運送）。五、同上本宅。六、松崎（貸座敷）。七、湯屋。八、床屋。九、日兼。十、仕立屋。十一、玉屋（貸座敷）。十二、古谷政吉。十三、山ノ内（水菓子）。十四、菓子屋。十五、若松屋（蕎麦屋）。十六、高橋勝七（地図）。十七、路地定。十八、同上子分宅。十九、福嶋（料理）。二十、塩物屋。二十一、蕎麦屋。二十二、造船所職工。二十三、山本滝造（米屋）。二十四、松月堂（菓子屋）。二十五、佐倉屋（テンプラ屋）。二十六、衛所（帯刀者取締）。二十七、三富屋（貸座敷）。二十八、葉茶屋。二十九、嶋崎（貸座敷）。三十、藤松（貸座敷）。三十一カラ四十二マデ、不詳。

ここに、藤松という文字が見えるが、これが私の知り得た最古の文献である。

貸座敷は、不詳となっているのがそうでないとすると（三十一から四十二までは鍵の手になっている部分で、多分、貸座敷は無かったろうとも思われる）、松崎、玉屋、三富屋、嶋崎、藤松の五軒である。これが、だんだんに二十軒にふえていったものと思われる。なお、福嶋というのは、後年の、小松と同じような料亭の福島楼に違いない。ここでは、百数十名が集まった憲法発布の祝賀会が開かれたりもしている。

横須賀新報と同じように、昨年七月、『横須賀繁昌記』と『三浦繁昌記』が復刻された。『横須賀繁昌記』は、明治二十一年三月に発行されたもので、著者の井上鴨西居士は井上三郎のペンネームであり、すなわち、横須賀新報の編集人である。そのなかに、貸座敷の項目がある。

本港の狭斜花柳の衢《ちまた》は大滝町と号し青楼家々軒を列ね紅閣戸々相対し絃声鼓音歌吹沸き来《きたつ》て嬌喉妙舞宴闌《たけなは》に紅《こう》を尋るの越客、春を買ふの呉人、日に来り夜に往き遊人沓至四時其の跡を絶たず是れ所謂鎖金鑠銀鍋にして即ち洞天の小楽土、壺中の一仙郷たり抑も聞く此の界《さかひ》明治の初年は妓楼数戸に過ぎざるも爾来日に昌《さか》んに月に盛んに楼々婢婷《びじん》を貯へ閣々婀娜《あだ》を養ひ今に至て妓院の数殆んと雙十娼妓《にぢうぢよらう》の計《かず》亦二百を下らずと云ふ。

一簇《ひとむら》の紅烟一朶の紫雲靄々《あいあい》として天を抹《まつ》し雑閙《ざつたう》の汗雨、喧噪の響風、囂々《がうがう》として地を動す但有る飛檐層閣に聳立するは若葉楼にして曲廓盤蟠《わだかま》つて鉤《かう》の如きは松泉楼、大坂楼と為す其他島崎楼、新盛楼、三富楼、角蔦楼、松坂楼、坂本楼、松崎楼、金村楼、大玉楼、等皆各々気勢を張り籬中園裡に梅桜桃李海棠の花を植ゑ色を競はし香を闘はせて以て往来《ゆきき》の人の眼を奪ひ大滝町の夜の景、素見ぞめきの端唄を謡《うた》ひ格子をそゝる目白あり、其押くらに觜《はし》をいれ衣紋《えもん》つくらふ椋鳥《むくどり》あり、頭をつゝんで人目を蔽《お》ふは自ら通《つう》を気取るの自惚痴漢《うぬぼれ》、袴を穿ちて願くは軽羅《けいら》となつて細腰につかんと呻《うな》るものは貧書生、ほうかい節で威勢よく面白可笑《をかしく》足踏みとつてよがるものあればこりやなんだいで肩を怒らし塩辛声でどなるもあり粋《すゐ》も不粋《ぶすゐ》もこきまぜて目ざす相敵《あひて》は唯一人その仇ものを見立んと那地此地《あちこち》素見の尻に付き徘徊するもの最《いと》も多し。（後略）

これだけ貸座敷の名が列挙されていて、もっとも古い一軒と思われる藤松楼の名が出てこない。これは、もしかしたら、十手捕縄とも関係があるのではないかと思われてくる。藤松楼は、新聞記者にとって煙ったい存在ではなかったのかという気もする。

『三浦繁昌記』は公正新聞社から出されたもので、明治四十一年七月の発行になっている。貸座敷に関係のあるのは、次の箇所だけである。

●遊廓。以前は大滝町に在たのが移つて今は深田の柏木田にある、妓楼の数十七軒、軍艦の入港数が少し多いと此不夜城は更に一大歌吹場裡となる、毎月二十八日は工廠職工の給料日であるから、此日から翌日あたりは又黄金《こがね》の雨が降る。

42

私が調べたのは、以上の資料だけではなかった。横須賀自治研究所の加藤勇氏に教えられて、古い新聞のある家を訪ね歩いた。その間に見ることの出来た新聞は、公正新聞、相模中央新聞、横須賀新報（以前の雑誌形式のものではなく日刊紙）、横須賀新聞の四紙である。

そのなかから、藤松楼の名の出ている記事だけを書き抜いてみることにする。

●娼妓廃業。柏木田藤松楼にて凄腕を振ひ居たる清次事東京市浅草区馬道八丁目一番地平民幸太郎長女西村キヨ（二六）は一昨日廃業の旨を申出で又同所金村楼にて娼売《しやうばい》を為すべく申請中の菊野事宮城県桃生郡野蒜《のびる》村大字浅井字大栗七一番地源蔵長女桜井きく（二四）は他に都合があつて申請書の取下を願出たりとは何にせよお芽出度い事なり。（公正新聞・明治四十二年五月十三日）

●柏木田の涎《よだ》れ高《だか》。市内柏木田遊廓に於ける五月中の統計は左の如し。

楼名	揚金高	稼金高	客数
相州楼	六二一、三三	四一四、五〇	八一九
紀伊国	六七八、六〇	四〇六、八〇	六六七
港	一五四、〇〇	一二九、六〇	二一五
若葉	六一〇、五四	四五〇、〇〇	七四〇
大坂	六五四、九六	五〇八、二〇	八四五
大玉	五〇一、二六	三七〇、八〇	六五五
金村	六八二、〇七	三九二、〇〇	六四五
寿	五八六、五八	四三〇、〇〇	七一〇
永盛	一八四、一九	一八三、〇〇	三〇四

藤松	五七五、一七	三〇六、〇〇	四九四
中田	六八〇、四〇	三四三、二〇	五五八
鈴木	三六〇、六二	三七二、六〇	六一八
いろは	六一一、八四	三五六、四〇	五八〇
松坂	三九九、四三	二三一、〇〇	三七七
大美	六四六、九三	四三八、六〇	七一三
角蔦	七九五、六七	五三〇、四〇	八六二
朝日	五四四、三三	三九四、二〇	六四一
合計	九、二九一、九一	六、二五八、三八	一〇、四〇三

（公正新聞・明治四十二年六月七日）

●遊廓の落し金。七月中に於ける市内柏木田遊廓に落したる嫖客の金高は左の如し。

楼名	揚金高	娼妓稼高	客数
いろは楼	五二七、五五	三〇〇、六〇	四八九
港楼	九八、二二	七九、八〇	一三一
大美楼	四三九、二三	三〇一、二〇	四九〇

朝日楼	三八二、九一	二八九、八〇	四七六
藤松楼	四八二、八八	二七七、八〇	四四八
角蔦楼	四五八、九七	三〇四、二〇	四九八
岡泉楼	二四七、二九	一五一、八〇	二四九
岡崎楼	三〇八、四二	三二四、〇〇	五二八
大玉楼	四四三、一七	三三四、二〇	五四五
紀伊国楼	五〇五、三〇	三二五、八〇	五二二
若葉楼	四六二、六五	三三三、六〇	五四九
寿楼	六七〇、五三	四五九、六〇	七五〇
相州楼	四七七、五二	三一六、〇〇	六二〇
永盛楼	一九二、四九	一六九、八〇	二七六
大坂楼	五一〇、九九	三五三、四〇	五七五
中田楼	五二八、〇九	二三五、二〇	三五八
金村楼	五三一、四六	二九二、二〇	四七九
合計	七、二七二、六七	四、八四八、〇〇	七、九九三

（公正新聞・明治四十二年八月七日）

五月の統計に見られる鈴木楼、松坂楼の名が七月には無く、かわりに、岡泉楼、岡崎楼となっているのは、どういうことなのだろうか。ただし、大滝町での二十軒、柏木田での十七軒という軒数は、変らずに長く続いたように思われる。

七月中の統計のうち、岡崎楼の娼妓稼高が揚金高を上廻っているのは、私には説明がつかない。

これは円単位であるので、五月中に、一万四百三人の客が柏木田遊廓で遊び、九千二百九十一円九十一銭の金を落としていったことになる。これに対して、七月中は客数で二千四百十人、揚金高で二千十九円二十四銭の減少となっているのは、やはり、入港する軍艦の関係なのだろうか。それとも季節的なものなのか。

五月中に揚金高で十位、客数で六位であった寿楼が、七月中では、揚金高でも客数でも断然たる一位になっているところに、この商売の特徴があらわれているように思われる。

藤松楼は、収入では中堅よりやや上位というところであるが、娼妓の稼高にくらべて揚金高の多いのが目立っている。これは、経営者である羽仏ヱイが遊ばせ上手であったのか、あるいは格式が高かったのか、それもよくはわからないが、私は、女郎を相手にしないで、酒肴だけで帰る客が多かったのだろうと推測する。これは想像の域を脱するものではないが、私は、店のほうではなくて、母屋で店屋物《てんやもの》を取って、ヱイと話しこんでしまうというような客がいたのではないかと思っている。こういうことは、女郎屋の商売としては、あまり上手だったとは言えない。

藤松には、昼に顔を出して、夜中までに三度の飯を食べて帰る坊さんの客がいたという話も聞いている。こういう人から金を取ったとは思われない。また、丑太郎の野球仲間は、始終、ヱイの部屋に入り浸りであったという。

私は、母が、小学生時代に、宿題をなまけて教師に叱られたというのは、仕方のないことだったと思っている。家のなかが面白すぎるのである。さらに、後年、近所の青年たちを可愛がり面倒を見たこともヱイの影響であったと思われる。

ヱイは、家に遊びにくる青年たちのうち、私の父に対しては、つねづね、何か大きなことをやるだろうけれども、非常な危険人物だと評していたという。

●年期を増した孝行花魁《おいらん》。　柏木田貸座敷藤松楼事羽仏ヱイ方へ去る四十一年十二月十四日六ヶ年の年季にて浮川竹の流れ汲みし源氏名信夫《しのぶ》事東京麻布区宮下町二六安太郎長女辻しげ(二二)及び同年十一月三十日同じく身を沈めたる栄山事東京浅草区浅草松葉町一二一元次郎長女辻さん(□□)の両人は親が病気に罹り其の薬料に差閊《さしつか》ふると云ふ所より今回五十円宛前借し一年宛年季を増して来る四十八年十二月迄勤むると云ふ孝行花魁共なれば嫖客《おきやく》は其の殊勝なる心を賞で自今ドシ〳〵と登楼せらる可し。（相模中央新聞・明治四十三年四月二十四日）

はじめて、新聞に羽仏ヱイの名が出てきた。しかし、その後、その名を見ることはなかった。私は、藤松や羽仏ヱイの名を見るたびに、鼓動がドンとひとつ搏《う》つような感じになるのであるが、記事はいつでも好意的に書かれていた。この記事でも、書きようによっては、かなり違ったものになるはずである。

これに反して、金村楼、松坂楼などは、気の毒なくらいに、筆誅を加えられている。たとえば「遊廓名代の金村は、高利でためた腕前だけあつて、財産貯蓄に心を濺《そそ》ぎ、巨万の富を後楯にしての誤娼売《ごしやうばい》、慈善の心に乏しく、遊廓改良などは爪の垢ほどもないと云ふ始末。」（横須賀新聞・明治四十五年二月二十四日）という調子である。

●名にし負ふ近頃更迭して藤松楼の副統監の椅子にある静江の産地は鹿児島か長崎か否日本のロンドンか聞けば此頃は眉目秀麗の男子と互に偕老同穴の契を結びホネムーンを終りてスヰートホームをつくるとか事実とせば会稽の恥を雪《そゝ》ぐよ本欄に返事を寄越せ・海国男児。（相模中央新聞・明治四十三年七月十四日）

●大正の初自廃。　去る三月十二日六ヶ年間前借三百五十円で市内柏木田貸座敷藤松楼に身を沈めた源氏名久方《ひさかた》事福島県伊達郡富野村舟生《ふなふ》小字寺下三番地忠吉妹三浦おチウ（二三）は突出しの当時娼売の道を充分修業せざりし酬ひにて此の頃に至り娼売の資本場所を痛めドモならん所より十三日午前四時頃同楼を抜け出し其の筋に駈け込み誰の教唆《けうさ》でも何でもなき事を証拠だて無事自廃を遂げ国元にか又は情夫の許へか何処かへ向け立去たるが本人の喜ぶ顔に引かへ楼主は三百五十円の上玉を僅か五ヶ月間稼がれてフイにされてはと大滾《こぼ》しなりとはイヤゴモツトモ。（相模中央新聞・大正元年八月十六日）

以上が私の読むことのできた資料のあらましであるが、明治初年頃、明治二十一年前後、明治末年から大正の初めと三つに集中していて、私の知りたいと思う、大正十年から十二年の震災までの資料は全く入手できなかった。ただし、私は、ここまでやってきて、もう、これで充分であり、尽すだけのことは尽したという気がしていた。それに、神奈川新聞の社主であったH氏によれば、藤松楼倒産の記事は掲載されていないということであり、原因も時代の流れとしか言いようがないと聞かされてもいた。

私は、母の生いたち、母と父との恋愛事件、藤松楼倒産の原因を知りたいと思っていたが、わかったことは、ほんのわずかだった。その途中で、岡泉というのが親戚ではなくて同業者であったことが知れたのが、唯一の収穫であったと言えるだろう。そのことは、私にとって、ひとつのショックだった。また、どうやら、羽仏ヱイは、私の聞かされていたような人物であるらしいこともわかってきた。私は、悪虐非道、鬼のような、と書かれても仕方がないと思っていたのである。どんなことがあるにせよ、私の曾祖母は人買いであったのだから……。わかったことはそれぐらいのことであり、私における藤松楼のイメージは、むしろ、冥《くら》くなってしまった。

三階建ての遊廓で、長襦袢で寝そべっている女郎に招かれるという性夢のような夢のなかの藤松楼のほうが、ずっとイメージは明確だった。そのときは、女郎の肌の匂いまで匂っていた。柏木田の藤松楼跡から察するに、なるほど、大きな建物であったには違いない。しかし、三階建てではなく二階建てであった。それは、柏木田遊廓内での葬儀の写真でわかったことである。藤松楼だけが三階であったとは考えられない。

母からは旅館だと聞かされていた。おそらく、遊廓以前はそうだったのだろう。そのときも、私は、猿島の見える白砂青松の安浦海岸べりの大厦《たいか》高楼をイメージとして描いていた。それも、風のよく通る三階建てであった。しかし、たぶん、そんなものではなかったということがわかってきた。というよりも、私のイメージは、影も形も匂いも失われてしまったのである。白茶けた、埃の多い柏木田の大通りのように、私の描いていたものも、だんだんに影が薄くなってしまった。

私は、疲れてしまった。もう、これ以上、新聞資料を探したり人に会ったりすることはやめようと思った。いつでも、「そんなことを調べて何になる」という言葉が私の頭のなかで鳴っていた。何にもなりはしない。それに、母をはじめとして、みんなが私に隠していたことなのである。それを、ほじくりかえして、いったい、それが何になるのだろうか。

私は、遠縁の、ワンカップ大関の老人に会うこともやめた。彼は、二杯飲むと呂律がまわらなくなり、頭の働きが停止してしまう。私が彼に会うのは、彼の健康のために良くないことだった。それよりも、私は、親戚の誰彼からそれを聞きだすことに躊躇《ためら》いがあった。新聞記事を漁《あさ》ったのはそのためである。母の恋愛事件も、藤松楼倒産も、客観的な報道としてそれを知りたかった。そういったことも、他人にはわからない神経だろうとは思うのであるけれど。

43

私は屈託なく時を過すということが出来ない。いつでも緊張しているし、絶えず気兼ねをしている。それで疲れてしまうし、すぐに肩が凝ってしまう。

昼時分のレストランで、客がたてこんでくると、腰が浮いてしまう。こういうときに、悠々と食後のコーヒーを飲んでいる人を見ると、つくづくと羨ましいと思う。彼は悪い人なのではなく、気がつかないだけなのである。一度ぐらい、そうやってみたいと思うけれど、やれるものではないということがわかってきた。デパートの食堂で、隣の客にお茶を注いであげることがある。そのお茶がぬるいと思うと、ウエイトレスにかえてもらう。列車に乗って、隣の席に赤ん坊がいると、あやさずにはいられない。こういうことは優しさとは無関係である。女房が私を嫌うのは、この点である。外へ出て、楽しい思いをしたことがないと言う。

行きつけの寿司屋で、若主人のスポーツ・シャツが汚れているのを見ると、自分のシャツを脱いでしまう。その細君に余所行《よそゆ》きのドレスを買うことを考える。自分の財布の中身を頭のなかで計算し、店をどこにするかを考え、それを女房にどう言いだすかということを考える。それで対人関係がうまくゆくかというと、決してそうはならない。先方は誤解するのである。ある人はそれをうるさいと思い、ある人は過剰に愛されていると思い、甘えたり、狎《な》れ狎《な》れしくなってきたりする。そんなことで喧嘩わかれになった知人が何人もいる。

私は、乗物のなかで眠ったことがない。自動車や列車のなかで眠れたら、どんなにいいかと思う。友人と、東京駅から新幹線に乗って、新横浜駅あたりで彼に眠られると、ほんとにガッカリしてしまう。私は、数日前から、その友人をどうやってもてなそうかとプランを練っていたということが珍しくはないのである。そうやって、いつでも気を張っている。

サウナ風呂へ行くと、湯上りに仮眠する人が多い。あれは妙に眠くなるものである。あれがやれたら、どんなにいいかと思う。しかし、私は、他人の前で、半裸体で眠るなどということは、とうてい、できそうもない。

パーティーというものも苦手である。いつでも疲れてしまう。私は、常に、サービスする側に立って、ものを考えてしまう。受付を手伝っている人にジュースかコーラでも持っていこうかと考えている。場合によっては、その人たちをどこかへ招待しようかと考える。自分で、ちょっと病的ではないかと思う。友人に、きみは先日のパーティー会場では、ぎょろぎょろとあたりを睨みまわしていたと言われる。自分では気がついていない。

酒場へ行っても、どうしてそんなに緊張しているのかと女たちに注意されることがある。そういうときに、ああ、俺は客なんだなと思う。どこへ行っても、サービス業者に対しては、お世話様になりますという思いを拭い去ることが出来ない。いつでも、俺は道の真中を歩いてはいけない人間なのだと思う。こういうことが、いかにもヤクザだと思い、自分で、キザっぽいなと思う。どうして、もっと、ゆったりと構えることが出来ないのかと思う。

こういうことを含めて、私の諸性格は、すべて出生のためであり、血のせいだと思っているのではない。私における欠落感は、廃人同様の豊太郎の孫であるためだとは思っていない。泣き虫で、小心翼々としていて、臆病で、万事につけて退嬰《たいえい》的で、安穏な生活だけを願っているといったことの全てが、遊廓で生まれ育った母の子のためだと思っているわけではない。少年時代に、あまりにもひどい貧乏を経験したためだとも思っていない。冷血動物でありゲジゲジだと言われた、自分ではあまり気のついていなかった性情を、出生と環境のせいにしてしまうつもりもない。

しかし、それが、私の血と全く無関係であるとはどうしても考えられないのである。私は、あきらかに、容貌だけでなく、その性情において、丑太郎や勇太郎に似ているのである。すなわち、引込み思案で依頼心が強く、地位を得たときに威張りだすようなところがあるのである。私は、丑太郎や勇太郎に似て、芝居っ気の強いところがある。つくづくと、もし、少年時代に苦労するところがなかったら、もっともっと厭味な人間になっていたろうと思う。お前のような人間は引込んでいろと自分に向って言うことがある。

私の息子は正業についていない。妹の子供、弟の子供も同様である。これも血のせいだと思うようなことはないのだけれど、あるとき、突然、出生のことを思い、慄然とするような思いにとらえられることがあるのである。いまになって、母の最大の教育は、隠していたことにあったと思うことがある。

柏木田遊廓の人たちの目は、横須賀市内ではなく、東京のほうへ向いていた。特に藤松では
それが強かったと思われる。藤松の女郎の出身地は東京が多いというのも、ひとつの証拠では
ないかと思われる。

大滝町の大火により遊廓が焼失し、その移転問題が騒がれたとき、明治二十一年十二月十五
日発行の横須賀新報（第十三号）の時事評論欄の一節に、こんなことが書かれている。

或は亦情実に牽《ひか》され、籠絡手段に陥《おち》いるもの、説を聞くに、今遊廓を当港より遠く離隔せば、忽まち金融を閉塞し、諸商業に不景気を顕はし、必らずや当横須賀町に於て経済上の盛衰に関する云々と、巧に之を説きつれど、吾人は其当横須賀町に於て経済上の盛衰に関すると言はんよりは、寧ろ二三人士の嚢中に於て経済上の盛衰に関すると謂ふの勝れるに如かざるなりと信ず、何となれば仮令《たとへ》今日大滝町に於て、二十三十或は五十戸の遊楼があると雖も、各楼が日々に消耗する所の紙、多葉粉《たばこ》、茶、酒、米、或は襦、帯、浴衣並に諸道具に至るまで、一切皆東京より買来て使用し、土地に於て購求するの物品は、至つて少なければなり、又仮令土地の物価は幾分或は幾割か東京より高値なるにもせよ、一向土地の利潤をも顧みず、其平常はツント済まして此米は東京にて幾許、此反物は東京にて若干抔《など》と暗に諸商人を冷か

す等の挙動をなし、甚だしきに至ては紙や烟草《たばこ》をお部屋にて、押売りしたる輩もありしと聞く、然るに此事実あるを世人が知らずと思ひ、猫を被《かぶ》つて頻りに其筋に縁故ある者共が、一味の面々を語らひ、ソレ遊廓移転は土地の衰微、ヤレ余り遠く移りては当町の不為抔と、最《もつ》体《たい》らしく真面目に語り行《あ》るくこと可笑《をかし》けれ、紙や烟草まで其営業者に利潤を与へるを、吝《やぶさ》かなるものが、何条当港の利益を顧みるの暇《いと》まあらんや、畢竟《ひつきやう》百の口実を設るも一事実あるに若《し》かん、若《も》し吾人が此言を以て虚喝とせば、請ふ紙やまれ、茶やまれ、米やまれ、或は呉服やに至て、今日まで彼の十八戸の遊楼が、如何なる利潤を土地に与へたるや、否やを聞け、必ずや思ひ中ばに過ぎん。

紙、煙草、茶、酒、米、呉服類、あるいは寝具類までを東京から買っていたというのは事実だろう。これは、当時の横須賀と東京との関係を示すものとして興味がある。

羽仏ヱイが、東京に出て、銀座の資生堂で食事をするというのは、極めて自然だったのだろう。丑太郎や勇太郎のハイカラ趣味も、ここからきていることは間違いがない。そこにひとつの文化や流行があったと見てもいいと思う。

私の父の正雄は早稲田大学に入学し、父の弟の敏男は慶応大学に入学した。まあ、大学はいいとして、勇太郎の如きは、府立一中に入学するのである。みんなの目が東京に向いていたのである。

私の母の出生を知らない人は、最後の江戸っ児ですね、とか、本当に江戸前の方ですね、という言い方をした。私、思うに、本来、チャキチャキの江戸っ児などというものは存在しない。東京人らしい東京人は、下町の隅のほうで、ひっそりと暮しているはずである。これは東京人という名の地方人であって、その言語は、まさに方言である。

しかし、チャキチャキの江戸っ児にイメージされるものを目ざす人はいる。母は、それだったと思う。母の場合は、素質があったというだけの話である。母の着物の着つけは杉村春子に似ていると書いたが、杉村さんは広島の人である。着物を、ちょっとダラシなく着る。この呼吸がむずかしいのであって、本当にダラシなくなっては駄目なのであって、そこに自在の感じ、天然自然の感じがなくてはならない。そこに、粋というか、垢抜けるというか、水商売の出身と間違われるような何かが生じてくる。

母の場合、あきらかに東京へ逃げたのである。その結果、東京人よりも東京人になってしまった。

母の尊重したものは芸であった。唯一の拠りどころであった。母の出生を考えるとき、そこへ逃げるより仕方がなかったのだという気がする。母にとって、芸は絶対だった。品行方正でなくてもよかったのである。四角四面と不粋とを嫌った。母は、東京と芸とを勉強して、ある域に達した女だという気がする。出生の苦痛、隠していることの苦しみから逃れるには、それ以外になかった。

44

長崎へ行って絵を描くという仕事があり、その帰りに、佐世保市黒髪町桜ヶ丘の寺田蔦枝を訪ねた。蔦枝は、父の従弟である同姓同名の山口正雄の妹の娘であり、昭和三十二年に、ほぼ一年間を東京の麻布の家で過した人である。

蔦枝の立場は、女中奉公のような、行儀見習いのような、親類の娘の長目の東京見物であるような、いずれともつかないものだった。その頃、私は、仕事の関係で、ほとんど家にいないのと同様だった。朝早く家を出て、帰宅は午前二時、三時になる。会社に泊ってしまうことも珍しくはなかった。

親類の娘である蔦枝が、母をどう見ていたか、それが知りたかった。

瞳様は、お父様に似てきましたね。血はあらそえんもんですね。みんなで、そんな話をしとるとですよ。テレビでですね、よく見てるものですから。

あなたのお母様は、本ばかり読んでいらした。ですからね、瞳様はね、お母様の影響で、そうなったんじゃないかって話しているのですよ。

お母様はですね、明るくて面白い方でした。九州では旦那のほうが威張っていますからね、なんと言うのでしょうか、女傑……女傑って言うんでしょうか、そんな感じを受けました。お母様が家の中心にいらっしゃるような……。お母様は、勇ましい言葉を使うなあと思いました。私、歯が痛いことがあったんです。奥歯のハゲシが痛かったんです。それで、ハゲシが痛いって言いましたら、蔦枝さん、そんな難しい言葉を使うもんじゃないって、お母様に言われました。こんへんでは、みんな、ハゲシって言いますからね。胡椒のことはコーシューです。みんな、そう言います。ですから、ハゲシが痛いって言いましたら、蔦枝さん、歯茎が痛いって言いなさいって……。叱られたんじゃないんです。私ら、都の言葉は言いきらんもんねえ……。それをですね、田舎の言葉とは言わないで、難しい言葉を使わないほうがいいって、わざと、ご承知なのに、そうおっしゃるんですねえ。お優しいんですよ、お母様は、本当は……。

良平さん（父の従弟の三男）がですねえ、お母様にお会いしたとき、こりゃあ、迂闊《うかつ》なことは言われんぞと思ったそうです。私も、お母様に、ずいぶん、言葉遣いを直してもらいました。でも、私ら、あんな、優しい上品な言葉は言いきらんのです。あれでは喧嘩にならないでしょうって、話しあったもんですよ。

（でも、母には叱られたことがあるでしょう）

いまになってみると、みんな懐かしいばかりで、もう……。これも良平さんが言ったんですが、麻布の家へ行きますと、ちっともお客様扱いにしないって、それが嬉しいって。……肉でも魚でも、丼に盛って、家族の人たちと一緒に食べるのが嬉しかったって。……田舎でも、そうはいかんもんですからねえ。

それから、やっぱり、良平さんが、いまでは、資生堂とかカネボウとかで美人が出来るけれど、お母様は、本当の美人だって、よく、そう言っていました。私も、そう思いました。

私、スソ子でねえ、甘やかされて育ったもんですから、ノロマでねえ……。女中も家政婦も、それに治子様もいらっしゃるでしょう。ですから、お台所もしない、洗濯もしないで、テレビの漫画ばかり見ていました。たまに買物に行くくらいで、何もしなかったんです。妹さんの踊りの会のときに荷物を運ぶくらいだったんです。

叱られましたけれど、でも、お母様、優しかったんです。なんでもわかってくださって……。私、ノロマでしょう。失敗ばかりして……。でも、いまでは、みんな、懐かしい思い出ばかりで……。

45

上町三丁目に住むS青年から電話が掛ってきた。柏木田のなかに、八十四歳になる老婦人が住んでいるという。彼女は、そこで生まれ育ったのだそうだ。

「八十四歳？　呆《ぼ》けてやいませんか」

「いいえ、体はかなり不自由だそうですが、口はきけるそうです」

「どういう方なんですか」

「それはわかりません。とにかく、かなり知っているはずだという話です」

「誰にきいたんですか」

「青年会に仕出し屋をやっている男がいましてね……」

「弁当屋ですか」

「そうです。それで、柏木田にも出入りしているんですが、その男の話ですから、間違いないと思います」

「それじゃあ、連れていってください、ぜひ……」

そう言ったけれど、私の気持は重かった。実際、自分自身、どうしていいかわからないような心持が続いていた。自分が何をしようとしているのか、それが、はっきりと摑めていない。わからないよりはわかったほうがいい、といった程度の心持であろうか。

夏がまだ終っていなかった。日射しが強かった。しかし、日陰には、いくらかは秋の気配が感ぜられた。

老婦人の家は、柏木田の大通りではなく、外れのほうにあった。それは、あきらかに、遊廓の構えをしていた。たぶん、戦後に建てかえられたものであろうけれど……。老婦人が、息子夫婦や孫たちという大家族と一緒にそこに住んでいるのか、それとも、何人かの人に間貸しをしているのか、そういうこともわからない。彼女と話をしているときに、何人かが、部屋や廊下を通り抜けた。彼女の前身を訊くのは憚られるという気配があった。彼女がそこの主人であるのか、部屋を借りているのか、それもわからない。

その家は、昔の医院ふうの造りになっていて、玄関を入ると、右手に小窓のある部屋があり、左手には異常に大きな古い下駄箱があった。小窓のある部屋の奥に、二階へあがる階段が見えた。私が通されたのは、玄関からまっすぐにあがった茶の間のような帳場のような部屋であり、仏壇と神棚があった。

老婦人は、仏壇の前に坐った。してみると、彼女は、この建物の持主であるのだろうか。足が不自由であるらしく、片足を投げだして、ペタンと坐った。そういう仕種《しぐさ》に、どこか、艶めいたところがあった。

「煙草を……」

と、彼女は言った。私は自分の煙草を差しだした。彼女は手を振って笑った。その笑顔は愛らしくもあり、こちらの気持を和やかにしてくれる感じがあった。私も笑った。

「煙草をお吸いになりますか」

「はい」

と、私は答えた。

彼女は、もう一度笑って、仏壇の下の抽きだしから、ハイライトを取りだした。私は、ライターを点火して、彼女の顔の前へもっていった。彼女は、ライターを持っている私の手に自分の手を添えて、煙草に火をつけた。ゆっくりと一服吸って、

「はい……」

と言って、その煙草を私に呉れた。こういう経験は、それまで私にはなかった。悪い感じではなかった。

「あなたは……」

老婦人は、S青年のほうを見ながら、もう一本の煙草を抜きだした。

「私は、やりません」

S青年が答えた。

「そう……」

私は、また、ライターを彼女の前に突きだした。

「いいえ。いいんですよ。私は、めったには吸いませんから……」

彼女は、その煙草を箱に収めた。

「さあ、何をお話しすればいいんですか」

私は、あらましのことを話した。藤松楼のこと、ヱイのこと、ヱイの孫の私の母のこと……。

藤松っていうのは、角にあったの、大門のそばの……。ここが交番で、ここが藤松なの。その隣が岡泉でね、藤松と岡泉とは仲よしだったの。

(その岡泉ですが、親類だと教えられていたんですが、そうじゃないんですか)

親類じゃありませんよ。隣同士でね、庭続きで、とても仲よくしてましたよ。それで、潰れるときも一緒でね、一緒に裁判所のほうへ行ってしまったのよ。一番に店がかしがったのは藤松のほうでしたけれどね。岡泉もすぐに駄目になって……。ずっと、その後も親類みたいな付きあいをしていたって聞いていましたね。

藤松の隣が岡泉、その隣がいろは、これは大井鉄丸っていう人のお妾さんがやっている店だったんです。市長の……。

(市会議員をやってた人がいると聞いたことがありますが)

市会議員もやったけれど、市長もやったんです。髭を生やした立派な人でした。いろはの隣が紀伊国楼。いま、駐車場になっているでしょう。あれがそうです。その隣が大美楼で、そのまたこっちの隣が中田です。それから寿楼。

ええ、それで、藤松の向い側が永盛、いま八百屋になっています。その隣が大玉楼、ええと……その隣が金村楼で、いま、トルコになっていますよ。金村の隣が大坂楼、そのこっちが、ええ、なんだっけな、ああ、川があって、こっちが角蔦です。

(朝日楼というのは……)

朝日楼は並びじゃなくて、少し離れてたんです。いま、花月っていう旅館になっているところです。

とにかく、みんな、間口が十間じゃきかないんですよ。大きな家ばっかりで……。

(十間間口って聞いていたんですけれど)

十間じゃないですよ。行って見てきてごらんなさいよ。十四、五間はありますよ。

駐車場になっているのが紀伊国で、紀伊国の隣が中田、酒屋の倉庫になっているのがいろは楼。……ねえ、ちょいと、あんた、こんなに精しく調べてどうするのよ。

（ですから、はじめに申しあげたように、藤松のおヱイさんというのが曾祖母なんです。私の母は、このおヱイさんに育てられたんです。それで、母のことを知りたいと思って……。羽仏ヱイというお婆さんがいたんですけれど、知りませんか）

さあ、わかんないねえ。

（その孫娘で静子っていうのがいたんです。シーちゃんっていってたそうですが）

わかんないねえ。

（羽仏ヱイは、昭和三年に死んでいるんです）

私は、震災のとき、二十九か三十だったんです。いま、八十四歳。

（知りませんか、藤松のおヱイさんを……）

知らないねえ。みんなお友達が死んじゃってねえ、誰か生きてるとわかったかしんないけれど……。

藤松ってのは、震災の前《ぜん》から、終りかかっていたんです。かしがっていたんです。それで、震災でもって、こんどは、みいんな、かしがっちまったんです。栄えたのは、金村楼だけですね。

もう、昔の人は一人もいませんね。いるのは植木屋の爺いぐらいでね、みんな、かしがっちゃっているから……。植木屋の爺いだけは生きていますよ。今日も、鳥打帽かぶって、杖ついて歩いていましたよ。この人は、この土地に七十四年いるっていいますからね。

（へえ、おいくつですか）

九十だよ。その人の連れあいが八十五だって。

（昔から植木屋さんですか）

さあ、昔は何をしていたのかねえ。いま、植木屋ですよ。小さいけれど、喧嘩の強い人でね。朝日楼も死んじゃった。中田から嫁に行った北村という呉服屋も死んじゃった。みんな、もう、一人もいやしない。家も、面影の残っているのは一軒もありませんよ。小島っていう親分がいたんだけれど、このうちも死に絶えちまってねえ。この小島が妾を持って、女郎屋をさせたのが、この家ですよ。でも、それは、ずっと後のことでね。

（震災では焼けなかったんでしょう）

うん。燃えなかった。でも、角海老は潰れるし……。角海老ってのは、吉原の花魁《おいらん》が妾になってこっちへ来て、名前を貰って建てた店ですよ。角海老は潰れるし、寿の二階も潰れちゃった。みんな、二階が落っこっちゃった。

建てなおしたんだけど、もたなかったなあ。地震からこっちは、みんな、かしがっちゃったなあ。

角海老が、戦争が終ってから、リリーになった。カフエーですよ。寿の娘がいるって話は聞いたことがあるけど、藤松のことはわかんねえだろうなあ。

あんた、週刊誌の人？

（ちがいます）

いやだよ、そんなの……。週刊誌に書かれちゃ。週刊誌は、あることないこと書くからねえ。……あんた、お母さんのこと調べてるんだろう。お母さんのことなら、わかりそうなもんなのになあ。

大滝町が火事になって、一番先きにきたのが中田です。中田が最初……。それから順ぐり順ぐりに来てねえ……。この間もねえ、この近所を掘ったら大きな石が出てきた。だって、なにしろ、みんな、間口が十四、五間もあるんだから、土台の石だって大きいですよ。

あんた、お母さんのことなら、わかりそうなもんなのになあ。

（隠していたもんですから）

お寺へ行けばわかんだろう。

（そのお寺もね、ずっと隠していたんです。ここにあるってわかったのは、つい最近のことなんです）

私だって隠していたからねえ。誰だって隠すんですよ。……私はね、六つ七つのとき、奉公に行ったんです。そのときも、柏木田ってことは言わなかった。公郷《くごう》だって言っといたんです。柏木田っていうと、目八分っていうか何ていうか、そんな目で見られるからねえ。みんな隠していたんです。なにしろ、学生が門から入れないっていう土地なんですから……。

子供がねえ、全部で三十人ぐらいしかいなかったんです。その子供がね、学校から帰ってきても、門から入れなかった。みんな裏から入ってきたんです。……私ら、学校へ行っても、どこへ行っても、柏木田ってことがわかると、乞食奴等って言われたんです。

そいでねえ、いつか、奉公先の人が柿を持ってきてくれたんです。柿を、いっぱい、こんなに……。ところが、公郷だって言ってあったから、さあ、わからない。重いものを持って、ぐるぐる歩き廻ってもわからない。とうとう、わかんないで帰ってきたんです。私は叱られましたよ。それでも、柏木田だってことは言えなかった。

柏木田ってことはねえ、みんな隠したもんですよ。

娘をね、秋田、山形、越後から買ってきたんです。馬を買う、家を買うで娘を売ったんですよ。娘を売って家を建てた。

このへん、秋田、山形の兵隊が多かった。なんで俺《お》らほうの娘ばかりいるんだって、兵隊が泣いて怒ってねえ、おめえら、みんなやめろって……。その兵隊、泥こねろって言や、泥こねるんだねえ。左官屋だったんだ。

このへん、桜並木でねえ、大通りもなんも桜ばっかり……。その桜、みんな切っちゃった。うちの前にも三本あったんだけれど、三本とも切っちゃった。

……そいでね、花魁が病気になってもね、納戸っていうのか、何ていうのか、暗闇に押しこんでね、病院へは入れないの。虫がわいても蛆《うじ》がわいても医者には診せない。別に突っついて殺すわけじゃないけれど、蛆がわくまで放っとくんだもん。そいで、死ぬと、そうっと裏から青竹で担いでね、そこの谷戸に焼場があったんですよ、そこに無縁様があって、みんな無縁に埋めたんですよ。

だから、この土地は生き霊《りょう》が祟っているんですよ。医者に診せないで殺しちまうんだから……。浮かばれない人たちがいるんですよ。だから、そこにお稲荷さんがあるでしょう、そこに祀《まつ》ろうって言うんですけど、誰も金を出さない。お稲荷さんでなくても何か建てて供養したいって言うんだけれど、みんな金を出すのは厭だって言う。だからね、生き霊っていうのか死に霊っていうのか、この土地は祟っているんですよ。だから、どこでも、みんな死に絶えてしまう。

(死亡診断書が必要だったんでしょう)

そんなもの、いらないんです。親の住所はわかっていても、親のほうでも勝手にやってくれって言ってくるんですね。貧乏だったんですよ。戦後のようにね、道楽で花魁をやってたんじゃないんだもん。

だからね、あんたんところみたいに、子供があるのは珍しいんだねえ。藤松だけでしょう。みんな死に絶えちゃった。子供のある人は少いんです。祟りですよ。

台の物って知ってるでしょう。台の物の残りをオミオツケにいれてね、花魁の食べるのはそれだけです。ジャガイモなんか、自分らがいいとこを食べて、皮をオミオツケにいれて女郎に喰わしたっていうからねえ。それじゃあ体がもたねえじゃねえかって言う人がいたけど、それで、もったんだもん……。

(藤松は、どうして倒産したんですか)

さあ、とにかく、藤松が一番先きに傾いた。金貸しに金借りて失敗したって聞いたねえ。オンダっていう金貸しだけれど、オンダに家を取られたって……。借金が積もり積もったんじゃないかねえ。五十年も六十年も前のことだから、わかんねえなあ。

ヱイさんを知りたければ、お寺へ行けばわかるんじゃねえかなあ。何でも過去帳にうたってあんだんべ。

……あんた、上品な顔してるねえ。

(私? 私は駄目ですよ)

いや、上品だ。

(私は違いますけれど、藤松の系統は立派な顔をしていましたよ。立派っていうか、すがれたような……)

いや、上品だ。垢抜けてる。

(私は違いますが、藤松の系統は、女は美人で男は垢抜けているのは本当です。何代も続いて、こういう商売ですから、美人を嫁に貰っているでしょうし……。岡泉のほうが、もっと美男子がいました。おヱイさんは、昭和三年に死んでいるんですが、どこで死んだか、そういうことはわかりませんか)

じゃあ、あんた、奥さん、いねえんだ。

(いますよ。おヱイさんっていうのは曾祖母です)

藤松の娘っていうのは、いねえの？

(藤松のおヱイさんの孫娘が母です。それも死にました)

そうかね……。みんな、教えなかった。ナカのことは誰も言わない。

……困るわねえ、教《おせ》えておかねえと、本当に。子供には教えなくちゃねえ。だけど、柏木田ってのは隠したもんなんですよ。……そうは言うけど、親としてはさあ、言いたくないこともあるだろうよ。

なんせねえ、女郎は門から出られないっていう土地だから……。女郎は一人で下駄はくってことはないんだもん……。

大玉の裏に検査場があってねえ、検査ってときは人力車に乗せられてさあ。あそこにも花魁の祟りがあるんだ。……花魁の祟りっていうのはあるらしいよ、みんな言うんだから。そんだから、跡が絶えちまって。

(小久保っていう人がいませんでしたか)

小久保……?

(文司っていうんです。小久保文司、その細君がハル……)

小久保、小久保。さあ、知んないねえ。わからない。

(小久保文司です。大きな人でした。文ちゃんにハルさん)

ああ、文ちゃん。……知ってますよ、中田ですよ。さっきから話していた中田楼……。あの人はね、ええ、ハルさんはね、戦後は、鎌倉へ頼っていって女中をしているって話を聞きました。だけど、その人も死んだんだって……。中田はね、鎌倉をたずねていって、女中をしていたって。

(そうなんです。それが私の家です)

まあ、そうですか。

(小久保文司とハルの家は、それじゃあ、遊廓だったんですか)

中田楼ですよ。みんな、かしがっちゃって、ばらばらになっちゃった。ええ、中田を知っているんですか。それじゃあ、中田に聞けばよかったのに……。

（教えてくれないんですもの。小久保夫婦が中田楼だってことは、いま初めて知ったんですもん。驚いたなあ、これは）

中田ですよ。へええ、おたくへ行って、女中をやって……。

（女中と言うか、私のところで面倒をみていたんですよ。それで、最後は養老院です。面倒が見きれなくて……。身寄りのない人たちですから。でも、そのほうが仕合せだったようです。養老院へ行ったほうが……）

中田を知ってるの？　びっくりしたわ。

（親類だって聞いていたんですが）

親類なんかであるもんですか。中田ですよ、文ちゃんは。

（遠縁に当る人で、身寄りがないからお世話をするんだって、母は言っていました）

親類じゃないわよ。……ちょいと、まあ、びっくりしたわ。……でも、あんたのお母さんて人、偉い人だわねえ。へええ、そうでしたか。これ、あんた、誰にでも出来るってことじゃないわよ。あんた、そう思わない？

もっと早く来てくれればねえ、ここ二、三年で、がたがたっていっちまったんだから。あんたのお母さん、何年生まれ？

（明治三十六年です）

じゃ、まだ、若《わけ》えんだ。私より十下《とお》だもん。まあ、可哀相に。

（皇后陛下と同じ年の生まれです）

そんな人は知らねえよ。皇后陛下だなんて。

いま、柏木田を知ってる人は、もういねえよ。誰もいねえよ。みんな死に絶えちゃった。花魁の崇りだよ。小島も、岡泉も金村も大玉も……。

少しずつ、何かが見えてくるような気がした。

小久保文司は、大学を出ているにもかかわらず、倉庫番のような夜警のような仕事以外、働いたことがなかったのである。長い間、私と一緒に暮したのに、彼は、私には何も語らなかった。ハルもそうだった。何も言わなかった。

それにしても、と、私は思う。ハルは、私の女房を自分の娘だと言い、私の息子を自分の孫だと言ったのである。一日四十円の就労で溜めた金を、私に譲ると言ったのである。それ以前に、ハルと女房とは、台所仲間だった。母は偉い人だと私も思うけれど、台所をあずかる者としてハルにも女房にも同じ苦労があったはずである。終生、私と女房とは、小久保夫婦の面倒を見たのである。私は、ともかく、ハルを死なせた男であると思っている。そういう私たちに対して、どうして、ハルは、そのことを語ろうとしなかったのだろうか。そうなると、私には、皆目、わからないということになる。……わからない。

小久保夫婦には、身寄りがない。だからこそ、私たちが面倒を見て、結局は、養老院に送らざるをえなかったのである。それは仕方のないことだった。

たしかに、柏木田の老婦人の言うように、小久保家は絶えてしまったのである。それは、花魁の祟りであるかもしれない。他の十七軒の妓楼と同じように、祟りでもって絶えたのかもしれない。

しかし、私がそう思うのと、ハルが養女を貰って、その養女を死なせてしまうのとは、それは、おのずから、別の問題になる。私には、そのときのハルの気持を推し測ることはできない。たしかに、事実、中田楼は、絶えてしまった。

絶対に、文司もハルも、そのことを言わなかった。そうなると、私には、わからない。彼等は、私にも女房にも、何も言わなかった。決して、絶対に、何も言わなかった。口を割らなかった。それは、なぜだろうか。柏木田の老婦人に、小久保が中田楼であると教えられたとき、私の頭のなかに共謀という言葉が浮かんだ。

「母を含めて、あいつら、みんな共謀《グル》だったんだ」

ハルでさえ、小久保の家は行李、夜具、油などを販売する商売屋だというような念いりな嘘をついていた。

また、私は、こうも思う。

母が死んだとき、まだ、医者が来ていないのに、丑太郎は、母に抱きついて、

「静子、お前、辛かったろうなあ、苦しかったろうなあ」

と、母の体を揺さぶるようにして泣き叫んだ。私は、それを厭なものを見るようにして見ていた。それを私は、丑太郎の芝居だと思って見ていた。芝居っ気たっぷりだと思って見ていた。そういう見方が出来ないわけでもない。丑太郎は、終生、母のお荷物であったのだから。何を言うのかと思って、私は、見おろすような気持で、それを見ていた。

しかし、丑太郎の人柄とか、母に迷惑をかけたということを除いて見るならば、それはそれで、私にはわからない別のことがあったというように思われてくるのである。

母は、とにかく、私には、何もかも、なにも言わなかった。隠したままで死んでいった。

私、思うに、母は、そのことにくらべれば、貧乏も、質屋通いも、なんでもなかったのではなかろうか。

母と丑太郎、母と小久保夫婦の間には、私の知らなかった、もしかしたら、私の父も入りこめなかったような、一種濃密な世界があったのである。

母は、私には、小久保夫婦は、遠縁の者であって、旅館が倒産する際に、連帯保証人として迷惑をかけたので、それで面倒をみなければならないとだけ言っていた。あるいは、もしかしたら、連帯保証人ということだけは事実であったのかもしれない。

岡泉も親類ではない。小久保も親類ではない。そうなると、いったい、これも、なぜなのだろうか。なぜ、母は、親類づきあいをしたのだろうか。小久保にいたっては、親類どころではないような、結局は私が最後を見なければならないようなことになったのは、なぜなのだろうか。

私には、おぼろげながら、そういうことが見えてきた。

彼等は、血縁以上の血縁であるのかもしれない。母は、母に限らず、柏木田の人たちは、乞食奴等と言われ続けてきたのである。そうなると、もう、私には、わからない。……わからない。

たとえば、母は、私に、中学生の私に、決して素人のお嬢さんを泣かせてはいけないと言っていた。遊ぶなら、玄人の女と遊びなさいと言った。下の妹には、結婚しなくてもいい、あなたにはもっと大事なものがあると言っていた。そのことを、どう解釈したらいいのだろうか。

私には、母の真意を測りかねるようなところがある。

しかし、なぜ、母は、丑太郎は、勇太郎は、小久保夫婦は、私に何も言わなかったのだろうか。彼等は、あきらかに、結束していた。それは、何なのだろうか。保次郎にしても、ワンカップ大関の遠縁の老人にしてもそうなのだ。彼等にしても、何もかも教えてくれるようなフリをして、急所のところは教えてくれなかったのである。

ヱイの息子の豊太郎は、どうにもならない人物だった。豊太郎の嫁のヨシは、四人の子供を生んで逃げてしまった。だから、ヱイは、豊太郎の妹のカメに跡を継がせようとした。しかし、カメも、カメの夫の徳次郎も、まったく頼りにならない人たちだった。もし、ヱイにしてもカメにしても、もう少し、どうにかしていたら、藤松楼は倒産しなかったはずである。そうなれば、長女である私の母が跡を継ぐはずである。

私は、ヱイほどの人物が、ヱイほどの実力者が、金貸し如きに店を潰されるはずがないと思わないわけにはいかない。ヱイは、滅びることを願っていたのではないかというような気がするのである。これは、私の深読みに過ぎるだろうか。

46

私は、三歳の頃、英語の単語を百ぐらいは知っていたという。

「象は?」

「エレファント」

「麒麟は？」

「ジラフ」

「動物園は？」

「ズー」

母に訊かれると、私は勢いよく答えたという。
二、三歳の頃とは、戸越の岡の上の広大な家に住んでいた時のことである。母がその話をしたのは、川崎市の郊外へ逃げていって、母と二人きりで暮していたときのことである。私は五歳になっていた。
英語は、まるっきり忘れていた。第一、英語の単語を知っていたという、そのことさえ、夢の中の出来事であるかのように思われた。象も麒麟も動物園も、犬も猫も馬も、私には英語で言うことは出来なくなっていた。

「それからね」

と、母は言った。

「あんたを連れて銀座を歩いていると、みんな、振りかえったわよ。可愛らしいって……。白と黒のビロードの洋服を着せてね、ほんとに可愛かった。酔っぱらった人がね、どうしても抱かせてくれって、からまれて、困ったことがあったわ。……あんた、泣きだしちゃって。抱かれてあげればよかったのに」

童謡だか詩だかわからないが、絵本のなかの文章も暗記していたという。

ギイゴトン
ギイゴトン
この汽車は
遠い国から来たんやな
また 遠い国に帰るんやな

私は、いまでも、そこのところだけは憶えている。その前後はわからない。絵本の図柄も記憶していない。それは、多分、『コドモノクニ』だろうと思い、自分でも調べたことがあり、人にも頼んで探してもらったが、ついに、わからなかった。

「それがね、いまはね、どうでしょう」

母は、がっかりしたような、憎々しいような顔で私を見た。

「本当に、あの頃は、可愛かったんだから」

戸越の時代というのは、母の生涯にとっての、ひとつの花だった。それは、月下美人が一夜で散るように、あまりにも短いものであったのであるが。

夫の正雄は、自分の見込み通りの傑物であり、才人であり、美丈夫だった。二人とも若かった。正雄は、たちまちにして大きな工場を建て、家を建てた。生まれたばかりの私は、悧発で、誰にも可愛がられた。

しかし、その後の転落がひどすぎるのである。

母は、私を連れて夜逃げをする。父はいなくなってしまう。戻ってきた父は、重症の糖尿病になっていた。自分も胃病に罹《かか》って痩せてゆく。

戸越時代のことを思うとき、私は、いつでも三好達治の詩の一節を思いだす。

母よ——

淡くかなしきもののふるなり

紫陽花《あじさい》いろのもののふるなり

まさに、戸越時代においては、私の、瞳という、ハイカラで斬新奇抜な名前は、それにふさわしかったのである。父と母の気負いが感じられた。どうしたって、お長屋向きの名前ではなかったのである。妹や弟の名前は極めて平凡である。そこに一貫性というものがない。父も母も、いったんは気が挫けてしまったのではあるまいか。

もし、私の兄がいなかったならばと考えることがある。母は、兄のことを知らずに父と一緒になったのだから、そう考えてもおかしくはない。

当然、私は、大正十五年一月十九日生まれとして出生届が提出されたはずである。すると私の学校での学年は一年ずつ早くなる。本来、私は兄の同級生と同級になるのである。私のときから、国語の教科書は「サイタサイタサクラガサイタ」になった。しかし、私は、本来は「ハナハトマメマスカラスガヰマス」の最後の生徒になるはずだった。また、私は、一年遅れのために、野球の好きな担任教師のために、むりやり野球部に入部させられたのであるから、当然、野球を知らない少年として育つことになったはずである。

私の軍隊生活は二カ月である。これは、本来は一年二カ月となるべきところだった。すると、戦死する可能性が、ずっと濃くなってくる。兄は、その意味で、命の恩人という考えかたも成り立つのである。

はっきり言って、こんなことを考えなければならないというのは、私にとって、はなはだ迷惑である。余計なことである。私の人生は最初から狂わされていた。だから、私が、少なからず他人とは違った人間になってしまって、冷血動物と言われ、ゲジゲジと罵られるようなことになっても、全部が全部、自分の責任ではないというような気がしてならないのである。そういうことも、すべて、本人でなければ、わかるわけがない。

47

柏木田のアパートで聞いた植木屋の老人を訪ねることになった。九十歳であると聞いた。その細君も八十歳を越えているはずだという。

植木屋夫婦の家は、柏木田の中心地に近く、大通りの裏にあった。階下が六畳と四畳半で、玄関脇に糸瓜《へちま》の棚があり、いかにも、新派や歌舞伎の世話物で若旦那が身を寄せるといった感じの構えになっていた。

まだ夏が終っていない。

植木屋の老人は、チヂミのシャツにステテコという姿であったが、それでも、なかなかに立派な刺青《いれずみ》が、はみだして見えていた。細君のほうも、下着だけをつけていて、乳房というほどのものはないが、ふたつの乳頭が見えていた。驚いたことに、彼女も、筋彫りではあるが、全身の刺青である。

私が、こっちへきたのは十七のときですよ。東京の向島のほうにいてね、横須賀の下町のほう、大滝町のあたりを見物していたんですが、横須賀の柏木田って遊廓があるって話には聞いていたけど、どんなところだろうと思って、ぶらぶら歩いてくると、池の端って、この近所なんですが、私は腰に鋏《はさみ》をさしていたもんだから、あんた、植木屋さんですか、植木屋さんなら、うちが忙しいから手伝ってくださいって、そこに十年いました。ええ……。

廓内《なか》の用心棒みたいなことになってねえ、その時分には悪い奴がいましたから……。土方が徒党を組んで歩いていやがって、番頭に因縁つけるんですよ。こっちが見廻っていないと、おちおち商売ができない。毎晩、午前二時まで、ひけるまでですね、毎晩、歩いていた。で、帰ってくると起こされるんです。何かあるんですね。寝てらんないんです。

酒は飲めなかったのに、ほうぼうで酒を呉れるでしょう。飲むようになって、一升酒になって……。交番で、あんた、酒飲むと癖が悪いねえ、なんて言われて。毎晩、二時に引けるまで、廓内を歩いていた。うちになんぞ満足に帰ってこなかったですよ。

火事がありましてね、寿、中田、近江、それに、もう一軒焼けてね、寿、中田、近江は建ったけれど、もう一軒は建たなかった。それで、十八軒が一軒欠けて、十七軒になったんです。

寿、中田、近江、紀伊国、いろは、岡泉、藤松の順です、ええ、向っ側はね、こっちから数えてゆくってえと……。

藤松ですか？　藤松はね、このかみさんが来たときは、すでに、ちょいとおかしかった。震災の後に、藤松を壊して空地になっていて、そこで相撲を取ったことがありますよ、ええ、私は三浦相撲の名取りだったんですから。

海軍とよく喧嘩してねえ。だけど、私は、警察では悪く言われなかった。理窟にならない喧嘩はやらないから。

この杖ね、みんな杖だと思っているんだけど、杖じゃないんです。ほら、ごらんなさい、仕込杖なんです。抜けるんですよ。細いからわからない。こっちは木刀です。だけど、こっちのほうは案外うるさいんです。これは樫の木でね、人は斬れません。ところが、警察は、こっちに目をつけるんですね。どうも、喧嘩の道具ばっかしあってね。

このへんの空地に、切り店を造った人がいるんですよ。大籬《おおまがき》でなくね。ところが、これが流行《はや》っちまった。直《ちよく》でいいって。一円均一でやったもんだから。だから、ほかの人たちも我慢が出来なくなって、籤引《くじびき》でもって店を建てたんです。女を二人か三人置いてね。そんなのが三軒出来たんです。ところが、こっちのほうが良いって、まあ、時世ですね。だけど、もとは十七軒なんです。

とにかく、十七のときに来て、七十四年になるんだから、そういう人は一人もいません。その時分に赤ん坊だったって人はいますけれどね。

業《ごう》つくばりですよねえ、九十まで生きちまって。本当は九十を出ているんですよ。ああ、おい、お前、灰皿持ってこいよ。……私はね、一日に三箱っつ煙草を吸ってたんですがね、ええ、植木屋ですから。高い松の木に登って、木の上で一服やってね、ええ、夏なんか具合が悪いんですよ。高い所に登ってますから、見まいと思ったって見えちまうことがありましてね、ええ、むこうも商売だし、こっちも商売で、客は夢中だから……。

それで、あるとき、松の木に登って、一服やってたら気持が悪くなっちゃった。気持が悪いって思ったら、もう、落っこっちまっていたんですねえ。それで誰も気がつかない。交番で自動車よんで、警察病院へ連れていかれてねえ。……それで、落っこってからこっちは煙草の匂いも嗅がないようになったんですよ、ええ。

植木屋の老人は、仕込杖を抜いて見せてくれた。初めて見る細身の刀であって、銹《さ》びてはいなかった。彼が用心棒であったということは嘘ではない。

「小久保というのがいたのを知りませんか」

「……小久保ねえ」

「文ちゃん、小久保文司っていうんですが」

「さあ……」

「中田楼ですよ」

「ああ、中田。……中田なら知っていますよ。いい奥さんでした。小柄な人でね。きれいな人だった。この県道の向う側に別荘があってねえ、通りを入った路地に土蔵つきの別荘があって、ええ、いまでもあるでしょう。池があって、鯉がいて、ええ、横須賀じゃ見ないような鯉がいっぱいいてねえ」

I夫人が小久保を知っていたのは、その家での交際だろう。彼女は小久保の商売を知らなかったのかもしれないし、知っていて教えなかったのかもしれない。私が小久保文司に、彼の過去を訊いたとき何も答えなかったわけがわかってきた。彼は、その別荘と称する家に茫然と住んでいて、あるいは遊び暮していて、職業らしい職業に就いたことはなかったのである。

「この大通りの真中に桜の木があったんですよ。一列にずっとね。それも私が埋めたんです。いま、みんな切っちまったけれど」

「ああ、そうですか。どうも、通りが広すぎると思っていたんですが……」

「真中は桜ですよ。そいで、女郎がお花見をやったんです。酒飲みやがって、どうしようもねえんです。女の酒飲みは始末がつかないで弱ったですよ」

「芸者はいませんでしたか」

「芸者はいないねえ。よその土地から呼んでくることはあったけれど」

「稽古事はやらないんですか」

「やりゃしませんよ」

細君のほうが、それを受けて言った。

「女郎は田舎者ですから。なんにもわかりゃしない。歌ひとつ満足に歌えやしない」

「三味線なんか……」

「三味線なんか弾けやしません。みんな、二十、三十、五十なんですから」

細君は、いくらか得意そうに言った。私は、二十、三十、五十という意味が家に帰ってからわかった。その数を足すと百になる。百姓ということだろう。

「なにしろね、デロだらけだって言うんですから。わかりゃしない。そういうところから来た女なんです。……この人、まあ、やな人だよ、デロだらけで、なんてね。だから、私、言ってやったの、そんな変なこと言わないで、泥だらけって言いなさいって……。ですからね、稽古事なんて何も出来やしない。ええ、ねえ、吉原なんかと違うんですよ、ここは……」

「その、さっきの藤松なんですが、おヱイさんという人がいたんですが」

「さあねえ、知りませんねえ」

「なにか、ご存じじゃないですか」

「藤松も、ひとしきりは盛んだったんですが、私の来た頃は駄目になっちまって、この人が言ったように、サラ地になってしまって、相撲取ったり……」

「徳次郎という人がいたんですが」

「聞いたことはあるわねえ」

「徳次郎の内儀《かみ》さんがカメですが……」

「さあ……。わからない」

こういうことは、よくあることである。遊廓や花柳界では、隣同士で全く交際がないということさえあるのである。

北陸地方に大雪が降り、豪雪という言い方がされたときに、金沢の東の廓が停電になった。その停電は一週間も続いた。そのとき、ある店で、停電になったのは自分のところだけだと思っていたというのである。隣の店に聞いてみるということをしない。私がそのことを訝《いぶか》しがると、隣とは交際がないからということだった。一週間、蠟燭で暮した。私は、そのとき、廓は、やはり、別世界だなと思った。藤松と岡泉とが、庭続きで親しくしていたというのは、むしろ珍しいことなのである。

そういう知識があったから、私は、これ以上、何か訊いてみても、藤松のことはわからないと思った。このあたりに七十四年間も住んでいる植木屋の老人、震災前に嫁にきたという細君が、藤松のヱイのことを知らないようでは、何を質問しても無駄であろう。

しかし、それでも私は執念ぶかく、最後の質問を試みた。

「丑太郎というのがいたんですが、藤松に……」

「丑太郎さんねえ、知らないねえ」

「ウッちゃんと言うんですが。羽仏丑太郎……」

「……」

「そうかもしれません。中学生のときに家を出てしまっていますから」

「……」

「では、その丑太郎の妹で静子っていうのがいたんですがね。それが私の母なんです」

「……」

「シーちゃん、シーちゃんって呼ばれていたらしいんですが」

老人は首を振った。

「シーちゃんていう、目の大きな娘なんですが」

足を投げだして、煙管で煙草を吸っていた細君が、こっちを見た。思いだしたようだった。

「シーちゃん？　知っていますよ。よく知っています」

「本当ですか?」

「ええ、もう、とっても綺麗な人でした」

帰らないでよかったと思った。

「きれいでしたか」

「なにしろね、柏木田小町って言われたくらいですから」

「……」

「あんなに綺麗な人は、めったにはいませんよ。小柄で、色が白くって……。そんじょそこらの美人というのとわけが違うんですよ」

「……」

「立派な婚礼でねえ」

「……婚礼?」

私は、がっかりしてしまった。母と父との結びつきは、結婚式のあげられるようなものではなかった。そのことは、すでにわかっていた。そのことに間違いはなかった。母と父と二人で、渋谷の安宿へ逃げたのである。

「見たこともないような、立派な婚礼でね、簞笥、長持、高張提灯でね、白無垢《しろむく》でもって、そりゃあ綺麗なお嫁さんでした」

「……」

「それが、あんたのおっ母さんですか」

「どうも、違うようですね、それは」

「だって、藤松のシーちゃんでしょう」

「そうです」

「そんなら、そうですよ。……だって、この人だって、ついて行ったんですから」

細君が老人を見た。

「そうですよ、私は、ついていったんです。あんな立派な婚礼は、あとにもさきにも知らないねえ。荷車でねえ、何台も何台も……。ようく憶えていますよ」

「でも、違うんです。母は結婚式はやっていないんです」

「藤松のシーちゃんでしょう。ええと、だから、羽仏静子さんでしたっけ、あんたのおっ母さんは」

「それはそうなんですが」

こんどは細君のほうが、がっかりしてしまった。不服そうな顔になった。

「ねえ、あんた、鎌倉まで、一緒についていったのよねえ」

「そうですよ」

しばらくして、私は、背中に電流が走り、心臓が何かに摑まれるのを感じた。

「鎌倉まで……?」

「そうです」

「それは間違いです。誰か別の女の人です」

「……」

「思いだしてくれませんか。それは私の母ではないんです」

「……」

「君子と言いませんでしたか」

「……」

「母は、それほどの美人ではなかったんです。母は静子です。母の妹が君子です」

「君子さん?」

「君ちゃんと言ったかもしれません」

老夫婦が顔を見合わせた。細君のほうが笑いだした。

「そうよ、あんた、君ちゃんよ……朝日楼の君ちゃんよ、ここからお嫁に行ったのは」

「朝日楼の……?」

咄嗟《とっさ》に、これは体に悪いと思った。

「朝日楼の君ちゃんってねえ、評判の美人だったのよ。柏木田小町だって……。それが鎌倉の大金持のところへお嫁に行ったんですから、よく憶えていますよ。大変な婚礼でねえ」

私は、叔母は、仙台のほうの資産家に養女に貰われたと思っていた。戸籍面でも、そういうことになっている。そこは由緒のある家柄であると聞かされていた。

「君子は……。君子は、ですから、私の叔母になるんですが、どこか遠い所へ養女に行ったと聞いていたんですが」

「いいえ、藤松から朝日楼へ貰われてきたんです。乳母をつけて……。朝日楼の君ちゃんですよ」

「……」

「もっとも、お嫁に行ったのは十七歳ぐらいで、早かったんですけど」

私は、その家をどうやって辞したのか、よく憶えていない。飛びだしてしまったような気がする。

九十になると、人間、もう駄目ですよ、と老人が玄関で言ったようだ。細君が、まあ、お茶もいれないでと言ったように思う。私は、この暑いのに、水一杯出してもよさそうなものだと身勝手なことを考えていた。

私は、タクシーで大滝町へ出て、大衆食堂で酒を飲んだ。鉄火丼を頼み、それを食べるのはら、十年来のことだなと思っていた。

「そういうことだったんですか……」

大衆食堂は混みあっていて、二階の椅子席へ案内された。あとから私の前に坐ったアヴェックが、すぐに席を移った。私の顔が、いくらか険悪に見えたのかもしれない。そんな、逃げるような素ぶりがあった。そうでなくても、鉄火丼には手をつけずに、コップ酒のお替りばかりしている男を妙に思ったのだろう。

横須賀駅から、横須賀線のグリーン車に乗った。

酒を飲んで時間を遅らせたのも、グリーン車に乗ったのも、まだ夏時分のことだったので、帰りの海水浴客による混雑を怖れてのことだった。しかし、逗子を過ぎ鎌倉に到着しても、その車輛に乗ってくる客は一人もいなかった。

「へええ、そうだったんですか」

私は、声に出して呟きそうになった。

母と叔母とが仲違いをしていると思っていた。私は、そんなふうに教えられ、母にもそう言われていたのである。たとえば、母は、鎌倉はケチだからというような言い方をしていた。本当に冷いんだから、とも言っていた。事実、私は、小学校の五年生になるまで、鎌倉に叔母の家があることを知らないでいた。

母は、叔母が四歳で養女に行き、姓が変ったとき、それが何時のことになるかはわからないが、ある時期から、自分で、妹とは縁を切ってしまったのである。それは、仲違いというようなものではなかった。それは、一種の隠蔽であり、カモフラージュだった。丑太郎を罵り、保次郎を嫌うのと同じようにして、君子を遠ざけたのだった。それは、何よりも、君子のためだった。

母は、私に、妹の君子は、由緒ある資産家に養女に貰われ、大変な金持の長男と結婚したとだけ言っていた。私は、子供のとき、いや、大人になってからも、母と較べて、何という運のいい叔母だろうと思っていた。それを口惜しく思う時期もあった。

母にとって、同胞は、ばらばらであったほうがよかったのである。集まって昔話をするようなことは、絶対にあってはならないことだった。同胞の一人一人が危険人物だった。同様に、君子にとっても、母は危険な存在だった。母はそれを承知していた。

私の家に卓袱台《ちゃぶだい》がなく、蜜柑箱ひとつで正月を祝うようなときでも、母は叔母の援助を求めるようなことをしなかった。そのとき、私と二人で暮していたのであるけれど、金満家の叔母がいるという話をしたことはなかった。母は縁を切っていた。母は、生涯、自分の母に会うことさえしなかった。それは、必ずしも、憎んでいたとばかりは言いきれないように思う。

私が最初に受けた衝撃は、岡泉という美男の兄弟が親類ではなかったということである。あんなに親しくつきあっていた時期があったのに、ついに、私はそのことを知らないでいた。

その次に、同様にして、小久保文司、ハルの夫婦も遠縁の人間ではないことを知ったのである。いまになって思うのは、決して、私のところで面倒を見るような筋合のものではなく、また、小久保夫婦は、貧乏で気の毒な人たちでもなかったということである。言ってみれば、それは自業自得というところだろう。世間の人から、それは祟りですという一言のもとにはねつけられ、爪はじきされても仕方のないような人たちだった。

鎌倉の叔母もそうだった。それは、うすうすは感づいているというような種類のことではなかった。母の妹であっても、私は、他人よりももっと他人を感じている時期があった。そう教えられていたのである。自分でも、本当に母の妹なら、なぜ、あのときに救ってくれなかったのかと思うときがあった。実際、十円でも二十円でもよかったのである。餅が買えたのである。母は、そのとき、死んでも妹の所へは行けないと思っていたのではあるまいか。

叔母は、死ぬ数カ月前に、私に、瞳は冷いんだから、一度だって私と麻雀をやってくれたことがないんだから、と憎々しげに罵った。しかし、これも、いまとなれば、憎しみだけではなかったような気がしてくる。叔母からすれば、甥として私にもっと甘えてくれてもいいのにと言いたかったのかもしれない。私が思うのと同じように、叔母も私を冷く感じていたのだろう。

これより前に、勇太郎は、たしかに、母の弟ではなく、母の従弟であったけれど、母と同じ家に生まれ、弟のようにして育ったことを知らされた。

羽仏ヱイは、夫の藤造に見切りをつけていた。息子の豊太郎は廃人のようなものである。豊太郎の四度目の妻も、前の三人と同じように、男をこしらえて逃げてしまった。孫の、豊太郎の長男である丑太郎は、中学のとき家を出てしまった。そうでなくても頼りにならない男である。ヱイは、豊太郎の妹のカメに、大玉楼から徳次郎という婿養子を貰った。これが帳付けの出来ないような男だった。カメも、派手好きなだけの女だった。

そうなると、もし、藤松楼がそのまま続いていたとすると、当然、私の母が跡を継ぐことになったはずである。しかし、その母も、妻子ある男と駈落ちをしてしまった。いま、母が、跡を継ぐことを嫌って、好きでもない、妻子のある男と逃げたと考えるのは、いくらか考え過ぎになると思う。父と母の子として、私は、そう考えたくはない。しかし、丑太郎が私の父を嫌い抜いたのは、そういうことが要因のひとつになっているのではないかという疑念を消すこともできないでいるのである。

「静子、お前、辛かったろう、苦しかったろう」

そう言って、丑太郎が母の遺体に取り縋って泣いたのは、そういう意味がこめられていたように思われることがあるのである。二重に三重に、それは私の触れることのできない領分だった。たしかに、私の母にも、妹の君子と同じように、鎌倉あたりの金満家の家に嫁ぐという安全な道があったのかもしれない。私は、そういう縁談があったという噂も耳にしている。しかし、母は長女だった。ヱイに嘱望されていた。だから、好きでもない男と逃げたという想像が成りたたないこともないが、それは、私にとって、まことに辛いことになってくる。私は、どうあっても、父と母とは恋愛結婚であったと思いたいのである。そうして、むろん、こういうことは、すべて、想像の域を脱するものではない。父が、そのために、背伸びをして、無理な事業に手を出して失敗を続けたといったようなことも……。同じように、ヱイが、自分の稼業や、子供や孫に絶望して店をたたむ方向へ持っていったと思うのも考え過ぎになると思う。たしかに、傑物であったに違いない曾祖母は、そうやって昭和三年に、陋巷《ろうこう》に死んでしまうのである。

それにしても、と、私は思う。

藤松楼に、ヱイと豊太郎と丑太郎と母とがいた。君子と保次郎は養子に行っている。豊太郎の妻のヨシは男をこしらえて逃げた。豊太郎の妹のカメに大玉楼から婿養子の徳次郎が来て、勇太郎が生まれた。

岡泉楼が隣にあって、庭続きで親しくしている。この岡泉は、華道、書道、謡曲などが盛んであって、後に、芸は身を助くということになる。また、一説によれば、華道の会を家で開くときは、赤い幔幕《まんまく》を張りめぐらし、見物人にまで弁当を配るような見栄っぱりのために店を潰したのだという。

中田楼には小久保夫婦がいる。取得は何もないが、ひたすら藤松一家を慕う好人物である。大玉楼は、それこそ縁続きである。なぜ、母は、大玉楼の人たちをこそ遠縁だと言わなかったのだろうか。

朝日楼には、養女にやった君子がいる。

そう思うと、私には、夏の日の下で、よそよそしく、白茶けて見えた柏木田遊廓の大通りが、にわかに、濃密な匂いを放ってくるように思われるのである。目を閉じれば、その桜並木に、遊女が酔い痴《し》れて東北訛りで叫んでいるのが聞こえてくるような気がする。

しかし、もう、柏木田は、私に、これ以上は何も教えてくれることはあるまいと思われた。そこへ通ってみても、現実にあるのは、白茶けた大通りであるに過ぎないだろう。そうして、私には、もう何もわからないと承知していても、これ以上のことを知るのは怖しいというような思いもあった。

母の生いたちも、父と母との恋愛事件も、私には何もわからなかったと言ってもいいかもしれない。私には、これで充分だった。

私は、ただ、眼前に、濃い血の塊を押しつけられたような気がしていた。

岡泉も、小久保夫婦も、血縁の者ではなかった。実は、ここには書かないけれど、この他に、ただ遠縁とだけ教えられて、関係を知らされていない人たちが何人もいるのである。この人たちも、概して言うならば美男美女ばかりだった。それが柏木田の出身だと言うのではないが、そうではないという証拠もない。私は、もう、調べてみようとする気持を失っていた。これ以上のことを知るのは怖しいと言うのもそのためである。

血縁ではないけれど、血縁以上に濃い血の塊を私は感じていた。業と言い、祟りと言うならば、私の感じているそのことかもしれない。

母はもとより、丑太郎も勇太郎も小久保夫婦も、私には何も言わなかった。何も言うことなしに死んでいった。

横須賀線のグリーン車の座席で、暗い夜を窓から見ながら、私は、丑太郎の大きな鋭い、憎々しげな目を感じていた。

丑太郎は、私の母を頼りにしていた。それ以上に、母を愛していたかもしれない。母が藤松楼を継ぎ、その番頭格におさまるというのが、彼の描いていた安楽な人生コースだったのだろう。しかし、自分の友人であり仇敵であるところの私の父と、妹が結ばれてしまった。彼は、終生、私の父の下位に立たねばならなかった。私の存在は、父と母との駈落事件の結果であるにすぎない。しかし、丑太郎の私に対する憎しみは尋常ではなかった。君子もそうだった。むろん、私の兄や、兄を育てた父方の祖母のナヲの私に対する憎しみは、それ以上のものがあった。決して、これは私の被害妄想だとは言えないだろう。

やはり、あれは、ひとつの事件だった。暗闇のなかの目が私にそう語っていた。

48

母は、昭和三十四年十二月三十一日午前七時十五分に死んだ。五十六歳である。

そのとき、母と私と女房と息子とが朝食の膳についていた。母は、何だか気持が悪いというようなことを言い、うしろにのけぞるようにして倒れ、それきり意識を恢復しなかった。

遺書が発見された。それは、保次郎が鏡台の抽出しの奥にあったのを見つけたともいい、上の妹が、母のハンドバッグにあったのを探しだしたとも言われている。真偽は、いずれともわからない。

自分の死後は、これをよんで参考にして下さい。

みんなよくしてくれて嬉しい。特に治子佳代子（弟の妻）に我がままな正雄を残していく事がほんとうにすまないと思ふけど、これも何かの縁とあきらめて大切にして上げて下さい。

私の通夜は、私の親しい人々でいいのです。派手にしなくて、みんなで私の毒舌や、そそつかしい話などで遊んで下さい。
葬儀も質素で、火葬にしたらすぐ浦賀にもつていく事。
寺におさめるお布施などは保次郎と相談して下さい。なるべく保険金で間に合ふ様にする事。寺におぼんとお彼岸の付とどけを忘れぬ事。わからない事は人に聞く事。
かたみわけは、麗子（上の妹）栄（下の妹）治子佳代子と相談する事。但し私の着物は大体水準以上のものですから、いいものはやらず染かへしてみんなで着なさい。古谷のお母さん（私の女房の母）平山のお母さん（弟の妻の母）鎌倉の叔母さん、保次郎のおかみさん、羽仏のしまえさん（丑太郎の妻）、尾原さん、坂本さん（母の友人）、佐久間町のお姉さん（上の妹の縁戚）等。他はまかせる。私のかたみなんかほしがらない人の方が多いよ。
死後しらせる人は
有楽町の小林さん　57二二三四
坂本さん、尾原さん
ここまで書いたら、一寸涙が出た。
和子さん（兄の妻）には真珠など洋服のアクセサリーを上げて下さい。
純（兄）夫婦及び瞳、麗子、昭（弟）とも夫婦仲のいい事はほんとうに安心、喜んでゐます。きつと永久に仲よくやれると信じてゐます。

ただ栄だけ心残りです。彼女の一人前のすがたがみたかつた。だけど彼女には芸がある。それをのばす事。吉住小三郎（先代）だつて芸と人間が両立しなかつたもの。しかし、栄ちやん、愛情も大切だよ。私のやれなかつた夢を貴女にたくして私は守つてゐる。

孫たち。これこそ何ものにも代へがたいもの。みんなみんな目的にむかつてすくすくとのびてね。おばあちゃんは、きつときつと貴方たちが大きくなるまでお空からみてゐます。

三十三年十月三十一日　　　　　　　　静子

みなさんに

括弧内は私が記入した。ほかは原文のままである。小林さんというのは、もと最高裁判所判事の小林俊三氏のことではないかと思われる。

49

私の父方の祖父である山口安太郎は元治元年九月九日、佐賀県藤津郡久間《くま》村で生まれた。父は山口佐七であり、母はタキ（天保十年十月十五日生まれ）である。山口佐七の父は善太である。

安太郎の母タキは、夫の佐七死亡後、田中万七に嫁し、明治七年五月一日、孫七が生まれた。明治十七年、タキは万七と離婚し、同年、山口遅吉と結婚している。このとき、タキは孫七を携帯入籍しているが、長男である安太郎の動向は詳《つまびら》かではない。タキは四十五歳であり、夫の遅吉は三十九歳である。

安太郎は、明治二十六年三月三十日、東京市芝区葺手町中島巳之助の養女ヨシの婿養子となるが、これを離別し、海軍の職業軍人として日清戦争に参加、後にナヲと結婚、明治三十一年七月一日、長男正雄が生まれている。それが私の父である。

安太郎の異父弟である孫七は、佐賀県塩田町大字久間において、刻苦勉励、田畑をきりひらいた。これが安太郎の生まれ故郷に近いので、私たちは孫七の家を本家と呼んでいる。

タキは、大正十年七月に同地で死亡しているが、このとき、安太郎は帰郷して、長く滞在したという。私の父も母も、この地を訪れたことはない。

孫七は、明治三十二年七月に、山口善吉の五女ワカと結婚、正雄、ミヱ、惣平の三人が生まれた。この山口正雄は私の父と同姓同名で、安太郎が子供に正雄という名をつけたので、面倒だから同名にしたということだそうである。ミヱは寺田蔦枝の母である。

孫七は、昭和三十九年四月十三日に、久間村で死んだ。九十一歳である。ワカは三年前まで生きて、数え齢の百歳で死んだ。

山口孫七の長男の正雄は、大正十三年三月十日に、石橋善助の長女シナと結婚、哲夫、剛、良平の三人が生まれた。長男の哲夫は、昭和二十年七月二十九日に台湾で戦死している。このために、家を出ていた剛が呼びもどされて跡を継いだ。すなわち、山口剛が現在の本家である。

剛は、昭和二十二年十月十三日に桑原熊市の四女ミヱと結婚、初美、正治、久代という三人の子供が生まれた。長男の初美はマチ子と結婚して、昭和五十一年十月に勉が生まれた。勉が生まれたころ、山口さんちのツトムくんという歌が流行し、看護婦がその歌で赤ん坊をあやしたので勉という名になったという。現在、山口家では彼が最年少である。

三男の良平は、秀子と結婚して、良彦、紀子、公平の三人が生まれた。

良平は、昭和十一年に孫七の兄の安太郎が私の家で死んだときに上京している。戦後も三度上京して、私の家に泊っている。従って、私にとって、もっとも親しい人である。

50

秋になった。

私は、佐賀県藤津郡塩田町久間冬野を訪れることにした。そうしないと、なんだか、収《おさま》りが悪いような、片手落ちのような気がしていた。

新幹線で博多まで行き、長崎本線と佐世保線の連結した列車に乗り換えた。車内は、車掌のアナウンスはもとより、すべて佐賀弁が支配していた。

良平に電話で教えられたように、武雄温泉駅で下車した。迎えにこなくてもいいと言ってあったのであるが、私は自然に、駅構内を見渡した。良平はいなかった。私は、かえって、正直で律義だなあと思った。

タクシーに乗って、冬野だと告げた。

兄を除いて、父も母も、同胞も、誰一人としてそこを訪れた者はいないのである。私は、自分には故郷はないものだと思っていた。母は、本来、田舎や田舎の人が好きだった。旅行好きでもあった。母が九州へ行こうとしなかったのは、やはり、親類とはあまり交際したくないという神経が働いていたのだと思う。戦前戦後の食糧事情の悪いときでも、田舎に頼るということをしなかった。

田のなかに、良平に言われた標識が見えてきた。そこを左に曲るのだと教えられた。私は、しかし、そこでタクシーを降りた。

久間冬野は八十戸であって、そのうちの六割強の四十九戸が山口姓であるという。山懐のその村が見えてきた。

私には、漠然と、故郷というときのイメージがあった。南面する草葺《くさぶき》の農家が点在する。家は日だまりになっていて暖い。その家の一軒一軒に柿の木がある。家と家とを縫うようにして小川が流れている。裏山がある。その裏山は蜜柑山である……。

私の目の前にあらわれた風景が、まさにそれだった。それは田舎であり、故郷だった。私は、いま、いくら田舎だと言ったって、武雄温泉と嬉野《うれしの》温泉との中間というのでは、銀行がありマーケットがありパチンコ屋があるという、町にちかい村を想像していたのである。その町は汚れていた。

これは後でわかったのであるけれど、冬野には店屋が一軒もなくて、全部が農家であるという。また、孫七の代から、家々の変動のない村であるという。私が叫び声にちかい声で県道を自動車の運転手にストップしてくれと言ったのはそのためである。歩いてみようと思った。

県道から、村のなかでもっとも近い良平の家までの田のなかの道は、四百メートルの距離になろうか。そこから本家の剛の家まで百メートルである。

私は、何か、ゆったりとした気分で、わざと、のろのろと歩いていった。信じられないような気持だった。私にも故郷があった。私にも安らぎに似た生活が残されているはずだと思った。

私は、良平の家の前、小川のほとりに立った。左前方の家が剛の家であるに違いない。稲のなかに、中年の女がいた。彼女は田仕事をしているようであるが、それにしては、私のほうをちらっと眺める頻度が多すぎるように思われる。彼女には、何かを語りかけようとするような素振りが見られた。私は、まず、それが剛の妻のミエであるという見当をつけた。

そうすると、その背後にいる、別の田で働いている老婆は、正雄の妻のシナだということになる。彼女も、ちらっちらっと私を見る。剛の家の庭を掃いているのが、初美の妻のマチ子だろう。彼女は、体格がよくて、ジャンボという渾名《あだな》であると聞いていた。マチ子は、たしかに帚《ほうき》を持っていて、手を動かしているのだけれど、とても、いそいで庭掃除をしなくてはいけない人のようには見えなかった。同じ所ばかりを掃いている。マチ子が駈けだした。駈けていったところに男の子がいた。何か危いことでもやりそうになったのだろう。マチ子が勉を抱いて、私のほうを見た。

私の到着する時刻は、だいたいのところを良平から聞いているはずだと思った。彼女たちは、私を出迎えているのではなかった。見張っているのでもなかった。

私は、彼女たちにとって、かなりの珍客だったのだろう。東京から客が来るということでさえ、めったにあることではない。まして、私は、彼女たちの尊敬する孫七爺さんの兄さんの孫である。はじめての帰郷である。まして、私はTVCFに出演するような男である。いったい、突然、何をしにくるのだろうか……。そんなことを話しあっていたとしても不思議はない。

剛の家の軒下に老人が坐っていた。それが、中気で体の動きが不自由になっている正雄だろう。その老人は、しきりに、私のほうを見て、膝を手で搏《う》っていた。

正雄は言語も不自由で、体も動かないのだろう。そう思ったときに、私は、両手の荷物を地面におろした。左手に旅行鞄を持っていた。右手に、剛の妻のミエと、良平の妻の秀子のために買ったハンドバッグの箱を持っていた。そのほかに、羊羹《ようかん》やワサビ漬や吉備《きび》団子や、新幹線のなかで手当り次第に買った土産物の風呂敷包みを持っていた。

私は、荷物をおろし、正雄に向って手を振った。すると、それを待っていたかのようにして、シナとミエとが手を振った。やっぱり、そうだった。

マチ子が抱いている勉に何かを言って、こちらを指さした。勉が母親の手から滑りおりて、こっちへ走ってくる。

私は、眼鏡をはずして胸のポケットにいれ、両掌で顔を覆った。両掌の指の間から、涙がしたたり落ちた。私は、泣いている自分をあやしむということがなかった。それは、むろん、快いものだった。

「おおい、ツトムくん……。山口くんちのツトムくん」

私は畦道《あぜみち》を走ってくる子供に叫んでいた。


本家の仏壇のある部屋に、正雄、ミヱ、剛、ミエ、良平、秀子、マチ子が集まっていた。勉もいた。初美も仕事から帰ってきた。近所に住む人も何人か来ていたようだ。

女たちは、主に、台所のほうにいた。台所に五人か六人の女がいるということが、何か祭の気分を感じさせた。そこから、ひっきりなしに、酒肴が運ばれてくる。

「どうぞ……」

酌をするときの呼びかけに、独特のアクセントがあった。どうぞという男と女の声が、正面からも背中越しにも降ってくる。

私は笑ってばかりいた。みんなも笑った。

剛はツヨシとよむこと。それが鏡山親方（柏戸）と同じ訓《よ》みであること。山口正雄から山口正雄宛の手紙がきたことがあったこと。そんなことでも笑いを誘った。新幹線で来たのは飛行機が怖いからだと言うと、それも笑いのキッカケになる。

本家の田は一町二反（三千六百坪）で、そのほかに畑と蜜柑山があるという。それがどの程度の農家になるのか、私には見当がつかないが、それでいて、ゆったりとした気分になるのはどういうわけだろうか。すべて、孫七爺さんの功績である。私が歓待されるのも、孫七爺さんの兄の孫であるからである。

「おい、良平、糞したら手を洗えって言われたろう」

「そうじゃなかです。お便所へ行ったら手を洗いなさいって言われたんです。……ばってん、そういう慣習がなかかですもんねえ。こっちは便所は外にあるし、水は井戸水ですもんねえ。……手を洗う人はいなかったんです」

私は、中学生のとき、上京した正雄に東京を案内したことがある。宮城へ行き、靖国神社へ行き、泉岳寺へ行き、銀座ではトンカツを食べた。

「そうしたら、このお爺さん、吉原の土手八丁はどこじゃって言うんですから……」

少し間をおいて、はじけるように女たちが笑った。

「こっちは中学生ですから、吉原なるものを知らない。……あとでわかったけど」

佐賀では蟹のことをガネと言う。ガネを叩いただけの料理がガネ漬である。

「おいしか……」

良平が食べ方を教え、自分でそう言った。

「気に入ったら、いつでも言ってください。安かですから……。ガネオクレって電報を打ってください。だけど、カネオクレは困りますよ。濁点を忘れんように……」

良平は昭和六年の生まれである。私より六歳も若い。そんなことも私を気楽にさせた。

「あんたのお母さんは、遊びに行っても、ちっともお客様あつかいせんのですよ。それが嬉しかったです。だけど、すぐに、良平、良平ってねえ、大きな声で……」

「こわかったでしょう」

「いやあ、優しか人でした」

「おおい、ツトムくんよう……」

私は、台所へ向って、叫んだ。私から、この夏の不気味な感じが消えていた。ここは、ともかくも、共謀も隠しごともない世界だった。怖しいことはひとつもなかった。

勉は、私のほうへ来ないで、剛の膝のうえに坐った。

私の顔を見ていたミエが、

「惣平おじさんにそっくり……」

と言った。

「弱っちまうなあ、母方のほうへ行っても誰かに似ているって言われるんですよ。どういうわけでしょうか」

「釣をしているときの惣平おじさんにそっくりですよ。血はあらそえんもんですねえ」

「そんなに似ていますか」

「知らん人が見たら間違えますよ」

良平が、男たちの顔を見廻してから言った。

「頭の恰好がですね、佐賀の頭です。それから、体つきが、ずんぐりむっくりでですね、まちがいない、佐賀の人間です」

「そうかなあ……」

私は、剛の膝のうえの勉を見て、ついに、ここまできたと思っていた。

51

私は、大正十五年一月十九日に、東京府荏原郡入新井町大字不入斗八百三十六番地で生まれた。しかし、私の誕生日は同年十一月三日である。母が私にそう言ったのである。

P+D BOOKS ラインアップ

居酒屋兆治	山口 瞳	●高倉健主演作原作、居酒屋に集う人間愛憎劇
血 族	山口 瞳	●亡き母が隠し続けた秘密を探る私
小説 葛飾北斎（上）	小島政二郎	●北斎の生涯を描いた時代ロマン小説の傑作
小説 葛飾北斎（下）	小島政二郎	●老境に向かう北斎の葛藤を描く
山中鹿之助	松本清張	●松本清張、幻の作品が初単行本化！
白と黒の革命	松本清張	●ホメイニ革命直後 緊迫のテヘランを描く
詩城の旅びと	松本清張	●南仏を舞台に愛と復讐の交錯を描く

P+D BOOKS ラインアップ

秋夜	水上 勉	●闇に押し込めた過去が露わに…凛烈な私小説
鳳仙花	中上健次	●中上健次が故郷紀州に描く〝母の物語〟
熱風	中上健次	●中上健次、未完の遺作が初単行本化！
魔界水滸伝 1	栗本 薫	●壮大なスケールで描く超伝奇シリーズ第一弾
魔界水滸伝 2	栗本 薫	●〝先住者〟〝古き者たち〟の戦いに挑む人間界
魔界水滸伝 3	栗本 薫	●葛城山に突如現れた〝古き者たち〟
魔界水滸伝 4	栗本 薫	●中東の砂漠で暴れまくる〝古き物たち〟

（お断り）

本書は１９８２年に文藝春秋より発刊された文庫を底本としております。
あきらかに間違いと思われるものについては訂正いたしましたが、
基本的には底本にしたがっております。
また、底本にある人種・身分・職業・身体等に関する表現で、現在からみれば、
不当、不適切と思われる箇所がありますが、著者に差別的意図のないこと、
時代背景と作品価値とを鑑み、著者が故人でもあるため、原文のままにしております。

山口 瞳（やまぐち ひとみ）
1926年（大正15年）11月3日―1995年（平成7年）8月30日、享年68。東京都出身。1963年『江分利満氏の優雅な生活』で第48回直木賞受賞。代表作に『家族』『男性自身』シリーズなど。

血族

2016年1月10日　初版第1刷発行
2024年5月15日　第8刷発行

著者　山口 瞳
発行人　五十嵐佳世
発行所　株式会社 小学館
〒101-8001
東京都千代田区一ツ橋2-3-1
電話　編集 03-3230-9355
販売 03-5281-3555
印刷所　大日本印刷株式会社
製本所　大日本印刷株式会社
装丁　おおうちおさむ（ナノナノグラフィックス）

ISBN978-4-09-352249-6

P+D BOOKS